本书为国家社会科学基金重大项目(项目批准号：23&ZD294)
"世界创意写作前沿理论文献的翻译、整理与研究"的阶段性成果

上海大学创意写作丛书(第四辑)

剧本杀创作十讲

冯现冬　陈　威　谢京春　著

上海大学出版社

·上海·

图书在版编目(CIP)数据

剧本杀创作十讲 / 冯现冬, 陈威, 谢京春著.
上海：上海大学出版社, 2024. 10. -- ISBN 978 - 7
- 5671 - 5093 - 5

Ⅰ. I054

中国国家版本馆 CIP 数据核字第 2024PG8890 号

责任编辑　徐雁华
封面设计　倪天辰
技术编辑　金　鑫　钱宇坤

剧本杀创作十讲

冯现冬　陈　威　谢京春　著

上海大学出版社出版发行
（上海市上大路 99 号　邮政编码 200444）
（https://www.shupress.cn　发行热线 021 - 66135112）
出版人　余　洋

*

南京展望文化发展有限公司排版
上海华业装璜印刷厂有限公司印刷　各地新华书店经销
开本 890mm×1240mm　1/32　印张 9.75　字数 208 千字
2025 年 1 月第 1 版　2025 年 1 月第 1 次印刷
ISBN 978 - 7 - 5671 - 5093 - 5/I・712　定价　68.00 元

版权所有　侵权必究
如发现本书有印装质量问题请与印刷厂质量科联系
联系电话：021 - 56475919

总序一

葛红兵(教授、博士生导师,上海大学中国创意写作研究院执行院长)

这是目前中国学术界唯一一套以中文创意写作学术研究为目的的创意写作丛书,创始至今已历10余年,共出版4辑,它是中国创意写作学科史创生、发展的历史见证者,也是中文创意写作学学术研究成果的集中展示者,代表了中国创意写作学科创建中国创意写作学特色理论的学术雄心和建设中文创意写作本科及研究生教学体系的实践思路、思想经验。

中文创意写作作为学术性学科,在上海大学中国文学与创意写作研究中心2009年创生之初,就矢志走学术化、建制化学科建设道路。上海大学中国文学与创意写作研究中心创建中国第一个创意写作学术硕士点、学术博士点、博士后工作站,倡导学科系统理论建构和规范化发展,它一方面借鉴美国高校创意写作专业的创生、发展经验,另一方面对其创生、发展过程中的过分反学术、反理论姿态,过分反学科建制、反学理学统倾向进行批判,以理性反思的清醒、理论自觉的定力选择了一条自主建构中国化学术话语,以理论自觉指导学科教学实践的独立发展之路、学术化建构主义之路。

也因为有这种中西互鉴的自觉、中国特色建构的抉择、学术化及建制化发展的中国道路自信,中文创意写作学科才会有今天大发展、大繁荣，也才会有今天的被正式认可（2024年1月中文创意写作正式获得教育部认可，入列中国语言文学二级学科）。

在此过程中，本丛书矢志不渝地观察和见证了中文创意写作学科的发展。它一步一个脚印地扶持了许多中文创意写作本土学者的学术研究，一步一个脚印地展示了许多优秀的中文创意写作学术研究成果，也实证了中文创意写作学科学术化研究和走自主之路的可能。它反对创意写作学科极端反建制、反学术的西方传统，在与"创意写作没有学术""创意写作不需要学科建制"等学术偏见、学科偏见斗争的过程中，凝聚人心，集聚力量，它是引领性的旗帜，也是成果展示的高地，最终也成了中国创意写作学科发展历程及其成果的重要象征。

从复旦大学创建第一个中文创意写作专硕培养点及上海大学创建中国第一个创意写作理论研究中心和学硕、学博培养点开始，创意写作在中国已经发展了15年。如今，中文创意写作正式入列中国语言文学二级学科，教育部"中文创意写作学科"学术性学科的顶层设计和发展思路是非常清晰的，创意写作学科的中国式发展必将进入新阶段，但也会面临新挑战。希望本丛书继续高举"创意本位中文创意写作学"特色理论大旗，勇敢迎接挑战，在中文创意写作学科理论探索和实践总结方面继续扮演先锋角色，为中文创意写作发展做出新的贡献。

2024年5月于上海

总序二

许道军（教授、博士生导师，世界华文创意写作协会副会长兼秘书长）

上海大学创意写作丛书第四辑包括《作家何以养成：创意写作中国化实践研究》《剧本杀创作十讲》《电子游戏剧本写作入门》三本著作，作者为叶炜、冯现冬、陈威、谢京春、徐倩、方钰铃、许道军等人。他们分别来自高校创意写作教育教学、文学创作、游戏及剧本杀创作一线，其中叶炜是中国第一位创意写作博士、茅盾文学奖新人奖获得者、美国爱荷华大学访问学者，两次到鲁迅文学院进修；徐倩和方钰铃是中国头部游戏公司的核心骨干，有着丰富的游戏文案策划和项目运作经验；冯现冬、陈威、谢京春三人均是高校创意写作教师、编剧，文字皆是经验之谈。三本著作秉承创意写作"作家可以培养""写作可以教、可以学"的共同理念，分别聚焦"文学作家培养"和"创意作家培养"两个路径，一则指向写作事业，一则指向写作产业。

创意写作没有引进之前，中国也有大量的作家培养实践，培养出了各种各样的作家，形成了属于中国自己的经验，甚至已经形成了相当成熟的作家培养模式。比如，以中央文学研究所、中国作协文学讲习所与鲁迅文学院为主导的社会主义"文学新人"培养模式，以盛大（阅文集图）为代表的网络"写手作家"培养模式，以明星作家韩寒、郭敬明团队为代表的"偶像作家"培养模式，以"新概念"

"培文杯"和"创意小说"大赛等为代表的青少年作家选拔与培养模式,以上海作协等为代表的地方作协、文学院作家培养模式,以南京大学、武汉大学、西北大学等中文系作家班为代表的高校中文系学院派作家培养模式,等等。当然还有各种条线、专项的作家培养活动,比如"少数民族作家培养""工人作家培养"以及"作家工作室培养模式"(比如山东的"张炜工作室"作家培养模式),等等,也形成了自己的传统与经验。而其中,最令人称道的是鲁迅文学院,其作家培养经验成熟,成果丰硕。在某种意义上说,鲁迅文学院就是中国的爱荷华大学,代表着中国作家尤其是文学新人培养的最高水平,其发展历史、办学理念、教育教学方法、培养机制等,在许多地方都契合创意写作的理念与方法,同时又打上了深深的中国烙印。叶炜的《作家何以养成:创意写作中国化实践研究》聚焦鲁迅文学院"文学作家培养"实践,充分调研和占有资料,在创意写作学科视野下,勾勒鲁迅文学院的历史变迁轨迹,总结与提炼中国文学作家培养的模式,回答"作家何以养成"之问。

《剧本杀创作十讲》《电子游戏剧本写作入门》两部著作则是剧本杀和电子游戏剧本写作指南,它们从写作/设计的角度,聚焦一个新游戏文本的产生,"手把手"引领新手创意作家——剧本杀与电子游戏编剧、游戏文案设计师、世界观架构师等——的成长。前者从一个"灵感"与"创意"入手,逐步培育故事种子,步步为营,将其孵化为一个完整的剧本杀剧本;后者则从大处着眼,放眼电子游戏的存在形式、种类、功能以及游戏设计、写作与制作的全程,紧扣"玩法"与"写法"、"玩家体验"与"游戏机制"的互动,专题讲述与剧本写作流程结合,揭示电子游戏剧本写作的秘密。前者紧扣创意心理,胜在贴己、耐心、循循善诱,以鼓励为主;后者则紧扣行业规则,提供写作新知识与新方法,胜在理性,但两者均充分体现了行业写作的专业性与科学性。更难能可贵的是,两部著作均提供了"实战"案例,这些案例,均是经受了市场检验的行业"内部材料",在正常情况下属于公司"保密"、压箱底材料,其价值不亚于"爆料"。与为数不多的同类著作相比,这两部著作的作者团队均有高校学者、创意写作专业领军专家参与,保证了著作的学术价值与普遍意义。因此这两部著作既可以作为剧本杀与电子游戏剧本写作新手上路的指南,也可以作为高校创意写作课程的教材。

当代中国作家培养经验是中国创意写作学科创建的重要资源。梳理与考察鲁迅文学院作家培养模式,不仅有助于创意写作中国化的深入,也是对世界创意写作发展的贡献。而对剧本杀创作与电子游戏剧本写作的探讨,则打通了创意写作学科服务文化创意产业的区隔。众所周知,创意写作面向公共文化事业、文化创意产业,面向全民创意、全民写作,产学研结合,但如何打通学科与事业、产业的"最后一公里",这方面的成果寥寥。因此,在某种意义上说,上海大学创意写作丛书第四辑的三部著作起到了填补空白的作用,其探索必将使创意写作经验的中西互鉴、创意写作产业化的进程大大推进一步。

2024 年 6 月 17 日于上海

十堂课带你写出剧本杀/代序

亲爱的读者朋友们,你是否也曾在脑海中构思过一个宏大的故事世界,想要亲手创造那里的一砖一瓦,尽情书写人物的每一次情绪起伏与心跳加速呢?你是否想把经典的侦探游戏元素和新颖的现代剧情巧妙结合,将剧本杀创造出新意来呢?你是否常有一种不灭的好奇,希望有一天自己能够从天才云集的剧本杀创作者中脱颖而出,成为剧本杀江湖之中真正的高手呢?

翻开这本书,或许你就找到答案了。

很多人都觉得剧本杀创作者一定是谜题高手,需要深谙犯罪小说创作原理,或者熟读剧本创作法,其实不然。正所谓读书百遍,其义自见,其实很多优秀的剧本杀创作者一开始不过是发烧友。创作一部玩家喜爱、商家抢购、市场追捧的剧本杀作品,也并非职业写手的专利。

现在,告诉你一个秘密:创作剧本杀,你需要的也许只是一点点耐心、一点点思考,以及开始创作的那一点点勇气。如果你是一个对剧本杀好奇的初学者,对如何开始创作感到既兴奋又害怕,就像第一次尝试滑雪,既期待速度带来的快感,又担心可能会不体面地摔倒,那么这本书将成为你的"滑雪教练",带你从初级斜坡滑到高手区。

在这本书的编写过程中,我们尽量避免引用太多学术理论,转而使用一些简单易懂的阐述性语言。我们希望大家在阅读这本书的过程中，就像是与一位耐心且有方法的好朋友在交谈，他会从头到尾一步步地、手把手地带领你开始一次创作之旅。除了一些写作的实用技巧之外，我们还将剧本杀创作过程当中需要规避的一些问题提示出来，这都是在经历了诸多尝试和失败之后总结出来的经验，相信对于大家的创作实践会有一些帮助。

真正的创作就是动起来！除了让大家了解剧本杀的创作流程和方法之外，本书写作的最大目的就是希望大家经过十堂课的学习，创作出一部完整的剧本杀作品。因此，我们在每一讲的最后都附加了"创作实践任务"，从灵感捕捉到角色创建，从情节大纲到人物剧本……我们深知一位创作者想要单枪匹马写作一部剧本杀作品的难度，为此我们将剧本逐一拆解，分成一个个章节来引领大家步步深入。正所谓：天下难事，必作于易；天下大事，必作于细。在这个由易入难的过程中，我们给出了诸多的案例，相信这会对大家的创作产生借鉴作用。

对于任何一个有志于进入剧本杀创作领域的人来说，这本书都将是一本贴心的创作指南，同时也是一本有趣的解谜手册。如果你准备好了，那就让我们一起披上侦探的斗篷，步入那扇古老而神秘的城堡大门，开启一场精彩绝伦的剧本杀创作之旅吧！

本书著者

2024 年 6 月 4 日

目录
CONTENTS

第一讲
剧本杀的呼唤

一、何谓剧本杀？/ 3
二、剧本杀源自何处？/ 5
三、多彩的世界：剧本杀类型
　　介绍 / 10
四、剧本杀的商业现状 / 18

第二讲
在写作之前

一、故事的种子——灵感
　　/ 23
二、锻造大局观 / 30

第三讲
从构建人物关系开始

一、故事导入 / 37
二、创建角色 / 39
三、设计冲突 / 48
四、绘制人物关系图 / 50
五、人物关系大有可为 / 54

第四讲
好角色该如何塑造

一、故事导入 / 63
二、人物前史的必要性 / 65
三、用行动展现性格 / 69
四、独处时刻——复杂的
　　决策 / 76

五、正义的化身 / 83
六、环境描写很重要 / 87
七、命运总是一波三折 / 90

第五讲
笔下生花的人物剧本

一、剧本杀《大周平妖录》
　　单集人物剧本赏析 / 97
二、世界观的铺垫 / 110
三、叙事的魔法 / 116
四、三条时间线 / 119
五、故事开场：寻找最佳聚会
　　地点 / 123
六、是非不分明 / 125
七、看见的和看不见的

信息 / 127
八、剧本的节奏：分幕与游戏
　　环节 / 129
九、发布任务 / 132

第六讲
核心诡计很重要

一、故事导入 / 139
二、核心诡计的概念和
　　重要性 / 140
三、核心诡计的基本原理
　　/ 141
四、六种密室 / 153
五、不在场证明 / 157
六、叙述性诡计 / 160

第七讲
线索是另一半故事

一、击鼓传花——用线索串联人物 / 167

二、线索的种类与形式 / 170

三、线索该如何设计 / 173

四、线索设计原则 / 177

第八讲
别忘记最重要的：主持人手册

一、NPC：不在场但是很重要 / 183

二、主持人手册的模式化设计 / 186

第九讲
反复打磨你的作品

一、打磨剧本的重要性 / 207

二、初稿完成后的基本审查 / 207

三、第 N 次测试 / 210

第十讲
剧本杀作品赏析

参考文献

第一讲

剧本杀的呼唤

一、何谓剧本杀？／ 3
二、剧本杀源自何处？／ 5
三、多彩的世界：剧本杀类型介绍 ／ 10
四、剧本杀的商业现状 ／ 18

一、何谓剧本杀？

剧本杀,如果我们想要深入探寻这一文体,暂且可以通过它的名称作一浅层次分析。将"剧本杀"这三个字拆分来看,所谓"剧本"就是一种书面文体,一般是由台词、描述性文本、角色描述、背景信息组成的文字文档;而"杀"这个字的含义就不只是字面意思这么简单了。我们联想一下经常玩的"狼人杀"。"狼人杀"中的这个"杀",是指月黑风高夜,老狼来"杀人",就是字面上的"杀人"的意思,它属于进行时。那么剧本杀中的"杀"呢?首先它应该也是"杀人"的意思,但是大多是指完成时的"杀",而非进行时的"杀"。剧本杀是在已知有凶手的情况下,查找线索,找出凶手,探出真相;当然此处的"杀"还有另外一层含义,即玩家之间的"杀",也就是玩家之间产生的对抗性互动。由此而言,剧本杀不仅是新形式的文学题材,更是充满了现实交互性的娱乐游戏。不同于传统的桌上游戏和角色扮演,剧本杀结合了侦探推理、角色扮演和故事叙述,为参与者提供了一种沉浸式、互动式的体验。玩家可以在这个虚拟的游戏中尝试扮演各种角色,利用推理、争辩、误导、合作等方式,让故事有谜团、有反转、有真相。剧本杀综合了文学、叙事学、音乐、舞蹈等艺术形式并以娱乐方式的结果呈现出来,强调的却是过程与参与主体[①]。

---

① 王心玥,陆生发.剧本杀:作为演述场域的媒介耦合效应生成动力分析[J].传媒论坛,2024(5):40-45.

这个起源于20世纪末的游戏形式，现在已经成为全球范围内年轻人社交的热门方式。那么，年轻人喜欢剧本杀的原因是什么呢？

首先，剧本杀是一种角色扮演游戏，玩家通过扮演与日常身份不同的角色，可以探索不同的身份和生活方式。在这个过程中，玩家可以完全摒弃自己的真实身份，代入一个角色，并将自我情感投射其中，实现情感上的满足，进行充满个性、甚至任性的自我表达。角色扮演允许玩家在角色的言行举止中加入个人的创造性解释，这让玩家能够在游戏中实现个性化的表达和创新。比如一名大学生，从小到大一直处在学习的环境中，如果他想体验一下其他人的生活，就可以通过剧本杀游戏体验一段别开生面的故事，他可以选择商战的剧本，提前了解大学毕业后复杂的社会生活；还可以去体验一下民国谍战类型的剧本杀，感受我党地下工作者的艰难处境，这会令人有意想不到的触动。

其次，剧本杀还有另外一个不能被忽略的属性，那便是社交性。玩家在进行角色扮演的同时还包含公聊、私聊等互动环节，需要相互交流、讨论、分享线索，讲述自己的故事经历，在沟通中相互认识了解彼此。在这个过程中，玩家可以和朋友一起通过剧本杀游戏增进感情；也可以跟陌生人组成同伴，通过共同经历一段冒险故事，快速结下友谊。

当然，除此之外，还有很多人被剧本杀吸引，是因为它有强大的故事核与谜题。剧本杀有着丰富的人物设置、复杂的案件推理，在体验的过程中，玩家既是故事的聆听者，又是故事的推动者，可以根据不同的线索推进故事朝着不同的方向发展，从而体验推理带来的爽感。

第一讲　剧本杀的呼唤

二、剧本杀源自何处？

当你体验了多部剧本杀游戏之后，你可能会问，这么有意思的游戏是如何产生的？其实，在梳理剧本杀的起源及其流变的过程中，我们不仅是在回顾剧本杀的诞生，更是在追溯一个文化现象的形成。剧本杀——作为一种结合了角色扮演、故事叙述与社交互动的游戏形式——根源深植于早期的桌上游戏、角色扮演游戏。下面我们一起梳理一下剧本杀是如何从"谋杀之谜"等早期游戏演化而来的。

（一）剧本杀的诞生及其本土化发展

源于19世纪英国的"谋杀之谜"，是一款以真人角色扮演为主要表现形式的解谜游戏[①]。

1935年，第一份谋杀之谜游戏 Jury Box 诞生。在这个游戏中，玩家第一次开始尝试角色扮演，扮成法庭陪审团成员来审理一桩案情复杂的谋杀案。根据提供的证词、犯罪现场照片等证据，玩家需要推理出犯罪者、无辜者，做出决议并进行投票。主持人引导大家一步步深入剧情，并在谜底揭晓之后带领大家复盘整个故事。

与传统的桌上游戏相比，这类推理解谜游戏更加注重角色的复杂性和故事的深度叙述。玩家不仅是在破案，更是在还原一个完整的故事，他们的互动推理和关键决策直接影响故事的发展与结局。这种游戏形式的创新为剧本杀的产生提供了重要的灵感，

---

① 燕道成,刘世博.青年文化视域下"剧本杀"的兴起与发展趋势[J].当代青年研究,2021(6):64-70+114.

即如何通过紧密结合角色扮演和故事叙述的方式来提升玩家的体验。

从"谋杀之谜"中汲取灵感之后,剧本杀开始获得关注,商家和创作者开始设计更多元化、更复杂的剧本,涵盖从古代到现代的各种场景,形成不同主题。这一时期,剧本杀不仅成为一种流行的社交活动,也逐渐发展成了一种文化现象,吸引着越来越多的创作者和参与者。

剧本杀在中国本土的发展过程,不仅是文化翻译艺术的交流过程,也是文化交流的实践过程。更关键的是,将剧本与中国的文化背景和玩家的情感世界相融合,使之成为中国玩家可接受并乐于参与的游戏,才最终促成了这一游戏形式在中国的大流行。而在这个过程中,创作者想要抓住机遇,就必须面对随之而来的挑战,那就是如何创作真正的原创好作品。

初期的剧本杀本土化发展,是将西方剧本杀的故事情节、角色名称和游戏规则转换成中文。2013 年,*Death Wears White* 英译本进入中国市场,被翻译为《死穿白》,中国的桌游玩家开始尝试这种新型的娱乐方式。这一阶段的翻译剧本杀作品,虽然为中国玩家提供了新颖的娱乐方式,但因文化差异和情境设定的异国特征,受众相对有限。

随着剧本杀在中国的不断普及,简单的作品翻译已经无法满足玩家的体验需求,因此,其发展进入文化适配与情境本土化的新阶段。创作者开始尝试将剧本背景设定在中国某个历史时期,例如剧本杀《末班车》,设置了民国青年参与抗日的历史背景,在火车车厢内,几大阵营斗智斗勇,是一个为理想主义奋斗的革命故事。它为玩家提供了一个既熟悉又充满新奇的游戏体验,是一个优秀的剧本杀作品。

在文化适配和情境本土化的基础上,剧本杀的创新也体现在玩法和技术应用上。许多剧本杀在解谜破案的基础上加入一定的新玩法,这些玩法一般会结合中国传统游戏,比如投壶、象棋、字谜等。剧本杀《龙宴》中便充满着各种新鲜有趣的玩法,例如,分发人物剧本的机制便采用投壶的方法。现在许多剧本也开始探索结合线上技术和多媒体资源,以提高游戏的互动性和沉浸感。例如,通过使用微信小程序来管理线索的分发,或是利用 AR 技术来增强现场的真实性。这些技术手段在一定程度上提升了玩家的体验感。

(二) 行业萌芽:从单一到多元

剧本杀的演变过程是一个从简单到复杂、从单一到多元化的发展过程。它不仅反映了社会文化的变迁,也体现了娱乐消费观念的更新以及技术进步对游戏形式的影响。剧本杀已从早期简单的角色扮演和推理游戏,发展到如今主题丰富、形式多元的娱乐活动。

目前,剧本杀在主题和形式两方面,演化出的种类越来越多,除了传统的谋杀推理,已扩展出了欢乐、阵营、情感、恐怖等不同主题。例如,《金陵有座东君书院》将玩家置身于南宋时代,参与案件推理和生存挑战,游戏形式也更加注重互动性和沉浸感,更多地采用现场布置、道具使用和多媒体技术等,诸如此类的作品已经越来越多。

伴随着剧本杀主题和形式的本土化发展,其商业模式也经历了本土化调整。在中国,剧本杀从最初的小范围爱好者活动,发展成为具有商业价值的娱乐项目,商家结合消费者的喜好和消费习惯,推出了多样化的"剧本杀+"产品,比如文旅+剧本杀、餐饮+剧本杀、教育+剧本杀等新模式。在餐饮+剧本杀的模式之下也衍生出许多"喝酒本",比如《酒大奇迹》等,让玩家在体验剧本角色、推理故事的同时,还能享受小酌一杯的欢乐,这种新颖的体验模式受到了消费者的欢迎。

(三)风起:起飞再起飞

剧本杀的全球兴起与发展,从一开始的小范围社交活动到成为一种流行的大众娱乐方式,经历了多个阶段。2017年,《明星大侦探第二季》中的《恐怖童谣》成为年内现象级剧本,推动国内"剧本杀"行业蓬勃发展。据不完全统计,到2017年底,国内与剧本杀游戏相关的注册商家数量已经突破千家。行业内各大剧本工作室、发行制作公司、线上App公司陆续成立。近几年,剧本杀这一娱乐活动经历了爆炸式的增长,主要有如下几点原因:

一是线下体验店的兴盛。随着剧本杀游戏在年轻人中的流行,众多的剧本杀体验店也如雨后春笋一般迅速普及,成为推动剧本杀文化发展的重要力量。这些体验店通常提供专业的场景布置、丰富多样的剧本选择,以及专业的主持人引导服务,使玩家能够更加沉浸在剧情中。体验店的兴起为剧本杀提供了一个新的社交平台,玩家不仅可以在此体验游戏,还可以交流推理技巧,进行剧情解析。重庆的"戏子出品"是国内较早开办的剧本杀体验店之一,以精心设计的剧本和高质量的服务著称。店内的场景布置考究,能够快速帮助玩家进入角色,并提供了从古风到现代、从悬疑到恐怖等多种类型的剧本,能满足不同玩家的需求。

二是综艺节目的带动。除了线下门店开始尝试打造沉浸式剧场,剧本杀这一游戏类型也被搬上了综艺节目。湖南卫视打造的《明星大侦探》作为其中的代表,从 2015 年首播至今,已经推出九季,收获了一大批忠实的粉丝。后期又出现《萌探探探案》等类似节目,让更多人了解并热爱剧本杀游戏。通过明星在节目中的推理,它让观众感受到剧本杀的魅力,从而激发更多人参与到剧本杀游戏中。侦探类节目的成功,不仅推动了剧本杀文化在中国的发展普及,也促进了相关产业的飞速发展。

三是线上 App 的兴起与创新。随着移动互联网技术的发展,线上剧本杀 App 开始兴起,例如"我是谜""百变大侦探"等 App,使得剧本杀不再受地理位置的限制,玩家可以随时随地参与游戏,这推动了剧本杀文化的进一步普及。这些 App 提供海量的剧本资源和在线游戏功能,玩家可以轻松购买或下载各种类型的剧本,参与线上游戏,与其他玩家进行互动和讨论。

2022 年春节期间,"我是谜"App 登上社交榜第三位,总榜排名第十二位。15 天内总体用户数量上涨了 20%—30%。目前,线上剧本杀 App 的总体用户量在 5 000 万人左右,其用户量还有很大的挖掘空间。而线下门店正面临着残酷的行业洗牌阶段,其生存发展与剧本的质量、数量以及爆点定位息息相关,想要在众多门店中脱颖而出,就需要做好流量积累,运营好自己的社区,抓住适合自己发展的特点。当前,剧本杀游戏已从高速发展阶段迎来了高质量发展阶段。

三、多彩的世界：剧本杀类型介绍

在探索体验剧本杀时，你面临的首个挑战往往是从众多的剧本杀类型中做出选择：想要一个什么样的剧本？剧本杀的种类繁多，从经典的盒装本到城市限定本/独家限定本，从线上互动到线下体验，每一种都有其独特的玩法和魅力。故事内容也覆盖了从硬核推理到情感体验、从历史穿越到科幻未来等，游戏设计形式从封闭到开放，故事发展从单线到多线，这些设计巧思使剧本杀不仅仅是一场游戏，更是一次全面的沉浸式体验。以下是根据不同的分类方式总结出的剧本杀类型：

（一）按发行方式

1. 普通盒装本

不限量发售的剧本，普遍适用，适合初学者和家庭聚会。一般发售价格在300—500元不等，游戏时间在3—5个小时，例如古风剧本《青楼》，难度等级较低，趣味性比较高，比较适合新手体验。

2. 城市限定本

城市限定本简称"城限本"，它是指每个城市只有固定数量商家可以被授权使用某剧本，一般不超过三家。城限本对商家要求比较高，会有NPC（Non-Player Character，非玩家控制角色）演绎、玩家换装等步骤，体验时长一般在5个小时以上，适合比较有经验的玩家。一般发售价格在2 000—5 000元不等。例如古风情感本《金陵有座东君书院》，不仅有较大的故事体量，文笔也比一般盒装本好很多。

3. 独家限定本

独家限定本简称"独家本",它是指每个城市只有一个店铺被授权使用某剧本,这种模式能有效控制剧本的分布,保护其独特性和价值,所以一般这种剧本价格比较高,当然质量也相对更好。比如稻草人工作室的《月下沙利叶》,读者有机会可以去线下尝试。

4. 线上 App 剧本

线上 App 剧本杀是一种依托线上平台进行的剧本杀游戏,它将传统的桌上剧本杀游戏迁移到了网络中。这在一定程度上消除了地域限制,让剧本杀游戏不再局限于实体店铺之内,同时让玩家可以随时开战,不再受到时间限制。线上剧本杀游戏过程,通过屏幕呈现游戏元素,包括角色剧本、线索、地图等,使得游戏更加直观、易于操作。玩家可以通过手机屏幕来获取信息、提交答案或进行互动交流,这种数字化模式增加了游戏的趣味性。线上剧本相较于前三种来说,其种类更多,但质量稍逊一筹,不过对于普通玩家来说其比较实惠,也不失为一种很好的选择。目前市面上使用人数较多的剧本杀 App 有"我是谜""百变大侦探""剧本杀"等。

5. 微剧本杀

微剧本杀是一种简化版的剧本杀游戏,它以较短的游戏时间和简化的游戏元素为特点,适合快节奏的社交环境和时间较短的聚会。它的剧情简短,角色数量一般在 4—6 个,能使玩家快速进入角色,减少读本和准备时间,一般时长在 1—2 个小时。正因为剧情和角色的简化,才使得它可以在各种环境中轻松进行,如酒吧、咖啡厅、家中等,非常适合玩家在临时聚会时一同参与,例如《K 的游戏》系列。

6. 实景演绎剧本杀

实景演绎剧本杀通常在真实的环境中进行，玩家可以亲身感受到场景的氛围和细节，这极大地增加了游戏的真实性和代入感。在与其他玩家进行互动和推理的过程中，玩家会使用到场景道具和布景，如假血、模拟武器、手写线索等，使得他们更加身临其境地参与到游戏中。《明星大侦探》这档节目便充分进行了实景演绎：让参与嘉宾进入一个与故事背景极度相符的场景，从而带来更好的演绎及互动效果。不过，实景演绎剧本杀，不仅商家要投入大量的成本，创作者也需要投入大量的精力来创作；不仅要有精彩的故事情节，还要有空间场景的搭建能力、服化道的设计能力。总之，此类剧本创作难度更大，质量也普遍较高。

（二）按故事背景

1. 古风

古风剧本杀是以中国古代历史或传统文化为背景，角色和故事常常结合古代宫廷、武侠江湖、帝王将相等元素。它的特点是服装华丽、对话文雅，强调诗词对仗和传统礼仪，游戏氛围充满古典韵味，常涉及宫斗、江湖恩怨等情节。例如《金陵有座东君书院》讲述的是南宋时期，一群好友一同苦读，多年以后沙场再相遇，在个人与家国之间艰难抉择，在小情与大义面前毅然坚守本心的故事。剧本文采斐然，充满古典韵味。

2. 民国

民国背景是剧本杀游戏当中十分受欢迎的一类故事题材，1912—1949年本身就是中国历史上一个社会动荡、风云变幻的时代。这一时期政治不稳定，军阀割据，同时也是文化和思想极为活跃的时期。剧本杀中的故事常常涉及政治斗争、军阀争霸、革命活动等,或是城市的繁华与乡村的宁静对比,提供了复杂的人物关系和动机。民国时期的社会风貌集传统与现代于一体,城市如上海、北京成为文化交汇的中心,生活方式上,既有茶馆、戏院这些传统娱乐场所,也有咖啡厅、舞厅等西方元素,反映了一个东西文化碰撞与融合的时代,以上这些都是许多剧本杀故事发生的地点。民国剧本杀的服装,男士多穿长袍马褂或西装,女士则着旗袍或当时流行的洋装,这些服装反映了那个时代文化的交融。道具方面,可能会使用旧时的烟斗、手枪、报纸等,来增添时代感和真实性。

民国剧本杀的情节通常包含谍战、爱情、家族纷争等元素,故事多变,充满悬疑。人物类型也丰富多样,有儒雅的学者也有粗犷的军阀,有狡猾的间谍也有高洁的革命者,每个角色都有其复杂的背景和秘密,为推理和角色扮演提供了丰富的内容。例如老玉米的《刀鞘》,演绎了解放战争时期中共谍报人员身处龙潭虎穴,视死如归的英雄事迹。

3. 现代

现代背景的剧本杀是以当前或现当代社会为舞台的角色扮演游戏,其故事情节紧贴现实生活,通常反映当代社会的各种现象,如商业斗争、科技革命、家庭关系、心理探索等,涵盖广泛的主题和问题。角色设定通常非常贴近现实,玩家可能扮演企业家、警察、记者、医生、学生等。现代剧本杀经常使用现代技术作为游戏的一部分,例如智能手机、电脑或其他电子设备,这些技术元素不仅用于推动故事发展,还能增加解谜的复杂性。道具可能包括模拟的数据文件、电子邮件交流记录、视频录像等,这些都是推理解谜的关键线索。现代背景的剧本杀因其与现实生活的紧密联系和丰富多样的故事主题，为玩家提供了一个充满挑战的推理环境和深刻的社会文化体验。这类游戏强调角色的多样性和情节的现实性，让玩家在娱乐的同时，也能对现代社会有更多的感悟和理解。例如城限本《破晓》，讲述的是缉毒警察的故事，真实地反映了现代社会存在的一系列问题，让玩家产生诸多人生感悟。

4. 其他

除了以上提到的古风、民国、现代等背景，还有诸多较为热门的背景类别，比如基于对未来世界的想象，涉及高科技、外星生命等科幻元素，如剧本杀《三体》，就是根据原著改编的科幻类剧本杀；还有以日本文化为背景，时代多为江户时代或现代。

（三）按题材内容划分

1. 恐怖惊悚本

惊悚题材的剧本通常会涵盖恐怖、神秘或犯罪等元素，从而激发玩家的恐惧感和紧张感。恐怖惊悚本的游戏背景一般设定在荒废的医院、古老的墓地或被诅咒的房子等阴森或封闭的孤立环境中，这些场景本身就可以激发玩家的恐惧心理。接着在故事中加入灵异现象、阴谋诡计或极端犯罪行为等。剧情设计以悬疑、惊悚为核心。

例如在某个剧本杀中就有这样一个情节：

你是个爱养猫的人，每天晚上都会让小猫躺在自己的床边，有一天半夜醒来，迷迷糊糊的你用手摸索旁边的小猫，结果没有找到，这时候，床下传来一声"喵"，你的手便往床下摸索，这时，小猫舔了一下你的手指，你才安然入睡。第二天你发现小猫离奇死亡，看摄像头才知道当晚有贼进入,杀掉了小猫,在床下舔手指的是贼。

这样的情节一般是在复盘之后才知道的,颠覆玩家的认知,让人顿时毛骨悚然。在《病娇男孩的精分日记》和《第二十二条校规》之中,都有类似恐怖剧情的设计。

2. 情感本

情感本关注人物之间的情感关系,包括男女的爱恨情仇、复杂的家族纠葛、悲壮的家国考验等。情感本的情节通常较为细腻,注重对人物心理状态的刻画和对情感变化的描绘。烘托情感氛围是这类剧本杀的关键,通过音乐、灯光和场景设计来营造适合情感表达的环境,如温馨的家庭聚会、浪漫的约会场景等。由于这类题材的受欢迎程度较高,所以我们会发现几乎所有的剧本杀店都必备蜡烛和音响。除此之外,道具和装饰也会根据情感主题来选择,如情书、旧照片、特殊礼物等,都是增强情感体验的重要元素。如情感本《破晓》《就像水消失在水中》《金陵有座东君书院》都充满了这些元素。

3. 阵营本

阵营本将玩家分为两个或两个以上的阵营,每个阵营都有独立的目标和人物设定。游戏以达成各自胜利为目的,以各阵营之间的策略战斗与合作为核心。从历史战争到现代政治博弈,从科幻未来的星际大战到神话中的阵营对决,这类剧本的背景相当丰富。阵营本中的情节往往包含间谍活动、争夺资源、外交交涉等复杂的谋略与计谋。这种强调私聊互动,强调玩家之间战略联盟的游戏形式,使其充满了不确定性,充满了竞技的快感。如《末班车》就是受玩家追捧的一个阵营本。

4. 机制本

强调游戏机制的剧本杀十分注重游戏本身的规则和结构的创新。这包括打斗机制、积分系统、特殊能力、交流规则等,这些机制旨在提供不同于传统推理和角色扮演的游戏体验。一般此类剧本会弱化故事情节、凶案推理、情感表达,通过贯穿始终的机制来增强玩家的体验感,如机制本《青楼》中设计的拍卖环节、打斗环节等就体现了游戏的规则。

5. 硬核推理本

硬核推理本是一种注重逻辑推理和推理技巧的互动解谜游戏,玩家需要通过分析线索、推断真相和解决谜题来达成游戏目标。这种游戏类型特别适合那些喜欢挑战智力和推理能力的玩家,他们可以在游戏中体验到紧张刺激的推理过程和逻辑思考的乐趣。但是这种剧本创作难度较大,它需要创作者有缜密的思维能力和较强的逻辑推理能力。从玩家体验的角度看,部分玩家抱着娱乐消遣的目的体验剧本杀,不一定有足够的心理准备,如果剧本推理难度较大,会极大降低体验感。所以说此类剧本比较考验玩家,如《床边的女人》《月光下的持刀者》等属于硬核推理本。

6. 其他

剧本杀在发展演变中还出现了很多其他类型的剧本,比如侧重于还原故事的还原本,如《年轮》;轻松诙谐的欢乐本,包含滑稽的角色和离奇的情节,适合社交与放松,不过分强调逻辑严密性,这类剧本杀更加注重营造游戏环节的趣味性,如《来电》。除此之外,不同题材的杂糅成了当下剧本杀创作的一个趋势,我们往往会在一个剧本杀中体验到多种类型。

（四）本格与变格

1. 本格

本格剧本杀，源自日本推理文学中的"本格推理"概念。本格推理的概念诞生于20世纪20年代，主要代表人物是日本推理鼻祖江户川乱步。江户川认为推理小说应该回归原汁原味的推理，将整部小说的重点放在案件的侦破过程上[1]。

本格剧本杀指的是一种严格遵循经典推理小说的传统规则和结构的推理游戏，强调线索展示的公平、逻辑推理的合理性以及对谜题的智力挑战，使得玩家能够在公平的环境中通过推理找出真相。它注重写实的故事风格，基于现实世界，所有的杀人手法和作案动机都可以用科学手段来验证。

2. 变格

变格剧本杀是一种脱离传统推理小说严格的逻辑推理规则的游戏类型。其核心概念源自推理文学中的"变格推理"，强调通过引入超自然、科幻或非传统因素来增加游戏的神秘感和不确定性，使玩家在逻辑推理的基础上，还要应对非现实元素带来的挑战。故事背景可以是现实世界，也可以是科幻、幻想等非现实世界。例如，一个设定在未来科技城市的剧本可能会涉及时间旅行、人工智能等元素。背景设定通常与变格因素相呼应，确保超现实元素能够融入故事，使游戏既有推理成分，又带有奇幻色彩。

3. 新本格

目前针对"新本格"有多种说法，总结后可以理解为在一个有

---

[1] 杨宇.《嫌疑人X的献身》：本格推理的银幕呈现[J].电影文学,2015(11)：43-45.

明确设定的世界里(这个世界可以是超现实的世界),剧本中所有的情节符合这个世界的设定,但是采用本格的作案手法,如《马丁内斯》《立方馆》等。

四、剧本杀的商业现状

国内的剧本杀从出现到爆火,只用了几年的时间,并在短时间内完成了快速的市场扩张。这一增长主要得益于消费者对于新型社交和娱乐体验的不断追求,尤其对于都市青年来说,剧本杀游戏契合了他们寻求现实社交、代入虚拟身份等多种情感诉求。同时,数字化平台的广泛应用,也为剧本杀在全国范围内的推广立下了汗马功劳。

目前,全球范围内运营的剧本杀品牌数以千计,这些品牌不仅覆盖了线下实体店,也涵盖了线上平台,提供了从经典侦探推理到科幻、恐怖、历史等多种题材的剧本。在一些城市,如北京、上海、纽约等大都市,剧本杀已成为重要的文化娱乐活动之一,品牌之间的竞争也促进了剧本质量和服务体验的不断提升。

剧本杀市场的经济贡献不仅体现在直接收入上,还包括对相关产业的带动作用。例如,剧本杀的兴起促进了本地文化旅游、餐饮服务以及创意产业的发展。此外,剧本杀也为内容创作者、场景设计师、演员等职业提供了新的就业机会,成为推动文化创意经济发展的新动力。

剧本杀的核心消费者是18—35岁的群体,这一年龄段的消费者通常更愿意尝试新事物。根据《2023年全球剧本杀市场报告》,

约70%的剧本杀参与者居于此年龄区间。这反映了年轻人在剧本杀市场中的主导地位，同时提示创作者和运营者在设计剧本与制订营销策略时需考虑这一群体的特点及需求。

剧本杀玩家中，男女比例相对均衡，但具体比例会因地区和剧本类型而异。一般而言，男性玩家更偏好推理和悬疑类型的剧本，而女性玩家则对情节丰富、角色深入的剧本有更高的兴趣。

剧本杀玩家中，白领和大学生构成了主要的消费力量，此外，创意行业从业者如设计师、编剧、艺术家等也对剧本杀表现出浓厚兴趣，同时对剧本的深度和艺术性有更高的要求。

根据剧本杀的市场现状和创新趋势，创作者更需要把握未来的创新方向，优化市场定位，以适应市场的变化和玩家的需求。以下是给创作者的一些建议：

为了吸引更多的玩家参与进来，剧本杀开始探索包含多种文化背景的故事题材。这不仅能促进文化交流，也能为玩家探索不同文化提供机会。例如，此前大部分剧本主要是围绕凶案而展开的，现在凶案不再处于核心地位，出现了较多其他类型的剧本，有重情感表达的情感本、重机制设计的机制本等，有的剧本甚至不涉及凶案，只是设计了一场谜案。随着剧本杀游戏与不同领域的结合，相信会有越来越多的形式被创造出来。

除此之外，很多人提到要将VR技术运用在剧本杀上，但这不能一蹴而就，那么应该怎样加强玩家的沉浸式体验呢？笔者认为其一要提升创作者的文字表达能力，让玩家在读本过程中就可以感受到人物性格、故事情感等；也要利用机制将故事和场外人物结合起来，增加体验感；还要加强结尾的设计，包括但不限于演绎或多重结局等。当然，在制作达到一定水平后，利用AR、VR等技术会大大增加游戏体验感。

其二，开发具有多线程和多种可能结局的剧本，增加重复体验剧本的可能性。这种设计不仅可以提高玩家的参与度，也能增强玩家对剧本的探讨，形成更强的传播力；还可以尝试在大数据的支持下，通过采集玩家数据，如类型偏好、人物偏好等，为玩家量身定制剧本。

【创作实践任务】

体验一场剧本杀。

推荐剧本：《金陵有座东君书院》《刀鞘》《月下沙立叶》。

第二讲

在写作之前

一、故事的种子——灵感 / 23

二、锻造大局观 / 30

一、故事的种子——灵感

（一）何谓灵感？

当我们谈论创作方法时，经常会提到一个常见的问题："何谓灵感？"灵感，源自拉丁语，在古代被认为是神或缪斯女神对人的启示。如今，尽管灵感已褪去了浓厚的宗教色彩，但是依旧充满着神秘的色彩。

灵感的原理，我们可以从神经学和心理学的角度来分析。大脑拥有数十亿个神经细胞，这些细胞通过突触相互连接，形成神经网络。我们在接受教育或者传递信息的过程中会形成某种思维，当我们受到新的外界刺激时，便会打破以往的思维，形成新的思维，如果这个思维是从未产生的，那么这便是灵感。

简单来说，灵感是通过重组现有思维路径产生新的思维方式的过程。它既是创意的起点，也是推动作品不断前进的动力。灵感无处不在，它可以是一个突然闪现的想法，也可以来自一段简短的对话，一个经过精心设计的场景，还可以是对复杂情感的深刻洞察。大部分灵感是一瞬间产生的，经常一闪而过，稳定性较差。灵感一旦生成，创作者最好及时进行记忆或者记录。

灵感往往根植于个人情感体验最深刻的地方。强烈的情绪变化，如喜怒哀乐等都会造成思维在大脑中的重组和改变，这些变化可以成为创作的源头活水。如经典名著《老人与海》，通过将亲身经历转化为人类的普遍经验,海明威书写了对人类挑战自然极限的思考,将一闪而过的灵感变成了经典的文学作品。艺术家、作家往往通过观察周遭的世界,从自己所处的环境中获得灵感。比如莫奈的《睡莲》系列,就是艺术家从家庭花园的池塘获得的灵感。

(二)灵感从何而来?

灵感到来的时候没有任何一位创作者能够说清楚它的具体过程,而每一位创作者都希望搞清楚灵感的来源,以便获取更多的思路,创作出新的作品。那么灵感,究竟来自何处呢?

灵感不会凭空产生,更不是无穷无尽的,只有经过正规的训练才能保持灵感的持续降临,这也是我们进行创意写作教学的目的之一。灵感深深根植于我们的日常生活中,我们总是会说灵感来源于生活,这句话一点也不假。值得注意的是,这一过程不靠消极等待而要主动寻觅,是细致观察的过程,是对生活深思熟虑的过程。

1. 日常生活中的观察

灵感来源于生活,那么大家都有呼之即来的灵感吗?再说得详细一些,灵感来源于什么样的生活,又来源于生活的哪一部分?日常生活中蕴涵着无数的灵感之源,它其实不局限于我们所处的物质世界,还在于纷繁复杂的人际关系、不可预知的情绪起伏,甚至是那些平淡无奇但独一无二的瞬间。

除此之外,我们要善于捕捉自己的情感,不仅要看到事物的表面,更要用心去感受事情中的细微之处和人的情感变化。在思考问题的时候产生情感共鸣是创作故事的关键要素之一——与孤独的老人共同经历一段岁月,与匆忙赶路的年轻人一起体会生活的不易——这些都将成为故事的素材。

尝试从不同的视角进行观察是一个有效的办法,比如以孩子的视角看世界,或者想象自己是一只鸟,看城市是什么样子的。视角的变换能开启你的想象力,带来全新的灵感。你可以基于以下内容变换视角续写故事:

一只流浪猫,每天在垃圾堆里寻觅剩菜剩饭;
有一只老鼠,每天也在垃圾堆里寻觅剩菜剩饭;
这天,猫和老鼠相遇了。
分别从猫和鼠两个视角来续写故事。

2. 跨界灵感的探索

跨界合作是打破思维定式、激发创意的有效途径,要求我们从自己的舒适区出发,去接触和学习一个完全陌生领域的知识和技能,使自己的创造性思维得到锻炼和升华。

如果你是一个作家,可以去尝试参加绘画工作坊;如果你是一个画家,不妨去听一场古典音乐会,这些活动将为你提供新的见解与感受。在接触新鲜事物的过程中,我们往往能够产生新的灵感。在现在这个信息爆炸的时代,这种跨界思维成为引领创新和灵感来源的关键。在跨界的过程中,可以融合不同领域的知识,碰撞出创新的火花,激发我们的创造力。

那么我们如何用跨界思维来探索更多的灵感呢?

首先要进行多元化的学习。要定期浏览与专业相关的书籍和资料等,不断补充、更新知识储备;掌握前沿科技动态可能会激发创作科幻故事的灵感;适当吸收一些心理学、哲学相关的知识在一定程度上会有利于我们对人物内心世界的塑造。

其次要进行跨界实践应用。就是将学到的不同领域的知识应用到实际创作中。

最后要和不同领域的朋友进行交流学习甚至合作,持续拓宽自己的知识面,比如你想创作一部犯罪小说,你最好去和心理学家、警察、医生进行交流。

3. **历史和文化的深度挖掘**

历史故事和传统文化是充满人类智慧的结晶,如何对其进行挖掘和再创造是一件十分考验创作者的事情,尤其当我们面对着浩如烟海的中华五千年文化时,能够激发我们创作灵感的内容太丰富了。每一个历史事件、每一个文化传说背后都有着许多深刻而丰富的故事和人性方面的探索与思考。

对某段历史或某个人物进行专门调研,可采用的方法比较多。例如,以阅读文献资料为主;以观看有关历史事件或文化传说的纪录片为主;以参观有关历史事件或文化传说的博物馆为主;以与相关人员进行交流讨论为主;以了解历史事件的来龙去脉为主;以思考历史事件或文化传说的深层含义为主。这都是有益的尝试。

尽量去亲身感知自己感兴趣的方面。例如,对某个国家的文化产生兴趣后,尝试学习该国语言并了解该国的文化风俗。这种亲身的体会能够使人对文化有更具体而深刻的认识,并由此产生创作的灵感源泉。

建立在深入学习体验的基础上,对所学知识进行富有创意的思考和重组,以达到创作有新意之目的,并以全新的视角对传统文化故事进行阐释。通过这一方式,既能拓宽创作视野和思路,又能将传统之精华与现代之需求相结合,使作品具有时代气息,又能给人以启迪与感悟。

灵感孵化为故事——案例实践

第1步:捕捉灵感。

灵感来源:在一次雨后的散步中,有一只孤独的通红小鸟坐在旧宅门口的栅栏上,它的眼睛在观察着周围的世界,显得格外有洞察力和智慧。它的身上似乎有一种独特的气息,仿佛在诉说着一段不为人知的故事。

第2步:扩展你的灵感。

发展思路:这只鸟是天上仙人转世的,承担着守卫人间太平的重任。这次降临人间的原因是什么?是到人间历练?是被贬下凡?还是有其他不为人知的原因?还有一些其他的细节你可以继续深入思考。

第3步:构建角色。

这个故事需要哪些角色?人物关系如何?人物性格又是什么样的?

角色设定:

主角:文弱书生陈萍萍,一个学识渊博、精通医术的隐居书生,学识高而不仕,隐居在江南乡下的宅院内,享受自己的生活。

小鸟:灵界女王孟繁儿,不满天灵两界政治联姻,使自己成为联姻的牺牲品,从而在大婚当天逃离天界,来到人间。心地善良有主见,法术高超有情有义。

反派：魔界使者段天阴，自魔界首领被封印后，魔界使者便掌控了魔界大军，对天界和灵界图谋不轨。

第4步：设定场景。

故事设定在哪里？真实的还是虚构的？为什么设置这样的场景？

场景布置：故事发生在古代的一个小镇上，这个小镇有一座山名叫碧苍山，此山镇压着魔界首领。

第5步：制定情节。

他们之间会发生哪些故事？人和鸟会相爱吗？

情节发展：灵界女王孟繁儿因逃婚下凡，为避免被仙界天兵找到，便封印了自己的法术，以鸟的形态生活。有一次，她被流箭射中，机缘巧合下被陈萍萍遇到，她得救了。接下来两人还会发生哪些故事呢？

第6步：深化背景。

灵界女王的前史是什么？陈萍萍的前史是什么？

背景深化：灵界女王是在天、灵、魔三界大战时出生的，她是魔王伊诺和上灵王孟路的女儿，魔王和灵王都在这场大战中阵亡。陈萍萍是天界唯一的一位上古神，今生正在此地历练。

第7步：构建冲突。

天、灵 VS 魔？

灵界女王 VS 魔界使者？

上古神 VS 魔界使者？

陈萍萍 VS 孟繁儿？

冲突构建：主要冲突是正与邪的冲突，其他冲突如陈萍萍和孟繁儿的情感冲突；两人的情感和天灵两界众生的冲突。

第 8 步：细化情节与角色互动。

第 9 步：加入转折点。

第 10 步：构建高潮和解决方案。

第 11 步：撰写结局。

第 12 步：修订和润色。

经过仔细地修订，这个简单的灵感，就变得丰富而充实起来：它不仅是一个简单的冒险故事，而且蕴涵着有关家族责任与成长的深刻主题。从这个时候起，它不再是一个简单的故事了。

【灵感捕捉训练】

从以下给出的几组场景之中，寻找故事灵感。

（1）场景：在一次雨后散步中，一只孤独的乌鸦坐在旧宅门口的栅栏上，它的眼睛在观察着周围的世界，显得格外有洞察力和智慧。

要求：创造一个有趣的人物。

（2）人物：一个应届毕业生走出一栋商业办公楼，叹了一口气，打开手机，突然间哈哈大笑起来。

要求：构思这个人之前经历的故事。

（3）物件：在一间已经搬空的房间的地板上摆着一个崭新的洋娃娃。

要求：围绕这个物件组织人物关系。

二、锻造大局观

在剧本杀创作中,主题思想是贯穿始终的灵魂所在,也是连接作品和玩家的桥梁,深刻地影响着整个创作过程与玩家体验。对主题思想的深入探讨与选定,是整个剧本杀创作过程中的重头戏。我们在灵感产生的同时便应该开始思考主题的走向。

(一)主题的选择与深化

主题的选择应当源于创作者的主动选择,这一选择过程是创作前的第一步,也是决定作品走向的关键。结合环保、科技伦理、人性探求等当下社会的热点问题或长远关注,能让作品更有看头、更有深度。比如一道关于未来科技对人类社会影响的题目,在激发创作者创意的同时,也能勾起玩家对未来世界的好奇与思索。也可选择结合某一热点文化或历史背景中的故事或传说,将其作为剧本杀的情节素材,进而从中提炼出主题。除此之外,围绕人性、道德选择、生命意义等核心问题展开的主题创作,也能够形成有风格的、受欢迎的好故事。总而言之,主题的选择是一件完全个性化的事情。

(二)主题在剧本创作中的体现

主题确定后,创作者需要将其融入剧本的各个方面,包括情节设计、角色构建和环境设置等。

1. 情节设计

主题的主要载体是情节,通过精心构思的故事情节来表现主题所涉及的核心冲突和问题,从而将主题思想传达出去。例如,当我们准备以科技发展的道德边界为主题进行创作时,可以某一新技术的发明和应用为蓝本,重点去展现人类在应用这一技术的过程中获得了极大好处却也付出了极大代价,从而让故事陷入一种道德困境。

2. 角色构建

角色是故事的行动者,他们的性格、选择和变化直接反映了主题思想。角色之间的冲突和互动,是深化和探讨主题的有效手段。例如,创作者可以设计持有正反两种观点的人物,通过他们之间的对峙来揭示主题思想。

3. 环境设置

环境既是故事背景,又是表现主题的一个重要因素。创作者通过对特定时间、地点、气氛的详细描述,在以环境元素象征主题思想的同时,让玩家身临其境,加深其理解和体验。例如,荒凉的野外景象、破败的工业设施,在一个探讨自然与人类关系的剧本中,能直观地反映出人类对自然的破坏。

(三) 主题在玩家体验中的作用

主题鲜明深刻,既能对剧本创作起到指导作用,又能对玩家的体验产生很大影响。

其一,是感情的投入和共鸣。当玩家在游戏中遇到与自身价值观相呼应或对自身思考提出挑战的情境时,更容易产生情感上的共鸣,进而对游戏产生深刻的回忆与评价,主题思想是激发玩家情感投入的关键所在。

其二,要注意创造机会使玩家进行议论和反思。一个耐人寻味的话题能够激发玩家在游戏结束后的讨论，而这种讨论可能会扩展为更广泛的社会的、文化的甚至哲学的话题，促使玩家进行深入反思，而不局限于游戏本身。

创作剧本杀时，确定主题思想是非常关键的步骤，它决定着故事的深度和广度，也影响着玩家的体验和故事的传播性，是制作既有娱乐价值又有教育意义、思考价值的好作品的关键要素。主题的深入挖掘与巧妙融合，能使剧本杀成为一次难忘的经历，使玩家在享受游戏的同时，获得情感上的满足与智性上的启迪。不管是探讨深刻的人性问题，还是反映社会与政治的迫切议题，或是提供对未知世界的想象，一个好的主题都能使剧本杀成为一次令人回味无穷的体验，带给人心灵上的冲击。所以，创作者在选择题材的时候，要充分考虑自己的目标受众和所希望传达的信息，做到与故事人物和情节的无缝衔接，从而创作出具有影响力的作品。

【创作实践任务】

根据给出的灵感来源，尝试创作一个完整的故事大纲，字数500字至3 500字。

灵感来源：在一次偶然的夜间漫步中，你目睹了一颗流星划过夜空，落在不远处的森林里。第二天，当地传出了一系列神秘且不可解释的事件。

要求：

主题思想：确定并描述故事的核心主题。如希望、变化、未知、勇气等，确保这一主题贯串整个故事。

人物设定：首先，创建至少三个关键角色，包括人物前史、性格特点以及他们如何与主题相联系。其次,必须包含至少一个主要人物和一个对抗力量(可以是人、自然或内心的斗争)。

情节布局:详细描述故事的开端,包括如何介绍主要人物和初始事件;描述故事的中部,包括主要事件和人物间的互动如何推动故事发展;描述故事的高潮和结尾,包括如何解决主要冲突,以及故事的最终结果。

创意元素:引入至少两个创意元素(如神奇的物品、特殊的场景、独特的能力等),并解释这些元素如何增加故事的吸引力。

环境和背景:尽可能详细地去描述故事发生地及其周边的环境,要使用详细的描述来增强故事的沉浸感。

第三讲

从构建人物关系开始

一、故事导入 / 37

二、创建角色 / 39

三、设计冲突 / 48

四、绘制人物关系图 / 50

五、人物关系大有可为 / 54

一、故事导入

　　西北地区自古以来人烟稀少,但是在这覆盖着一层又一层黄沙的土地上,曾诞生了许多商业家族的传说。王刘村便是西北地区一个不起眼的小村落,村里的老人们常说,几十年前,这里也曾有一个庞大的家族发家过,他们以贩卖玉石为主,名声显赫一时,只是后来不知道什么原因,这个家族里的人都离奇失踪了,如今只留下了一个空荡荡的院落,以及许多关于宝藏的传说。

　　最近,有一个年轻人再次来到了王刘村,他看上去衣着鲜亮,目光炯炯,逢人便说自己是曾经显赫一时的王氏家族的最后一名继承人,他的突然出现让这座空荡荡的老宅及未知财富成为焦点。一时之间吸引了各路人马的贪婪目光,陆陆续续,又有几张陌生的面孔来到了王刘村。

　　王氏家族的院落早已经废弃了,透过门缝还能依稀看到宅内的走廊曲折蜿蜒,仿佛是通往过去的时光隧道。牌匾、古老的山水画和精致的瓷器讲述着家族的辉煌和秘密。

　　六个性格迥异、目的各异的人物同时汇集于这座老宅,这引起了大家的好奇。他们每个人似乎都对这座宅子抱有不同的兴趣和目的:无论是追求家族遗产的合法继承人,还是渴望发掘宅内秘密的官府密探,抑或是对超自然现象着迷的占卜相士……他们之间的相遇不仅是巧合,更是命运的安排,因为宅内蕴藏的秘密远远超出他们的想象。

每当夜幕降临,老宅的阴影似乎在讲述着不为人知的故事。而不约而同聚集此地的六人,将围绕着王氏家族隐藏的财富展开一场生死争斗。

人物角色与背景(共六人)

1. 王氏家族的远亲

背景:自称是王老太爷在世间的唯一血脉,深知家族历史和秘密。有强烈的动机继承遗产,但对家族之外的人来说,他显得神秘兮兮。

目标:证明自己的继承权,同时隐藏家族的一个不为人知的秘密。

秘密:知道老宅有一个密室,里面藏有能改变继承权合法性的文件。

2. 古董商

背景:对老宅中所藏珍品充满贪婪欲望的人。对古董有深厚的知识,但过去因伪造古董丑闻而名声受损。

目标:不惜一切代价,找到并占有宅内的珍贵古董。

秘密:曾经试图与继承人合作伪造古董,但合作失败。

3. 官府密探

背景:年轻、充满好奇心的密探,这次遗产争夺战将是自己在官场展露身手的好机会。

目标:揭露老宅和家族背后的故事,通过这个故事让自己一举成名。

秘密:在调查过程中发现了一些关于继承人死亡真相的线索,担心公开真相会有生命危险。

4. 当地占卜相士

背景:对超自然现象有着浓厚兴趣的学者。相信老宅隐藏着巨大的能量和秘密。

目标：探索宅内的超自然现象，揭示隐藏的能量和秘密。

秘密：曾在宅内发现过不可解释的超自然现象，但担心自己被当作疯子。

5. 官府随从

背景：王老太爷的私生子，无人知晓他的这层身份，明面上是密探的帮手，做官多年的他向来不喜欢在人前露面，这一次却主动请缨。

目标：找出继承人死亡的真相，确定是否为他杀。

秘密：已经收集到一些关键证据，指向一名角色与死亡案件有关。

6. 村长

背景：当地村长，表面上是来此负责处理遗产事宜的，实际上可能掌握着改变故事走向的关键信息。

目标：确保遗产分配过程公正、透明，同时保护自己和村子的利益。

秘密：知道一份可能存在的遗嘱草稿，其中包含意想不到的继承人名单。

要求：根据以上六个关键人物梳理出一份符合逻辑的人物关系（可用人物关系网展现）。

二、创建角色

在创作任何故事或剧本时，创建人物角色是构建人物关系前的首要步骤。这一过程不仅是为了塑造故事的参与者,而且是确立故事框架和推动情节发展的关键环节。

人物角色作为故事的基石,也是故事的灵魂所在。每个角色都携带着自己的背景、动机、目标,这些元素为他们之间的互动和发展提供了基础。没有定义好的角色,故事就缺乏动力和方向。在创建角色之后,不同角色在相互交往时就会产生化学反应,形成复杂多变的关系网络,人物关系的构建才成为可能。

在剧本杀游戏中,玩家可以暂时脱离真实的本我,以他人的身份体验不同的人生经历,沉浸在剧本所塑造的虚拟世界中[①]。这个情况之所以能够实现,主要还是得益于角色的创建。人物作为情节发展的驱动力,故事中的每一个转折点、冲突和解决方案都将围绕着人物状态的变化而展开。创建人物角色也就成为构建人物关系和发展故事情节的基础。作为故事情感联系的核心,所有的情感都要通过人物内心及人物关系去建立和延伸。可以这么说,没有人物角色,故事就失去了情感的深度,会变得枯燥无味。

接下来就带你学习如何去创造丰富立体的角色!

(一)你必须先设定一个大概的故事背景

在创作剧本杀时,你要依托于某个区域规则来写,那就是设定你的故事背景。它不仅为人物行为提供合理性,还为整个故事设定了调性和氛围。设定背景时,需要考虑的方面很多,如时间、地点、文化、社会状态、经济状况、政治环境等。

---

① 李雨萌.沉浸与互动:"剧本杀"游戏的文本研究[D].山东师范大学,2023.

1. 时间背景

时间设定可以是过去、现在或未来,一旦确定了时间背景,那么人物角色的行为、服饰、语言甚至思维方式都要符合这一时代背景。例如:一个设定在民国二十五年(1936年)的故事,重庆国民政府制定了新一轮的"剿共"方案后,我党潜伏人员偷偷发短信给上线人员,为我党躲避反动派围剿争取了时间。

在这个例子中,有两处设计和真实历史差别较大,因此,选择并设置故事背景则尤为重要。可以看下上面的例子中到底存在哪些问题。(① 1936 年为南京国民政府——时间不对。② 发短信——行为不对。)

2. 地点背景

地点设定可以是现实世界的某个地方,也可以是完全虚构的环境。地点背景影响着故事的气氛和情节的发展,比如孤岛、密室或者古老城堡各有不同的故事潜力和气氛营造。如果说地点设在皇宫,那么故事内容就要符合皇宫内的行为习惯和物品布置等。

3. 文化背景

每个地点都有其独特的文化特征,这些特征应体现在故事中,如节日、传统、信仰、饮食、社交习俗等。这些文化元素可以加深故事的层次感,让角色更加丰富。比如英美主题的剧本,人物语言就会比较直接。

除此之外,社会阶层、法律法规、道德观念、教育水平等都会影响角色的行为和决策。例如,在一个强调阶级差异的社会背景下,角色之间的互动和冲突可能会更加复杂。一个地区的经济条件也会对当地人的思想产生重大影响。贫富差异、就业机会、经济危机等都是需要考虑的因素。政治状况同样可以为故事增添紧张和冲突。政治制度、权力斗争、法律限制等都可以成为推动故事发展的重要因素。

（二）你想要设定一个什么类型的角色

在剧本杀创作过程中，人物类型的确定是构筑故事框架和推动情节发展的基础。只有设计出不同类型的人物才能够发展出一波三折的故事。当你设置完故事背景之后，便可以去设置你想要的角色。

1. 人物类型的多样性

不管是剧本杀作品还是电影、小说等，都需要不同类型的角色来丰富故事。剧本杀中，让不同性格、背景和兴趣的玩家找到适合自己角色的类型，可以加强游戏的娱乐性。

以下是一些在剧本杀中常见的人物类型：

探长/侦探：通常是推动剧情发展的角色，负责分析线索，调查谜案真相。他们通常具有较强的逻辑推理能力和观察力，但是人物一般比较"清白"，难以添加作案动机，所以很少被怀疑，后来逐步边缘化，现在大多数变成NPC（非玩家控制角色）。

受害者：案件的直接牵涉者，他的背景故事将成为剧本推进的核心。在剧本中，受害者的身份可能不是一开始就揭露的。

嫌疑人：通常有多个嫌疑人，他们各自有动机和机会实施犯罪。情节的发展往往围绕着揭露嫌疑人的真实意图而展开。

警察/助理：辅助侦探进行调查的角色，可能会提供关键证据或意外推翻现有的证据。

目击者：目击了犯罪现场或与案件有重要关联的角色，但往往记忆模糊,需要玩家通过询问得到真相。

亲友:与受害者或嫌疑人有亲密关系的角色,他们的证词和行为可能隐藏着案件的关键。

神秘人物:身份不明、动机不明的角色,常常在关键时刻出现,给案件的解决带来转机。

双面间谍:这类角色表面上可能是一方的同伴,实际上却另有所图,是案件背后复杂关系的体现。

犯罪者:真正的犯罪实施者,但在剧本早期可能并不显露,通过情节的发展逐渐揭露出身份。

旁观者:看似与案件无关,但其可能是对案件有间接影响的角色。

反派/幕后黑手:控制事件发展的背后人物,动机复杂,手段狡猾。

心理医生/学者:通过专业知识为案件提供分析的角色,有时候也会成为嫌疑人之一。

线人/内鬼:在组织内部为侦探提供信息的角色,但是其真实立场可能不那么坚定。

可疑的外人:此人物类型一般作为剧本杀的功能性人物,不与案件有某种直接的联系,可能因为做出某些可疑的行为或携带可疑物品而成为关键人物。

平民:常常是被卷入案件的普通人,他们的反应和选择可以为玩家提供线索。

通过以上这些不同的人物类型,剧本杀可以营造出复杂的人际关系和故事线,增加游戏的挑战性。那么,我们在创作的过程中可以按照自己的需求选择人物类型,然后在此基础上去做加法,使之成为有血有肉的剧本杀人物。

2. 人物类型与情节的匹配

人物的性格、身份、行为动机等无一不跟故事情节有关系,在设计人物的过程中我们必须考虑这样的设计是不是最有利于情节的发展;同时,在情节的推演过程中,这个角色是否能够让玩家获得足够的体验感。那么接下来带你尝试进行设计:

第一步,先假设一个明朝抗击倭寇的故事背景;

第二步,选择几个基础的人物类型,如受害者、双面间谍、警察;

第三步,将基础人物类型与故事情节相匹配,如把受害者设置成当地渔民,双面间谍可以是东厂宦官,警察则是锦衣卫。

……

步骤非常简单,就是把基础人物类型与特定故事情节相融,符合故事背景即可。

3. 确定人物类型的过程

设定人物类型通常包括以下几个方面:

分析故事主题:根据故事主题来设定必要的人物类型,使其能够服务于主题的展现。

分析故事情节:根据情节需要,设计必要的人物类型来推动故事的发展。

分析人物功能:确定每个人物的功能,比如谁是推动情节的关键人物,谁提供必要的信息等。当然这可以在写作中逐步添加,不一定非要在此时完善。

分析目标玩家:考虑目标玩家的喜好,设计能够满足其需求的人物类型。

细化人物设定：在确定了人物的大致类型后，进一步细化每个人物的性格特征、背景故事和动机。

在剧本杀的创作过程中，确定人物类型是一个细致而复杂的过程，它要求创作者不仅要有创意，还要对人物心理和故事结构有深刻的理解。一般剧本在确定人物类型时，有几个是必备的类型，如受害者、旁观者等。旁观者又可拓展为多种具体的人物类型。在设计过程中，创作者需要平衡原创性和玩家的预期，使得人物既具有新颖性，又能满足玩家对于角色的期待。

（三）为你的人物编写一份档案

在确定好自己需要的人物类型以后，接下来的工作便是为人物编写一份档案。人物档案不仅是人物关系网的基础，也是玩家理解和演绎角色的关键。好的人物档案能够使玩家迅速投入游戏，并且在情节中找到自己的位置。以下是编写人物档案的步骤和要点：

1. 角色背景设定

出生与成长环境：角色的性格养成往往与其生长环境紧密相关，一个人所做出的选择都能从他的生活中寻找到蛛丝马迹。

社会地位：角色在社会中的地位，如贵族、商人、警察等，关系到这一角色与其他角色交往的层次和频率。

家庭关系：家庭成员的构成及其相互间的关系，可能会成为情节中的重要线索或者冲突源。

2. 人物性格描述

性格特点：如开朗、阴沉、多疑、直率等，这直接影响角色对事件的反应方式。

价值观和信仰：如对社会的看法、对善恶的抉择、对死亡的看法、对人生之路的设定等。

兴趣爱好：可以用来增加角色的多维度，也可能成为情节发展的关键点。

3. 外貌与形象描述

基本外貌：如年龄、性别、身高、体型等基本信息。

特殊标志：如瘢痕、文身、特殊搭配等，这些可以成为其他玩家识别角色的要素。

4. 能力与技能

职业能力：角色的专业技能，如侦探的推理能力、医生的医术等。

特殊能力：如武术高手、擅长心理学等，可以增加角色的独特性。

5. 人际关系网

与主要角色的关系：如朋友、敌人、恋人等，这些关系会影响角色的行动和选择。

社交圈：角色平时交往的社交圈，会影响其接收信息的范围和行动力。

6. 情节定位

情节中的角色：是推动剧情发展的关键人物，还是辅助性角色，或者是象征着某种神秘势力的幽灵角色。

目标与动机：角色在情节中追求的目标及背后的驱动力。

7. 秘密与隐藏信息

秘密背景：这部分往往是不公开的，只有角色自己知道，是构造情节反转和高潮的重要元素。

隐藏任务：角色可能有自己的隐藏任务，这会使其有更丰富的行动选择。

8. 装备与道具

个人物品：如手表、信件、首饰等，可能成为情节中的重要线索。

角色专属道具：如医生的医疗包、侦探的放大镜等，增加角色的可信度。

在写作的过程中我们要根据人物背景和性格，采用符合人物身份的语言和表达方式。同时要学会给玩家一些演绎的指导和提示，帮助玩家更好地理解和扮演角色。在编写人物档案时，应该尽量详细而不过于烦琐，让玩家能够快速抓住角色的核心，但又有足够的信息进行深入挖掘和演绎。同时，要注意人物关系设置要逻辑合理，保持情节的连贯性和悬疑性。通过这样细致的编写，可以让剧本杀的体验更加深入和生动。表3-1是人物档案的编写样表：

表3-1 人物档案编写样表

人　　物	死　者	凶　手	侦　探	旁观者
角色背景设定				
人物性格描述				
外貌与形象描述				
能力与技能				
人际关系网				

续 表

人　物	死　者	凶　手	侦　探	旁观者
情节定位				
秘密与隐藏信息				
装备与道具				

三、设 计 冲 突

　　冲突是故事得以发展的最大动力,冲突往往也是一个故事的开端。是冲突的存在让故事有了高低起伏,使人物性格特质和动机得到显现。在剧本杀中,一个好的冲突设计能够使玩家在追求目标的过程中遇到挑战,从而引发情绪的波动和对角色的深入思考。

　　矛盾冲突,往往与情节的展开同步进行,使情节的设计引人入胜,同时也有助于刻画个性鲜明的人物[1]。冲突可以大致分为以下几种类型:一是人物内部冲突,如角色内心的矛盾和斗争,如良心的挣扎、恐惧、欲望等。二是人与人之间的冲突,即角色之间的对立和矛盾,如价值观的对立、不同的选择等。三是人与社会的冲突,如角色与社会规范、文化或法律之间的冲突。四是人与环境的冲突,如角色与自然环境或被置于特定情境之中的冲突。

　　在设计动机与目标的过程中需要明确其真正的原因。这将是

---

[1]　夏芸.谈小说的矛盾冲突[J].文学教育(上),2014(2):96.

推动角色行动与情节发展的根本原因。例如,在剧本杀《刀鞘》中,一个角色的目标可能是为了获取绝密情报,而另一个角色则是要完成纠察异党的任务,如此一来,这两个角色之间便产生了激烈的冲突。

除此之外要学会创造角色间的对立关系。人与人之间的冲突是最容易引起玩家共鸣的类型。通过设计具有相互对立目标的角色,可以自然地产生冲突。有时候角色本身便带有天然的冲突性,如警察与小偷、地主与农民等,与生俱来的角色冲突,即便是没有过多情节的描述,两个角色之间也会有不小的冲突。因为角色本身所处的背景和阵营就存在一定的冲突,所以不必依赖于角色描写和情节叙述。

人与环境的冲突也是一个重要的设计点。可以通过设置特定的环境或情境,如暴风雨的夜晚、断电的老宅,或是布满机关的密室,来制造紧张感和挑战,迫使角色做出选择,从而揭示其性格和动机。很多密室逃脱剧本,通过各种机关限制玩家前进,玩家便想极力逃出密室,如此一来,玩家便和场景产生了矛盾冲突。

在人物关系网中埋下冲突的伏线,可以使故事更加丰富和立体。比如,两个角色表面上是朋友,但实际上却因为过去的恩怨成为敌人,这种复杂的人物关系可以增加故事的张力。

案 例 分 析

让我们回到这一讲最初阅读的故事上,看一下如何具体地应用上述技巧设计冲突。

背景设置:一座古老的院落,据说藏有巨额遗产。主人神秘地去世,留下了一段复杂的家族历史和未解之谜。

人物内部冲突：官府随从，作为故去主人的私生子，长期受到家族正统成员的忽视与轻视，内心挣扎于争取合法继承权与放弃一切之间。这种内部冲突让玩家感受到角色的痛苦和决断的重要性。

人与人之间的冲突：一个由遗产分配引起的明显冲突场景。遗产的潜在继承人之间存在着明显的利益对立，每个人都有着获取遗产的强烈欲望，但获得遗产的限制条件是只允许揭开家族秘密的人继承。这导致了角色之间的秘密竞争和公开对抗。

人与社会的冲突：主角作为一名私生子，这个身份使他处于一个非常尴尬的地位。这个社会不仅不承认他的身份，而且对他还有偏见和排斥。这种情况加剧了他的内心冲突和对社会的挑战。

人与环境的冲突：狂风暴雨之夜，所有继承人被困院落内。黑夜和暴风雨的环境属于自然环境，它不仅在物理上限制了人物的行动，也加剧了人物心理上的紧张和恐惧感，迫使人物之间的矛盾和冲突浮出表面。

梳理关系网：通过设计复杂的人物关系网，比如揭示主角与另一个继承人竟是失散多年的兄弟，他们的竞争不仅仅是为了遗产，还涉及家族认同、对归属感的追求。这种揭露不仅增加了故事的深度，也为冲突提供了新的层次。

四、绘制人物关系图

（一）你该设计一下基础的人物关系了

在剧本中，人物关系是推动情节发展的重要因素。很多创作者在构建人物关系的过程中，很容易把自己绕进去，导致人物关系混乱或者主要人物边缘化,其实构建人物关系并不难,只要掌握一定的创作原则就可以了。

每一个角色的基本定位和性格特点,都需要在构建角色关系之前弄清楚。这些因素都会成为界定人物关系的依据。人物之间的关系可以是血缘关系,也可以是爱情、友情、仇恨的关系,还可以是竞技关系等。在人物档案中要清楚地标示出这些关系,关系类型不是单一的,更不是一成不变的。比如两个角色可能是多年的好朋友,却因为某个秘密产生裂痕,或者两个人可能是竞争对手,却要为了解决问题而合作。

(二) 汇总人物关系

人与人之间的关系一共有多少种?其实,人物关系的种类并非很多,所以在构建人物关系时,只要在固定的关系上融入具体的人物信息。以下是常见的剧本杀人物关系类型:

1. 家庭关系

亲子关系:父母与子女;

兄弟姐妹关系:兄弟、姐妹、同胞;

婚姻关系:夫妻、男女朋友;

亲戚关系:堂兄弟姐妹、表兄弟姐妹、远亲等。

2. 友谊关系

朋友:童年好友、公司中的朋友;

挚友:特别亲密的朋友,可以共享深层的秘密;

业务关系:共事的伙伴、团队成员。

3. 爱情关系

情侣:恋爱中的男女;

暗恋：单方面的爱慕；

情敌：争夺同一人的爱情；

前任：分手后的复杂关系。

4．职业关系

上下级关系：老板与员工、上司与下属；

同事关系：在同一工作环境中协作的人；

商业伙伴：共同经营业务的合伙人；

竞争对手：在业务或职位上竞争的对手。

5．仇恨与敌对关系

私仇：因个人原因产生的敌意或仇恨；

家族恩怨：因家族间的旧事而产生的仇恨；

业务纠纷：因商业利益冲突而产生的对立；

宿敌：多年的敌对关系，可能涉及复杂的背景。

6．秘密关系

合谋关系：暗地里共同进行的不法行为或计划；

暗中保护：不为人知的保护或守护行为；

隐秘恋情：不为外人所知的秘密恋情；

双重身份：一个角色拥有另一种秘密的身份或生活。

7．社会关系

师徒关系：老师与学生、师傅与徒弟；

宗教或信仰关系：牧师与信徒、导师与追随者；

社团或组织关系：属于同一社团、俱乐部或秘密组织的成员。

债务关系：债主与债务人，因金钱借贷而产生的关系；

救命之恩：因救命之恩而形成的感激或责任关系。

（三）制作人物关系图的详细步骤

人物关系图是剧本杀创作和体验中不可或缺的工具，它以直观、易于理解的方式呈现角色间的复杂关系，这对于我们在写作过程中厘清人物关系、设计人物故事、推进情节发展十分有益。在绘制人物关系图的过程中可能需要使用专门的绘图软件或工具，例如幕布、Xmind 等，选择自己喜欢的技术工具来辅助完成这一步，将获得事半功倍的效果。以下是绘制人物关系图的一些参考步骤：

1. 确定角色节点

列出剧本中的所有关键角色，为每个角色创建一个节点，可以使用圆形或其他形状。使用不同的颜色、大小或形状来区分角色类型（如主要角色、辅助角色）、性格特征或阵营。一般会以主要人物为核心，然后内外延伸，将所有人物列出来。

2. 标注关系连线

根据角色之间的基本关系绘制连线，直线可以表示两者之间存在明确的社交关系，虚线表示不稳定或不确定的关系，波浪线表示矛盾或敌对的关系。连线的粗细程度可以用来表示关系的强度或重要性。可以在连线上添加箭头，指明关系的方向性，如单方面的敬仰或依赖。

3. 添加符号和注释

在连线或角色旁边添加符号来标示特定的关系特征，如心形表示爱情，闪电形表示冲突。使用简短的文字来注释具体关系，如"童年好友""宿敌"等。

4. 动态更新与维护

故事发展过程中，随时更新人物关系图，反映人物间关系的最新状态。特别要注意新的事件对现有关系的影响,及时调整连线和注释。

五、人物关系大有可为

(一) 谁是核心

你知道剧本杀核心角色是谁吗?简单来说,核心角色就是主要人物。他们的行动和决策直接影响情节的发展。从本质上讲,核心角色创造了其他人物,但需要注意以下两点。

1. 核心不能太核心

核心相当于剧本的主角,戏份多、内容多、操作多、技能多,在故事背景上起着极其重要的作用,是剧本中的主要人物,是故事的驱动力,拥有明确的目标和动机,经常处于冲突的中心。在剧本体验过程中,核心角色丰富着剧本的推理过程,甚至可以左右结局。设计主要人物时,应注重其内心世界的深度和复杂性,使玩家能够产生共鸣。例如,剧本杀《孤城》中的丽丽娜依,她是一个灵活的角色,被三个男人拉拢,可谓"真核心"。核心虽对情节乃至整个剧本有着较大的影响,但是也不可以一家独大。如凶手本的核心角色,能让他特别清白,一点指向他的证据都没有吗?当然不可以!又如机制本的核心角色,如果技能无敌,那么其他玩家去哪里寻找体验感呢?所以说,核心不能太核心,要像放风筝一样时刻有根线拽着才可以,在写作中既要重视他又要约束制衡他。

2. 次要人物不是旁观者

剧本中除了核心人物,还有一些次要人物。次要人物支撑和衬托主要人物,他们可能是主要人物的家人、朋友、敌人或是那些在关键时刻提供帮助的导师角色。在剧本杀中,除核心人物外,角色一般还可以分为闪现的角色、非玩家控制角色、与故事主线保持较深联系的角色等。例如,一个步入绝境的少年遇到一位老者,在老者的帮助下重新获得希望,老者对于故事情节的发展具有作用。这位老者既不是非玩家控制角色,也没有具体的人物剧本,是常见的功能性角色,推动情节的发展。

(二) 复杂关系

尽量构造复杂的人物关系网,这会使剧本杀游戏变得更加有意思。复杂的人物关系除了可以增加故事的吸引力外,还能为玩家带来更多的思考和推理上的挑战与乐趣。设计多层次、隐藏性的人物关系,可创造出令人意想不到的剧情转折与冲突,使游戏过程更加引人入胜。

1. 构建多层次人物关系

利用背景故事。背景故事是构建复杂人物关系的基础。每个角色都应有自己独特的过去,为这些过去相互交织时,就会形成复杂的人物关系网络。接下来用案例来说明这一点:

在抗战期间,南京汪伪政府有一名姓陈的经济专员。陈专员无父无母,有一位太太,是当地的中学教师,两人经人介绍后结婚。

以上是简单的夫妻关系,那么现在去梳理一下两人的背景。

陈专员,1934年毕业于北京大学,留学日本,1940年回国工作,次年,经人介绍结婚。

陈太太,1937年毕业于北京大学,1938年在南京某中学任教,1941年与陈专员结婚。

通过教育背景可知,两人还是校友关系。

陈专员,从小与家人走散,后被日本人收养并接受间谍训练。

陈太太,在北京大学上学时,加入中国共产党。

通过以上背景可以得知,两人还有可能是敌对关系。

人物过去的经历会增加人物关系的层次,所以,可以使用倒推法,比如说,想让两人爱而不得,就先让他们相爱,成为恋人或者夫妻,再让他们对立,结合时代背景,如党派相左、侵略与被侵略等。然后根据这些条件再去修改、添加人物的背景故事。

2. 设定秘密联结

秘密是构建隐藏关系的有力工具。角色之间可能存在着只有少数人知道的秘密联结,这种秘密可能是一段共同的历史、一个未公开的罪行或者一个深藏的家族秘密。学会在角色之间建构和隐藏秘密,这将会为后来的故事发展埋下伏笔,当其中某个秘密浮出水面,故事也将随之迎来一波小高潮。

(三) 关系在变

人物关系不是一成不变的,它是在不断发展和变化的。在基础背景下,在跌宕起伏的情节发展中,人物一直都在潜移默化地成长和改变,人物关系也在变动。想要设计出变化的人物关系,不仅需要对人物性格、动机和背景作深入理解,还需要通过设置情境、设计冲突、塑造角色内心世界以及利用外部事件,来巧妙地推动人物关系的演变。

1. 设置情境促进关系变化

情境的设置是推动人物关系变化的基础。精心设计的情境,可以为角色间的交流、冲突、和解提供自然而合理的舞台。

第三讲　从构建人物关系开始

实 例 分 析

电影《一出好戏》中，一群人因为一场灾难而被迫来到一个荒岛。岛上的环境极端恶劣，物资紧缺，重新构建情境的压力促使人物关系发生变化。

情境设计：一开始，人物关系基于彼此的第一印象和社会地位而构建，如于和伟饰演的老板自然而然地成为领导者，有人则成为被边缘化的一员。随着生存挑战的加剧，这些人物关系开始出现裂痕，逐渐展现出更为复杂的面貌。

关系变化：在共同解决衣食住问题的过程中，他们之间的互动变得频繁，开始重新评价彼此的价值和地位。原本的领导者也因决策失误而失去了大家的信任，而某些边缘角色则因展现出出人意料的勇气或智慧而获得别人的尊重。黄渤饰演的角色以及张艺兴饰演的角色就是在不断变化的。

2. 设计冲突深化人物关系

冲突是人物关系变化的催化剂，冲突产生时人物可能是敌人关系，冲突升级时是你死我活的状态，冲突解决后可能又变成合作伙伴。通过冲突的产生、升级和解决，可以展现人物间关系的深度和复杂性。

实 例 分 析

故事设定为一场紧张的谍战，两个主角原本是对手，但是他们在执行各自任务时不得不暂时合作，共同去解决一些事情。

冲突设计：一开始的不信任奠定了他们的对立基础。随着合作的深入，两人开始发现对方并非想象中那么纯粹的敌人，而是有着各自的信念和苦衷。

关系深化：当一个角色在执行任务陷入危机时，而另一个角色选择救助而非利用这个机会完成自己的任务时，他们的关系就产生了根本性的变化。这种选择展示了人物关系从纯粹的对抗转变为基于理解和尊重的复杂联盟。

3. 塑造角色内心世界促进关系成长

对角色的内心世界进行详细刻画，这实际上是在玩家与角色之间建立一座沟通的桥梁。通过描绘角色的思想变化、情感波动，可以让人物间的关系变化显得更加真实和有力。

例如，两个多年未见的旧友，他们因为一次意外事件而重逢，随着情节的发展，过去的误会被逐渐解开。在这个过程中可以利用内心独白揭示角色的思想变化，通过对话展现他们之间的情感波动。当两个角色一同回忆过去，面对共同的挑战时，他们的关系开始逐步恢复，最终达到新的深度。这个过程中，他们的内心变化是推动关系变化的关键。

4. 利用外部事件推动关系发展

当故事的发展已经无法单纯用人物关系向前推进时，不妨试试把外部事件加入进来。设计使角色必须共同面对的困难，可以加速和深化人物关系。

例如本来有矛盾的两家人，面对自然灾害的影响，决定共同抵御，重修旧好。在面对外部挑战的过程中，角色间的矛盾、误会和冲突会被放大，但同时这也为关系的发展和升华提供了机会。当他们共同克服困难、达成目标时，彼此间的联系也会因此变得更加牢固。

第三讲　从构建人物关系开始

【创作实践任务】

从以下几组人物身份中选择自己感兴趣的一组,绘制一张不少于 10 人的人物关系网。

① 老皇帝、东宫太子、皇后、大内密探、他国使臣、京城首富。

② 银行职员、上市公司老板、网瘾少年、退休教授、健身教练、应届毕业生。

③ 医生、警察、小偷、学生、司机、老师。

要求:

所绘人物关系网中应包含所选组别的所有人物;同一人物可以拥有多重身份;简要标明人物之间的故事冲突;注意人物关系要平衡。

第四讲

好角色该如何塑造

一、故事导入 / 63

二、人物前史的必要性 / 65

三、用行动展现性格 / 69

四、独处时刻——复杂的决策 / 76

五、正义的化身 / 83

六、环境描写很重要 / 87

七、命运总是一波三折 / 90

一、故事导入

陈莉，一名警校刚毕业的年轻警员，一直以来她对历史故事十分感兴趣。进入警局不久，她便受命开始调查一桩失窃案：本地著名商人陈齐河声称爷爷留下来的玉佩消失不见了。

陈莉接过那张玉佩的照片，心头一紧，发现这竟是自己之前在一本古书上看见过的宝物——"命运之影"。据传此物能左右人的命运，从古至今引起了多方势力的垂涎。陈莉问起此物的来历，陈齐河不愿多说。

陈莉的好友吴明博是一位博物馆馆长，根据线索，他或许跟此事也有关系，可是他在遗物失窃事件发生后便神秘失踪了。

陈莉在追查过程中不幸受伤，被一个叫唐海风的男人救起，两人成为好朋友。不久之后，陈莉发现后者竟是神秘组织"猛犸"的领导人，这个组织一直以来就在寻找这块玉佩。

陈莉趁机和唐海风走近，终于找到了吴明博的踪迹，而对方竟然就是这一切的主谋。唐海风所领导的"猛犸"组织其实策划着颠覆政权的阴谋，代价则是要让无数人牺牲。此时，陈齐河也适时赶来，原来他跟吴明博早就认识。

一场激烈的打斗，陈莉旧伤复发，唐海风及时把她救了下来，面对近在眼前的玉佩，陈莉不知道自己该怎么办才好……

请尝试继续完善这个故事。

角色塑造是引领玩家沉浸剧情最直接的部分。剧本杀并不存在传统意义上的剧中人物和观众,看似消解了叙述主体与接受者的界限,实际上剧本杀玩家同时担任着叙述者和接受者两种身份角色。当阅读剧本时,玩家担任接受者的角色,静观人物的经历和处境;当阅读完毕,玩家就是角色本身,以符合角色身份的行为、言语、逻辑进行演绎和互动①。只有书写出真正让观众喜欢的角色,才能让玩家以角色的身份进入故事内部,"杀"的部分才能顺理成章地展开。

所谓角色塑造,一方面是指在虚拟的故事情节当中,通过塑造人物,让整个故事更加完整、生动;另一方面是指通过阅读人物剧本,引领玩家抛开现实中的身份,以全新的角色投入故事演绎之中。创作者在创作一个故事时就要统筹考虑这样两点:一是如何塑造一个有趣、生动的故事角色;二是如何让玩家快速接受新的身份,在情感上产生共鸣。

要想让玩家顺利进入剧本设定的情境中,除了玩家主动脱离现实身份之外,更要让他接受剧本设定的角色。这样一个全新的身份,绝不能仅仅只是一张包含了姓名、年龄、身高、身份等基本信息的纸张,更要包含一个人的生平经历、喜怒哀乐、不为人知的情绪与小动作。如同科幻电影中的记忆移植手术一样,将一段记忆植入人类的大脑中,让人拥有一段原本不属于自己的记忆,甚至完全成为另一个人。阅读人物剧本的过程就像是给玩家做一场记忆移植手术,阅读完毕后,一段新的记忆已经潜藏在玩家的大脑

---

① 杨紫馨,王艳.还原·沉浸·交互:论剧本杀剧本的三重创新[J].电影文学,2022(12):46-50.

之中。

需要注意的是,对于角色塑造来说,很重要的一点就是要创作出对生活有思考的人物。或许我们可以这样去解释:创作者在创造一个角色的过程中,就是在创造另一个自己。剧本角色的兴趣爱好、行为举止、世界观,无不体现着创作者本身对于生活的思考。只有去书写打动自己的人物,才能真正让他者共情。下面我们来具体说一说,在剧本杀的角色塑造方面,应该如何去做。

二、人物前史的必要性

人物不仅是推动故事发展的核心,也是连接玩家和游戏世界的桥梁。人物的前史,即他过去的经历、成长背景、以往的重要事件,对于塑造一个多维、深刻、引人入胜的角色至关重要。这不仅能增强角色的真实性,还能为情节的展开提供丰富的素材和动力。因为当玩家拿到剧本开始阅读之后,他大脑中要弄清楚的第一件事就是:我是谁?交代人物前史必不可少,这是塑造角色非常好用的一招。

(一)人物前史的深层定义

人物前史不仅仅是一个角色过去生活的简单记录,它是构建角色内心世界、心理状态、价值观念和行为模式的基础。每个角色的前史都是独特的,包含影响其一生的关键时刻、人物关系、决策和转变等。这些元素共同作用,塑造了角色的性格,影响其对周遭世界的反应和交互方式。在交代人物前史的过程中需要包含以下几点：

1. 内心世界

角色的内心世界是其前史的直接反映，包括恐惧、愿望、幻想、回忆和秘密。这些内心活动驱动角色的行为，为其在剧本中的决策提供动机。

2. 心理状态

角色过去的经历，特别是那些创伤性事件，深刻影响其心理状态和对事情的反应。理解这一点有助于创作出真实可信的角色。

3. 价值观念与行为模式

角色的价值观、行为动机和选择往往与其自身的成长经历、生活环境密切相关。这些因素定义了角色看待世界的方式，以及在特定情境下的行动和反应。

一个角色的前史必然会包含非常多的内容，然而在创作的过程中只需要选取与故事发展相关的部分。玩家阅读人物前史的过程，实际上是接受人物身份的过程，最终目的无非是为了弄清楚"我"为什么成为"我"。前史部分往往从一个人物最纯真的状态讲起，故而应当力求用真挚的情感打动玩家，让其顺利地代入到角色之中。

（二）人物前史的复杂作用

人物前史的作用远非仅仅是提供背景信息。它是连接角色与故事、角色与玩家的纽带，不仅能够为角色增添深度和复杂性，还能够推动故事情节的发展，增强玩家的沉浸感。

1. 背景设定与情节铺垫

以人物前史来建构和设定剧本的背景，可合理地说明故事发生的环境。比如，故事发生在一个阴谋重重的皇宫里，那么一个人的贵族出身,以及在皇宫里的成长经历,都可以表明他为人处世的态度。

利用人物的前史,营造内心的冲突,如理想和现实的冲突、欲望和道德的斗争等,让人物性格更富立体感,同时也给情节发展平添了不确定因素。可以人物前史为基础设定人物之间的矛盾冲突,如价值观碰撞,从而使角色间结下刻骨铭心的恩怨情仇。

2. 人物发展与转变

展现人物前史可以使创作者为角色在故事中的行为提供合理的解释和动机,使其选择和转变显得合乎逻辑,从而使故事更有说服力。通过展现人物前史,创作者可以揭示角色过去的经历,从而为角色的所作所为提供一个合理的背景和理由。

人物前史是一个人性格成长和转变的基础,在创作过程中人物前史的应用就是:在情节的推进中让人物面对自己的前史,并由此促使其成长或转变,从而使性格得到提升或变化。

3. 玩家互动与决策

详细而深刻的人物前史有助于玩家建立起对角色的理解和情感代入,让玩家在决策时考虑到角色过去的经历和内心情感,从而增强玩家的游戏体验。

通过设定人物前史来影响玩家的策略。人物前史中包含的人际关系和过去事件成为角色互动的重要基础,可利用这些前史来促进角色间的合作、冲突和问题的解决。

人物前史在剧本杀创作中占有重要的地位,既是对人物背景的描述,又是影响人物情感世界深度和故事复杂程度的关键要素。对人物前史作深入挖掘和运用,对作品的真实性与玩家的沉浸感都有很大的提升作用。因此,加深对人物前史的认识和运用,是提高作品质量与增加玩家体验的必要途径。

(三) 人物前史怎么写

深入细致地构建人物前史,能够帮助创作者更好地塑造人物形象。下面为大家介绍一些具体的创作办法。

1. 家庭与成长环境

描写人物的家庭类型(如单亲家庭、豪门、破碎家庭等)、父母平时的教育方式、兄弟姐妹之间的关系、家庭的社会关系网络等。

2. 社会经济地位

家庭的社会经济地位会影响角色的成长,比如贫穷可能会激发角色的奋斗精神,富裕可能会使角色缺乏人生奋斗目标,这些因素都会影响到角色性格的形成。

3. 重要成长事件/人生里程碑

童年或青少年时期的重要事件,如家庭迁移、重大疾病、父母离异等,这些事件会影响角色的世界观和性格的形成。角色对这些事件的应对,以及这些应对策略会影响其成年后的行为模式。

4. 教育与学习经历

教育与学习经历对角色社交能力和价值观有影响,包括老师和同学对角色的影响,会影响其自我认同、职业选择等。

5. 特殊技能或兴趣

角色是否拥有特殊技能或兴趣,是如何学习和发展这些技能的?这些技能或兴趣会在故事中发挥一定的作用。

6. 人物关系的转变

人物关系中的关键转折点,如新关系的开始或旧关系的结束,会影响角色的发展。角色重要的人物(如朋友、导师、情人)的出现或离开,会给角色带来心理影响。

人际关系与情感经历是刻画人物的重点:

如家庭与友情,角色与家庭成员、朋友之间的深层次关系,这些关系如何支持或挑战角色的成长经历,以及这些经历如何影响其信任和依赖关系的建立。

如爱情与竞争,重要的情感关系会影响角色的情感发展;而竞争关系会塑造角色的性格,如在职业竞争中获得教训和成长。

如信念与价值观,角色的信念是什么,这一信念是如何在他们的生活和决策中体现出来的?这一信念如何影响角色对待挑战和机遇的方式?角色在道德和伦理问题上的立场如何反映他们的行为和决策?角色的生活哲学如何帮助他们理解自己的世界?角色在故事中又是如何展现这些哲学观点的?

三、用行动展现性格

在刻画人物的性格时,很多初学者喜欢直接用文字标签来交代人物性格,例如在剧本中直接标明人物的性格是"内向"或者"外向",这样的性格刻画无疑是非常失败的。因为文字标签虽然看起来十分简洁,但是对于阅读剧本的玩家来说几乎等同于无效信息。因为在拿到一名标记为"内向"的角色后,玩家完全不能据此去展现自己的行动,也不能仅仅依靠这一个简单的标签去为自己接下来的任务作辩护。所以,在刻画人物性格的过程中,创作者应当尽力依靠生动具体的动作,让玩家去提炼、感受到角色本身的性格特点,而不是被动地接受某个标签。

在人物塑造中，以行动来表现人物性格是行之有效的方法，能使人物更加立体，玩家通过具体行为使人物性格得到淋漓尽致的呈现，从而不断加深其对人物的理解。

（一）性格/行动一致性

在创建一个新的人物时，保持其性格与行动的连贯性是一个很重要的原则，它有助于我们刻画出一个真实可信的角色。要想顺利运用这一原则，就必须保证从角色的言谈举止中反映出他的性格特征。

创作过程开始时，我们可以先为角色定义一组清晰而具体的性格特征，以涵盖角色的主要和次要方面，从而为深入挖掘每个性格特征及其在不同情境下对角色的思考与行动的影响打下基础。性格特征一般可以分为几个大类，如勇敢、智慧、狡猾、善良、自私等，每个大类又可以细分出更多更具体的特征。为了解每个性格特征的作用及其在不同情境下发挥的作用，要对其进行深入剖析。在创作过程中，可以通过以下方式，使角色塑造得更加丰满而富有层次：

1. 用行为反映性格

一个人的性格特点无时无刻不体现在他的一言一行中。在设计情境和决策点的时候，思考人物的性格特点会对其反应产生怎样的影响。比如，善良的人会给人以帮助，哪怕那样做会使自己陷入困境。

2. 用对话揭示性格

人物对白是展示性格的重要方式。运用符合人物性格特点的语言和语气，使人物性格自然流露出来。比如，机智的人可能经常会用幽默的语言与人交谈，而严肃的人的语言可能会比较直接、拘谨。

3. 描写内部冲突与成长

角色的性格特征不仅表现在对外界的反应上,更重要的是表现在内在冲突和成长上。如一个人物会逐渐克服自己的缺点,从自私变得比较大度,而这个转变的过程要符合其性格发展。

如设定一个勇敢却又有点冲动的战士角色,他要开赴前线却没有作充足的准备,这便可以展现角色的冒险精神与冲劲;随着情节的展开,或许他能学会在勇敢与慎重中求得平衡并日趋成熟,从而体现人物的成长过程,以更好地服务于故事的展开。

如设定以机智狡猾著称的政治家角色,在工作中他总是设法占上风,言语充满暗示与隐喻。当面对直接的威胁时,这个政治家可能更多地是用智谋而非蛮力来解决问题,而不像一般的政治家那样,更多地依赖力量与权势来压人。这个狡猾机智的政治家会另辟蹊径,靠智谋来解决难题。

人物的言谈举止和每一个决定都应当与人物的性格特点紧密相关,这对塑造人物形象的连贯性和可信度是有帮助的。同时,可以通过特定事件和挑战,在情节发展过程中对人物性格特征进行测试和深化。比如,勇敢的探险家可能遭遇危机,真正考验自己的胆量,而老谋深算的政客则可能面临道德抉择,这都可以使人物形象更加丰满。

(二)与玩家互动相结合

结合玩家的互动来深化角色性格是行之有效的一种策略,既能增加故事情节的趣味性,又能为玩家提供深入角色内心世界的机会,从而使游戏体验更加丰富。通过与玩家的互动,角色的性格特点可以得到充分展现。

要使游戏角色具有更多的真实性，使其更加贴近真实人性的复杂性和多样性，在玩游戏的过程中每个玩家可以根据自己对角色性格的认识做出不同选择，从而反过来丰富角色的性格特点，使其不再是单一维度的人。

以角色立场思考问题并面对情感或战略上的抉择，可以加深对角色的认识，产生共鸣，使玩家在决策时更加身临其境，这就是互动决策的好处。

由于每次游戏的发展与结局都可能因玩家的不同选择而发生改变，从而增加了情节的不确定性与多样性。玩家做出的不同选择将带来新的情节分支和难以预料的故事走向，从而使每次游戏都成为独一无二的体验。通过这种方式，游戏情节将变得扑朔迷离，没有人能够完全准确地预测出故事的走向，这对于玩家来说将是一件非常有意思的事情。

当玩家需要根据自己的角色性格做出决定的时候，往往需要与其他玩家进行沟通与合作，这就促进了玩家间的社交互动，同时也使玩家更深入地了解彼此所扮演的角色，从而强化了团队的协作与游戏的社交性。

玩家互动不仅能够进一步深化角色的性格，又能为玩家带来丰富多样的游戏体验，使每场游戏都变成一次精彩的、独一无二的冒险与探索。通过精心设计的互动机制，创作者能引导玩家对角色的内心世界进行深入探索，从而共同创造一个引人入胜的故事。

（三）设计互动决策点

设计互动决策点是构建一个引人入胜的剧本杀体验的关键环

节,它不仅能够提升玩家的参与感和沉浸感,还能够促进玩家之间的互动和沟通。

1. 确定决策点的性质

(1) 情节驱动型决策:人物所做的决策实际上是跟着故事发展的线索而产生的,或者说,他的决策将会让故事的主线产生新的分支。在设计上要充分考虑不同的选择会导致哪些情节分支的出现,并保证每个情节分支都具有逻辑性和吸引力,保证故事的精彩程度及其合理性。

(2) 角色发展型决策:主要对角色的内在发展造成影响,如性格养成、关系变化等,要求创作者对角色的性格和背景有深入的了解,以保证决策与角色性格的发展相符合。

(3) 策略型决策:要求玩家根据当时的情境做出最优选择,涉及资源管理、团队协作等要素,在决策点的设计上要保证信息的公平获取和策略的多样性。这种决策过程对玩家的自主性要求较高,需要剧本有足够的参考信息来供玩家思考。

2. 设计互动的关键要素

(1) 清晰的选择和后果。创作者要给出清晰的决定和与之相对应的后果,从而引导玩家在决策点上做出有意义的选择,获得真正的游戏乐趣与满足感。

(2) 情感投入和道德困境。可以加入含有强烈情感或道德困境的决策点来促使玩家进行深入思考,设置复杂的情感背景和道德选择来促使玩家在做决定之前进行慎重考虑,如选择调查真相将会伤害自己的朋友,而选择放弃将会背叛自己的信仰。

(3) 互动和协作。利用游戏机制进行玩家间的交互与合作,促使他们在决策点上共同解决难题。这既能增加游戏的互动性,又能增进彼此间的感情,通过这种方式,游戏内的各种元素会得到最大限度的利用与发挥。

3. 实施策略

(1)分支故事设计。为了充分开发游戏的各个决策点和保证故事情节的连贯性,要为每一个决策点设计细致的分支故事。

(2)动态调整机制。设计决定故事情节发展和人物互动的动态性,以适应玩家的选择和反应机制,要事先准备多种情节走向和人物反应。

(3)反馈和评价。在玩家做出决策后提供及时的反馈,使其了解自己的决定如何影响人物发展和故事走向。及时的反馈能够增加玩家对自己决定的投入程度——这对玩家的后续体验起着举足轻重的作用。

让我们通过一个具体的剧本杀案例来分析如何有效地设计互动决策点,以深化角色性格和提升玩家体验。

案例分析

一位年轻的骑士被派往中世纪王国的深处,寻找一件传说中的古老遗物并加以保护起来。这位骑士身负重任的原因在于,古老遗物一旦落入邪恶势力手中就有可能带来毁灭性的后果。

这位年轻骑士出身于一个贫穷但尊贵的家族,从小就梦想成为国王的骑士,保护王国免受邪恶力量的侵害。他的性格特征是勇敢、正直但稍显天真。

决策点一:信任的考验

情境描述:在寻找遗物的路上,骑士遇到了神秘旅人,他声称自己知道这件遗物的行踪。旅人要求换取金币。

玩家选择：

1. 信任旅人，给予金币。

2. 怀疑旅人的真实性，拒绝交易。

后果：

1. 信任旅人会得到正确的线索，但金币数会有所下降，后续购买装备的能力也会有所下降。

2. 怀疑旅人而错过了线索，但金币却被保留下来的话，探索的时间则可能会更长。

性格展现：这个决策点考验的是骑士的天真和多疑，同时也让他有机会去表现人物的成长过程。角色可能会随着故事的发展而变得小心翼翼，或者对他人更加信任。

决策点二：最终的抉择

情境描述：骑士最终找到了遗物，但此时发现邪恶势力正是他的好友，此人企图利用遗物夺取王位。好友请求骑士加入他的阵营，共享权力。

玩家选择：

1. 选择与好友站在一起，背叛国王。

2. 拒绝好友的请求，保护遗物，忠于王国。

后果：

选择一将导致角色卷入权力斗争，成为新王的左膀右臂，但内心充满矛盾和罪恶感。

选择二则体现了角色的正直和勇敢，但可能失去好友，甚至面临生命危险。

性格展现：这一决策点是角色内心冲突和成长的高潮，展示了角色的正直与勇敢，或是对权力的渴望。无论选择何种结果，都将深刻影响角色的发展轨迹和玩家对角色的感情。

本案例说明：设计互动决策点要综合考虑很多因素，包括情境的设置、玩家的选择、每个选择所产生的后果等。设计决策点要围绕角色的核心性格特征进行，这样既能表现角色性格，又能使玩家深入角色的内心世界。于是，剧本杀既成了讲述故事的平台，又成了玩家体验人性的舞台。

四、独处时刻——复杂的决策

在广泛的叙事艺术中，独处时刻通常是指在没有其他角色直接介入的情况下，在使角色的内心活动成为焦点的情况下，角色独自面对内心的冲突或做出重大决定、深刻反省的时刻。在塑造角色、推动故事发展、增强叙事深度等方面，独处时刻是创作中至关重要的一环。

独处的瞬间可以是物理上的独处，比如一个人在偏僻的地方，对个人的选择进行反思；也可以是心理上的独处，角色深陷于个人的思考之中，即使身边还有其他人。这些时刻往往涉及对过去行为的反思，或对个人信念、价值观的考虑，以及对未来选择的思考。

（一）独处时刻的重要性

1. 深化角色塑造

独处时刻允许创作者深入人物的内心世界中，挖掘角色的内心所想、所思、所欲和动力之源。通过人物深层次的自我反省，使角色变得更为真实立体。

2. 增加叙事深度

在独处时刻创作者融入对复杂主题的思考,从而丰富叙事的深度与多样性——这些思考是极具哲学意味与艺术表现力的。

3. 推动故事发展

独处时刻中所做的决策经常是故事发展的关键转折点。角色在这些时刻做出的选择不仅影响个人命运,也常常对整个故事走向和其他角色产生深远影响,为故事增添不可预测性和紧张感。

4. 提升玩家参与感

独处时刻为玩家提供了深入角色内心的机会,促使玩家更加主动地思考和感受角色的处境与选择。这种深度参与增强了玩家的沉浸感,使玩家对角色的命运产生更加强烈的关注。

(二)构建压力环境

压力环境是指通过剧情设置,创造充满紧张刺激的情境,迫使角色面临内心的恐惧、矛盾和抉择,这种环境既可以是物理上的,也可以是情感上的,关键在于它能引发角色内心深处的反应,并对情节产生重大的影响。

在独处时刻创造有效的压力环境,这对角色内心的冲突有直接影响,会增加故事的紧张感和玩家的沉浸式体验。它以引起角色内心冲突为主要目的,从而对角色的心理产生一定的压力,对角色的决策产生影响,使其行为发生较大的变化。

压力环境的设置主要有以下几种:

1. 时间压力

为了增加紧张感,可为角色设定明确的时间限制,如必须在日落前做出决定,使角色处在时间的压力之下。

2. 情感压力

通过角色的个人关系、情感纽带来增加压力,如家人的安危、朋友的期望,或是个人的爱恨情仇。

3. 道德压力

置角色于道德困境中,如正义与利益、忠诚与背叛之间的抉择,迫使角色审视自己的价值观和信念。

4. 身份压力

挑战角色的身份和角色定位,如身份的秘密可能被揭露,或必须在不同身份间做出选择。

在具体的实施过程当中我们可以采取多种手段达成这一效果。

第一,层次化设置。构建多层次的压力环境,让角色同时面临来自不同方面的压力,这样可以更全面地挖掘角色的性格和决策过程。

第二,动态变化。使压力环境的构成因素随故事的演进而发生动态改变;引入新的因素或事件使压力的方向和强度随之发生变化;在不同的人物和角色的介入下,使压力发生动态变化;使读者感受到紧张刺激的气氛。

第三,情境交织。将压力环境与故事情节、角色发展紧密结合起来,这样会让整个故事变得情景交融,一方面有利于玩家沉浸其中,另一方面保证故事情节的精彩程度。

案 例 分 析

背景:主角在执行任务时偶然发现了定时炸弹,此时他被派往危险区域,并得知附近的家人也处于危险之中。时间紧迫,只剩下不到十分钟的任务时间了。

压力环境的构建：

时间压力：每隔十秒钟就会报时一次，提醒角色时间可贵。时间，在倒计时中不断减少。

情感压力：自身身处危险之中，家人可能处于危险之中，使主角在集中精力解除炸弹与拯救家人之间产生了矛盾的心理冲突。

道德压力：作为炸弹处理专家，他的工作是在不危及他人安全的前提下，尽可能地排除炸弹的威胁；但与此同时，他还是一个有家庭的人。这一双重身份带来了道德压力。

角色承受的时间压力，考验了其在情感和道德上的决策能力。这种设计迫使角色在独处时刻做出艰难的选择，同时也对其心理承受能力提出极大的考验。

（三）构建决策的复杂性

如何为独处时刻增加决策的复杂性，以使角色在面临选择的时候，所做出的决策不仅令人信服，而且极具挑战性，这是增强剧本深度与玩家参与度的一个关键要素。

1. 决策的道德复杂性

无论是什么情境，每个决定都有正面和负面的结果，因此没有绝对"正确"或"错误"的答案。设置情境，让角色在多种价值观之间做出选择，如忠诚与正义、爱情与友情等，这些冲突会促使角色与玩家反思自身价值体系，从而获得更全面的认识。

2. 决策的情感复杂性

角色的决定可能会影响其与家人、朋友或恋人等其他角色的关系，尤其是亲密关系会受到影响。这一效应在情绪上加重了决策压力。可以将情感牵绊或可能的牺牲引入设计决策中,这样,角色在选择时就不能只考虑逻辑上的得与失了,情感方面的得与失也是要考虑的。

3. 决策的实际复杂性

每个决策的背后都意味着会产生令人意想不到的后果。由于角色需要对未来可能发生的变化和挑战进行预测,因此长期视角下的决策更为复杂。意外事件或突然暴露的信息等不可预见的变量被引入决策,会增加决策的复杂性。

4. 玩家参与度的提升

玩家在决策过程中,能够对角色的行动进行讨论和协商,以加深对角色所面临的复杂决策过程的认识与体会,并通过角色扮演或情景模拟的方式,增强与提高对实际情境的理解和同理心。

复杂的决策使故事情节更具深度和多义性,使故事不再局限于线性或单一维度,而变成一个充满可能性的开放型世界,每个选择都有可能导向不同的结果,从而使故事更加丰富和有趣。做复杂的决定时,要求玩家有更多的思考,从而对故事的发展有更实质性的影响。而在游戏的复杂情境中,权衡不同的选项并预测可能的后果时,玩家对游戏的投入程度会提高,对故事的发展有更直接的参与感。而角色在面临艰难抉择时的反应及其理由,所表现出来的性格层面的复杂性和多维度,会为角色的塑造增色不少,使角色变得更加立体真实,而其反映出来的内心冲突、恐惧、愿望和价值观,又能够使玩家加深对角色的认识和共情。

(四)独处时刻的内心活动

每个人物都有自己内心深处的恐惧、欲望、矛盾和梦想,为了在描写人物内心活动的时候,让玩家对人物有更全面的认识,可以通过描写人物决策背后的动机和心理,以及人物独处时的内心斗争,来建立角色与玩家之间的情感联系。

创作者在描写角色内心活动时常常会加入故事核心主题的要素,如爱之深责之切、公与私的权衡、牺牲精神等,来丰富故事的内涵与意义,使故事在单纯的冒险或悬疑之外更富有深度与意蕴。当玩家了解到角色内心活动的复杂性后,会对每一个决策产生更深刻的认识与思考,而不是轻率地做出决定。这种对人物背景故事的深入了解,会令玩家感受到参与决策的严肃性,从而在角色成长的过程中,获得更丰富更立体的感悟。

书写内心对话是描述独处时刻内心活动的有效方式,能直接表现角色的思维过程、情感波动、心理斗争等,是描述角色心理状况的有效途径。在书写内心对话时,先要把角色的心理动机搞清楚,包括欲望、恐惧、矛盾和期望等,这些动机是内心对话的基础;在内心对话中加入感情色彩,如焦虑、愤怒、悲伤或喜悦等,使内心对话更加真实生动;在描述内心对话的时候,还要注意语言的表达方式。

1. 使用问答式结构

如自我质疑。对每一个角色可能做出的选择及其产生的后果,使用调查和反思的问答式结构,可以展现角色的思考过程和内在的矛盾,从而加深人们对角色内心冲突的认识。

2. 呈现价值观

内心对话可将角色的价值观与信念呈现出来,并对角色的选择行为产生影响。举例而言,当一个正义感很强的角色遇到道德困境的时候,他的内心对话可能围绕着对正义与个人利益的取舍及权衡而展开。

3. 书写内心的转变

可以关注角色信念的动摇与坚持,描述在独处时刻,角色信念的动摇、坚持或转变,展示角色性格的复杂性。

4. 注重语言技巧

善于使用语言技巧,通过节奏的变化来反映情绪的波动。比如,在描述紧张和焦虑时,可体现人物语言的断断续续;在描述决心和勇气时,可使用坚定有力的短句子;在鼓动、宣传的过程中,可以多用排比句;等等。

案 例 分 析

骑士被赋予了一个任务,独自前往传说中拥有保护王国力量的古老遗迹,寻找圣物。

独处时刻设定:

在遗迹的最深处,骑士发现了这件圣物,但同时也发现了一个惊人的秘密:圣物的力量来自一个古老的诅咒,使用它会牺牲王国一半无辜的生命,尽管它可以在瞬间消灭所有的敌人。在这独处的瞬间,他的内心深处陷入了矛盾之中——是坚守信仰与忠诚,使用圣物护卫王国,还是另辟蹊径,哪怕面对可能的失败,也要为抵御邪恶而努力。

内心活动描述:

骑士站在幽暗的遗迹中,紧握着圣物,圣物散发着幽光,他的内心矛盾重重,举步维艰。

内心冲突:使用圣物他就能当上英雄,但这样的代价是不是太大了?他的信念告诉他要保家卫国,可是牺牲无辜是真正的保家卫国吗?

情感波动:他的思绪里闪过家人,闪过朋友,闪过那些无辜的百姓,他感到一种从未有过的恐惧和不安:"如果我选择牺牲无辜,那么我该如何面对失去亲人的人们?"

价值观的挣扎:忠诚与保护,哪个才是他真正的信仰?英雄要以无辜者的鲜血为代价吗?或许,真正的勇气是寻找另一条不那么容易但更为正义的道路。

决策的动机:经过长时间的思考,骑士意识到,真正的忠诚和信仰不应该建立在牺牲无辜之上。他决定不使用圣物,而是封印它,回去寻找另一种解决办法,即使这条路充满了未知和危险。

五、正义的化身

福斯特在比较圆形人物和扁平人物时指出,扁平人物的特点可以一句话说尽,几乎一成不变;而圆形人物无法一句话概括,且被不断塑造和改变①。在人物塑造上,创造一个所谓的'正义的化身',是为了使故事更具复杂性与深度,也是为了给玩家带来丰富的情感经历和伦理思考的空间。"正义的化身"的特点是,他始终坚信自己是正义的代表而不受任何负面后果的影响,尽管他的行为可能给自己或他人带来不可预见的负面后果。

所谓"正义之士"一般都有非常确定的信念,为了高尚的目标

---

① 王凤娇.寓言中的圆形人物——本杰明形象的矛盾性与复杂性[J].海外英语,2024(4):196-198.

必须有所付出,不惜以牺牲个人幸福甚至是生命作为代价,因而具有很强的感召力。这类角色的说服力是无可置疑的。但是这样的信念有时也会让人忽略行为所带来的复杂后果,从而使决策显得不够慎重。

在剧本杀创作过程中,每个主要人物都被赋予'正义的化身'的形象,以达到增加情节复杂性与层次感的目的,并在人物塑造上增强行为、动机的合理性。

1. 增强角色动机的合理性

每个人的行动都有其内在的合理性与驱动因素,都是各自故事的主角。当角色自认为是"正义的化身"时,即使是反派或者有争议性的人物,其选择与行为也必然是以自身信念与价值观为依据的。由此带来的是人物性格的立体性与复杂程度,避免了单纯的"善与恶"的二元划分,反映的是现实世界中的人性与道德观念的多元性。

2. 深化故事冲突

当故事中的每个角色都认为自己是"正义的化身"时,故事所表现出来的冲突就不再是单纯的好与坏之争了,而更多的是多元价值与信念体系的碰撞。这就使得故事变得更有深度,也更具有思辨价值,会让玩家在游戏的过程中代入自己真实的思考,对剧中人物进行自我审视。

3. 促进玩家的情感投入和思考

由于每个角色所处的立场不同,玩家被迫为每个角色的所作所为做出思考和评价,这就增加了玩家在情感上的投入,也促使玩家对"什么是正义"这一深层次问题进行思考,从而对个体行为、对社会和他人的影响等也有进一步的认识。

4. 提供角色成长的机会

在书写角色的过程中要努力给予角色成长的机会，要知道，哪怕是错误的选择，也会推动角色的成长。正是在不断地犯错和选择中，角色才有机会面对自己的选择所造成的后果，对自己的信仰与行为进行反思和再评估，以促使自我成长与蜕变。

5. 创建多维度的道德讨论平台

在每个角色都认为自己代表正义时，玩家被引导进行更复杂的道德讨论和价值观辨析，而这样的设定，丰富了讨论素材和思考空间，将剧本杀游戏变成一个探讨人性、道德与正义的平台。

在创造这类角色的过程中，有几点问题需要大家关注。

第一，内在冲突。

须知，即使是所谓的"正义的化身"也有可能遭遇内在的道德矛盾和心理挣扎，特别是当角色所认为的"正义行为"对他人造成痛苦或对社会造成损失的时候，这种内在的冲突就表现得格外明显了。

角色在达成所谓的"正义目标"时，可能会采取道德上模糊甚至是明显错误的行动。比如为了揭露一个政治阴谋而不得不撒谎或背叛亲人，从而产生一种内在的冲突。这不仅考验着角色的道德底线，也挑战着玩家的价值观，使人物和故事变得更有深度。这种道德困境的解决，对于塑造角色性格和发展故事线起着重要的作用。

角色在追求正义的过程中，由于对自己的行为及其所带来的后果感到内疚和痛苦，因此可能会失去亲人、朋友、爱人等的信任和支持，这是随着他们的选择而产生的一种情感上的纠葛。而这种情感纠葛会使角色显得真实可信，使玩家更容易与角色产生情感上的联系。

第二,外部挑战。

角色所认为的"正义"可能会与社会的主流价值观念或传统文化产生矛盾。他们的所作所为,或许会被公众误解,遭到非议。但是这些来自方方面面的阻力,给了角色更多的勇气和智慧,也要求角色在坚持自身信念的基础上,找出在不妥协的情况下的解决办法,来应对外部压力与挑战。这种外在的挑战,迫使角色必须反思自己的行为是不是真的对社会有益。

第三,角色的成长。

所谓"正义的化身",在成长的过程中,往往要重新评价并深化对自我信念的认识。在经历过挫折之后,人物在性格上会趋于谦逊与包容,能够更加深刻地认识到正义的多面性、复杂性。

角色最初可能对自己的信念抱有绝对的自信,认为自己所做的一切都是正义的,但这种自信遭遇到意料之外的负面后果时,会受到挑战。例如,当某个为了正义而战的英雄发现他所打败的"恶人"实际上是有苦衷的,或者是自己伤害了无辜的人,这时他的信念会遭遇到挑战。

随着故事的发展,角色开始意识到世界不是非黑即白的,这种认识往往来源于对敌人的认识,对自身行为后果的反思,他开始怀疑自己所坚守的正义是不是唯一正确的,或者说有没有其他方式可以达到同样的目的。

成长与变化后的角色,会变得更有深度,因为他们的故事不只是关于战胜外在的敌人,更重要的是内在的成长和对复杂世界的认识,而正是在这些失败、犹豫和反思中,角色的改变既增强了自己的吸引力,又使剧本有了深度。所以,对角色的成长和信仰变化进行深入挖掘和探索,是创造引人入胜故事的关键所在。

六、环境描写很重要

环境描写对塑造人物起着重要作用,它促进了故事的发展,增加了情节的真实性和沉浸感。由于环境直接影响角色性格的形成、决策过程及其与其他角色的交往,因此对塑造角色也很重要。

(一)环境塑造角色性格

在山区生活的人可能比城市居民更具有冒险精神和自给自足的能力,因为山区的生存条件更为苛刻,这是自然环境对角色的影响。一个在贫困地区长大的角色,可能会拥有更强的生存技能和对人性的深刻理解,这是社会环境对角色的影响。同样地,历史事件、时代背景和社会变革等,也是塑造人物性格的重要因素。历史的创伤或辉煌可以深深植入人们的集体记忆中,影响他们的世界观和行为准则。

环境影响是一个复杂的过程,角色会根据所处环境的需要,学习和适应相应的行为模式。比如,在资源匮乏的环境中成长起来的角色,可能会更节俭。除此以外,个体还可能对自己所处的环境产生抗拒心理,比如,在压抑的社会环境中成长起来的角色,对权威的反叛和质疑就可能被培养出来。无论是家庭传统,还是社会价值、文化风俗,都有可能塑造人物性格。

环境影响的不仅仅是人的举止,更重要的是对其价值观的塑造,这又会在关键时刻影响到他的决定,从而促使故事发展与转折。环境既能为人物成长提供契机,又可能对成长构成阻碍。为增加人物的真实性和可信度,可以通过环境描写来表现人物性格的形成过程。

（二）环境影响角色决策

角色所处的环境在很大程度上会影响其选择和决策。在荒凉的环境中生存的人也许更珍惜资源和人脉关系；而成长于尔虞我诈、争权夺势的宫廷环境中的人，也许更懂得运筹帷幄、韬光养晦。在有限的选项中，环境因素往往会迫使角色做出最好的选择。

个人决策会受到角色所处社会环境所施加的压力。举例来说，那些来自家庭、社会阶层或宗教团体的期待，即使与个人意愿相悖，也可能促使角色采用与大家期待一致的行动。

由于某些决策会使所处的环境发生变化，因此角色为了不断适应这些变化，需要重新考虑自己的价值观和优先级，并做出与之相适应的新决策。这一过程既促进了角色的成长，又推进了故事的发展。因此，可以说这个过程是角色成长的过程，也是故事进展的过程。

（三）环境增强情感和氛围

精心设计的环境描写，对故事的情感深度和氛围会起着重要的衬托作用，提起孤寂的灯塔，我们便会联想到大海、渔船；提起荒废的古堡，我们便会想到宝藏。

环境的描写，要根据故事的需要来营造氛围。例如，在悬疑或惊悚题材的剧本中，想要营造压抑不安的气氛，就可以通过刻画阴暗空间、怪声或异样气味等细节来实现。环境描写不局限于视觉元素，还应该包括湿冷的空气、远处的钟声、地板的触感等一系列细节，这能让故事气氛更浓郁，也能带来更真实的多感官体验。

环境不仅能在故事的开头定好基调,也能适应、推动情节和情感的发展,当然,环境也要随着故事的发展而不断变化。环境的改变可以成为故事发展的催化剂,比如一场突如其来的暴风雨,也许就是故事发生转折的开端。

(四)反映社会和文化背景

环境并非只是物理空间的,还能给故事增添丰富的历史文化维度,深入反映特定的社会文化背景。通过对建筑风格、社会风俗、生活方式以及特定环境下人们日常交往等方面的刻画,能够提供玩家丰富的文化感受以及对社会的洞察。如创作者可通过对一个封建社会村落的描写,来对权力、阶层、传统文化进行探讨,打造一个让玩家深信不疑的故事世界,这期间,环境细节的真实准确必不可少。

每个社会都有自己独特的构成,包括对个体行为和决策产生重要影响的阶级、职业等。社会不平等对角色行为的影响,可以通过贫富差距、不同阶层背景等来揭示。而事业既决定着角色的处世之道,又影响着角色的价值观,影响着人脉关系。比如一个警察、一个艺人,他们的工作环境、交际圈会对世界观的形成产生很大的影响。

文化背景是通过风俗习惯、信仰、艺术等不同方式体现出来的。描写节庆庆典、宗教典礼等文化活动,既可显示人物的文化信仰,又可提供故事情节发展的契机。环境的变化,可反映出历史事件对社会和文化的长远影响。战争、革命等重大历史事件,不仅使废墟、古迹等物理环境发生了变化,而且对社会心理、文化认同等产生了影响。

社会与文化背景既为故事提供情境,也是情节发展的催化剂,使故事在特定的社会环境中产生矛盾冲突。因此,在创作故事的时候,对于社会与文化背景的掌握和运用,是塑造角色性格、引导故事走向的一个有效手段。

七、命运总是一波三折

"命运总是一波三折"这个概念,既是对故事情节的概括,也说明了人物成长之路的繁复曲折。在这条成长之路上,人物需要经历挑战、矛盾、失败,最终获得新生,实现自我超越。在这种情境之下,人物所经历的每一次挑战、每一次失败,乃至内心的每一段挣扎,都成为塑造其个性、信念、命运的一个个关键时刻。

故事不是细节与情节的链条与总和,而是偶然和偶然的联系[1]。复杂曲折的成长路径的叙事价值有两方面作用:一是为了增强情感共鸣,让玩家与游戏中的角色产生情感上的联系;二是为了深化对故事主题的探索,使角色在成长过程中不断经历道德困境和心理挑战等一系列麻烦,从而为故事赋予更深层的意义与思考价值。

一波三折的故事情节有利于构建紧张的故事张力,它不断地带给玩家新的挑战与意外转折,使故事始终保持着紧张感和吸引力,从而促使玩家不断地去关心人物的命运的发展,增强了故事的吸引力,因此,这是一种行之有效的故事叙述方式。当然,在构建

---

[1] 朱婧.经验的转换和安置——基于创意写作实践的过程性观察[J].写作,2020(4):72-79.

角色的复杂成长路径时,角色需要经历各种内部、外部挑战,从而促进个性、信念和能力等的发展。以下是对构建复杂成长路径的几点建议:

1. 设定初始冲突

冲突是推动角色成长的关键。在故事开始时设定与角色内心或外在世界相关的冲突,为角色成长奠定基础。它是故事开始时角色所面临的主要问题,也是推动角色进入成长旅程的催化剂。初始冲突可以是外部的,如家族的秘密、社会的不公;也可以是内部的,如内心恐惧、个人欲望或自我怀疑。有效的初始冲突应当能够触及角色的价值观,迫使他们做出反应。初始冲突不应该是简单的对错选择,而是包含多重视角和价值观的冲突,使得角色的决策过程更加复杂、困难。

2. 有挑战,也有不成功

挑战与失败是考验角色极限、促使角色反思与成长必不可少的一环。角色要面对来自不同方面的挑战,包括身体挑战、心理挑战、情感挑战和道德挑战等,如此,角色的成长才更有说服力。在故事中引入失败的经历既可以增加情节的不确定因素,同时也为角色提供了自我反省和成长的契机。失败的经历可以促使角色深入地了解自己,了解他人,了解世界。要记住,人物必须面对不断的挑战、不断的失败,才能始终追求目标。

3. 内心是挣扎的

内心的挣扎、自我的反省,往往伴随着角色的成长一并展开。在展现角色面对挑战的心理变化时,内心挣扎是关键要素。角色的自我认知会因内心挣扎而改变,可能会对自身的优点、缺点、能力以及对世界的看法等进行重新评估。

4. 一个关键拐点的出现

关键转折是标志着角色内在或外在状态发生重大变化的一个重要节点。在这一时刻,角色需要做出重大的决定,而这些决策往往涉及角色的成长——牺牲、勇气,面对未知与危险等。转折要清楚地表明——无论是性格上的,还是能力上的,抑或信念上的——角色因此而发生蜕变。每一条成长路径都至少需要一个关键的转折点。

角色在历经诸多考验与转折之后,终于到达其成长路径的顶点。此一过程不仅带来外在状态上的改变与进化,而且彰显着角色内在的成长——他将以更为成熟的世界观作为基础,以更为牢固的信念作为依托,以更为强大的内心作为底气;他将完成从普通人到英雄的转变,以新的视野面对新的挑战和冒险,以自身的进化与超越来开拓新的境界,从而赋予角色全新的生命意义。

由此可以推测,为人物构造复杂曲折的成长过程,对于深化角色形象,增强故事情节的吸引力和沉浸感是有一定好处的。而伴随着人物在成长过程中所历经的挑战与失败,除了能使角色与玩家产生情感共鸣之外,还能在情节的构建上增加更多的趣味性与复杂性。

总而言之,角色形象的塑造是剧本杀创作的核心,要求创作者对人物成长的规律和生活的真谛有深刻的认识,既要有丰富的想象力和敏锐的洞察力,又要有广阔的视野和深厚的功底。为使人物有自己的生命与力量并引起玩家心灵的共鸣,创作者必须为人物构造一条复杂曲折的成长路径。从初始冲突到内心挣扎,再到关键转折和最后的重生与超越,每一个环节都对人物性格发展及情绪深化具有重大意义。创作者必须精心刻画人物所处的环境,这既为人物的行动提供舞台,又对人物心理变化及成长方向有深刻影响。

在剧本杀的世界当中,好的人物塑造是沟通创作者、人物本身和游戏玩家的桥梁。这就要求创作者在保持故事逻辑连贯的基础上,对人物进行深入剖析与挖掘,从人物内心出发,把人物在环境中所做出的选择,以及最终完成自我超越的过程展示出来,从而把创作者、人物、故事本身有机地联系起来,达到真正意义上的情感与智力的碰撞和沟通。这样塑造出来的人物在为故事添砖加瓦的同时,也使剧本杀成为一次真正意义上的灵魂交流。

【创作实践任务】

从以下几个人物中,选择一个自己感兴趣的角色,为其创作一篇人物小传。

人物:锒铛入狱的状元;精神失常的医生;流落街头的高校博士;医术高超的乡村医生;京城第一花魁。

要求:字数不少于1000字;包含人物前史及主要社会关系;人物命运要一波三折。

第五讲

笔下生花的人物剧本

一、剧本杀《大周平妖录》
单集人物剧本赏析 / 97

二、世界观的铺垫 / 110

三、叙事的魔法 / 116

四、三条时间线 / 119

五、故事开场：寻找最佳
聚会地点 / 123

六、是非不分明 / 125

七、看见的和看不见的
信息 / 128

八、剧本的节奏：分幕与
游戏环节 / 129

九、发布任务 / 132

一、剧本杀《大周平妖录》
单集人物剧本赏析

（收录时有改动）

你是大周武将之首夜引弓，出生于**大周 105 年**，虽出身低微，但未至不惑之年便官拜一品武将，受勋上柱国。无上荣誉加身，在军中更是拥有至高威望，一呼百应。这一切，都是你凭借一人一枪，于战场冲杀，生生用命杀出来的。你是大周将士们心中的传奇，当然，也是一个用人命堆积起来的传奇。

你自己至今仍然觉得过往的一切如梦似幻，唯有每夜困扰你的噩梦为你的人生保留着一点真实。那些无处安葬的孤魂，是你背负了十多年的债，是你手刃无数生命，失去人性后唯一保留的一丝温情与愧疚……

大周 121 年，出身低微的你父母亡故，怀揣着一腔报国之志和为自己挣口饭吃的打算，你离开了家乡——京郊南枫村，成为大周一名守卫边关的将士。原本只是一番赤子之心和无奈之举，却让你发现了自己在习武练兵上绝佳的天赋。很快，你便凭借着自己高超的武艺在军中打响了名号。

边关将士不论出身，只看军功与武艺。受到将士们尊敬的你，被阴山城守将林惊风看中。他看中了你的纯粹与天赋，便收你为徒，对你悉心教导。你喜好兵法与奇门遁甲之术，他便尽力去搜集兵法奇书，将你当成他的亲生儿子一般。

但是，你的出身低微，而林惊风拼搏一生也不过是个守城将军。若是生在乱世，你尚可凭借自己一身本领，杀出个盖世军功，拼出个王侯将相。可是这太平盛世，朝堂更非边关，权贵把持之下，管你本事多大，只论出身和祖荫，毫无背景之人若要扬名立万更是难如登天。

纵然林惊风对你寄予厚望，也不得不接受现实。只是他偶尔会感叹："若是乱世，你定将……"不过，这位老将军却又会反驳自己的话，"这天下，还是太平点好，太平点，百姓才能活得下去，只是苦了你这一身本事了。"

可是，如今的太平盛世，百姓真的活得下去吗？不过是表面上的安稳罢了。放眼望去，这天下是权贵的天下，哪里有半分普通人的生路。

林惊风年纪已大，早年间受过的暗伤复发，大限将至。他死后，不知为何，阴山城的守城将军一职并没有交给来边关历练的世家子弟，而是落在了你的身上。

21岁的你接任了阴山守将，三万白羽军便作为亲军转到你的麾下。因你出身白羽军，这三万将士对你而言如同兄弟一般。白羽军的将士多是出身阴山本地，有的想着在军中得个一官半职将来好说亲，也有的是无父无母的孤儿想来混口饭吃。就像石头那个小兔崽子，才12岁的年龄便已是白羽军的一员。这小家伙满口保家卫国，一嘴一个夜将军喊得比谁都要亲切，但所有的兄弟都知道，当石头开始嘴甜的时候肯定又是馋酒了。军中在饮食上对于他们这些被收养的小孩极为严格，酒这种东西肯定是要限制的。不过石头这小子从小体寒，你为了治疗他的寒症便给他喂过一些酒，没想到他从此居然对这杯中物痴迷起来。幸好有你看着，军中

第五讲　笔下生花的人物剧本

上下没有你的命令谁都不敢给他酒喝,当他训练表现好又嘴甜的时候,你才犒劳他一壶酒,不然早晚他都要变成一个酒鬼。

"将军,我可不可以跟你姓夜?你好像我爹啊。"

"臭小子,你爹早死了,别咒我。"

"嘻嘻嘻,将军,我给你当儿子的话能多喝两壶酒吗?"

"今天骗酒的花样又变了是吧,皮痒了?"

虽然和白羽军喝酒练兵的日子很是痛快,但对于当时正值青壮的你而言,这样的生活未免太过平淡。因为你的威名,边关肆虐的马匪向来不敢在阴山四周停留半刻。每日练兵养兵却无用兵之时。你期待着有一天,天下大乱,你可以带着自己这三万白羽军兄弟驰骋沙场,建功立业,说不定还能给石头说门不错的亲事。

但是你没想到,这一天竟来得这么突然。

大周 132 年,皇帝李承奇的驾崩使朝堂陷入立储之争。周宣帝李承奇膝下无子,仅有一女,姓李名婴,出生不久便被仙人收为弟子,遁隐天外天。此后大周仙踪销匿,这唯一的公主也失去了音信。而江南又发水灾,天灾人祸让大周朝廷已然忙得不可开交。于是南阳与西夏二国便起了异心,成立阳夏联盟,合力攻下西北三州之地,当年七月初,便已兵临阴山城下。

这正中你的下怀,一身武艺终于可以施展。你率军击溃了好几波敌人的攻势,且都是以少胜多,狠狠打击了敌人的士气,扬了白羽军的威名。然而敌人并非酒囊饭袋,尤其是西夏的镇岳王,论兵法武艺不在你之下,你吃了几次暗亏之后,终于冷静了下来。敌方军队人多势众,单单凭借三万白羽军根本无法抵挡敌军攻势,阴山迟早都要失守,可是朝廷的援军迟迟未至。

不忍麾下将士牺牲的你找到了阴山郡守,想要询问朝廷援军何时支援,却发现郡守正在整备其余守城将士暗中撤出阴山城。阴山,被大周放弃了!此为弃车保帅之举,朝堂内乱,群龙无首,你心里也明白,此刻,舍弃阴山实为最佳选择。

"夜将军,兵部有命,令你率白羽军速速撤出阴山城。"郡守劝你赶紧整备白羽军,与其一同撤离阴山。

"那百姓何时撤离?"你问。

郡守的沉默使你明白了,朝堂之上,高高在上的文武百官不过是把守城攻城当作纵横谋划的手段,天下苍生皆为棋子。黎民百姓何曾入过权贵的眼,阴山百姓的命他们不在乎,为守城战死的将士他们不在乎。

可是你在乎,麾下几乎尽出自阴山城的三万白羽军在乎,这阴山城的百姓在乎,你葬于城外山丘的师父也在乎。

"夜将军,别傻了,阴山守不住了。更何况,你要抗命不成?"

"我乃大周将士,更为阴山守将,守的是我大周防线,护的是我阴山百姓,战场之上,只有战死的士兵,没有逃跑的将军,将在外,君命有所不受!"

你盯着郡守手中的兵符,一字一句地说:"你若带其余守将撤离阴山,我若未死,必取你项上人头,以告为国牺牲者在天之灵。"

郡守最终还是逃出了阴山,只留下你和麾下的三万白羽军。此刻,你要守护的是身后数十万的阴山百姓,而你面临的则是阳夏联盟的二十万精锐大军。

"传令下去,死守阴山,直至阴山百姓全部撤离,万万不可失守!"

你端酒于阵前,持枪笑望敌军。

"兄弟们,你们怕吗?"

第五讲　笔下生花的人物剧本

"怕！"

"哈哈哈哈哈，怕的话该怎么办！"

"杀！杀！杀！！！"

那一天，豪情直上云霄，你们每个人都知道留下的结果是什么，但是不曾后悔自己的决定，除了你……

为了守住阴山，让百姓尽数撤离，三万白羽军尽皆战死沙场。你看着倒在血泊之中仍然不放开手中之刃的石头，他注意到你的目光后才释然地呼出最后一口气。

"将军，我可不可以跟你姓夜？你好像我爹啊。"

"将军，我做你儿子的话能多喝两壶酒吗？"

"将军，我刚刚杀了五个，我想拿这五个人头换一壶酒。"

"将军，天要黑了……"

你拂上石头的双眼，沉沉地道了句："我会守住阴山的。"你承诺的不仅仅是眼前的石头，更是这阴山城外尸骨未寒的白羽军将士们。

"嗯。"似乎是得到了你的回应，从横尸遍野的阴山城外好像传来一声应答。他，他们，笑着合上了双眼。就算已经战至最后一人，他，他们，依旧相信，只要你答应了，就一定能做到。

你一人一枪，镇守城墙之上，遥望那黑云压城，放肆狂笑。

"吾，乃是大周将士，护的是大周百姓，守的是大周苍生，吾未身死，何人敢犯！"

百姓仍未完全撤离，你需要守住城门。你答应了石头，也答应过林惊风，更是答应了三万白羽军将士和你自己。

对于现在的情况，你早有准备，从怀中取出那个以为这辈子也不会再打开的乌纹木匣，按照其中记载开始运转秘法。

大周 121 年,那年你 16 岁,初入军队于黄河边上随军演练时,不小心跌入河中,但是等待你的并不是窒息的水流,而是跌入了一处无水的洞穴,有石刻曰"九曲洞",洞穴之中还有一些古旧的石碗石盆。难不成竟有人在此生活过?你好奇地打探着洞穴的情况,无意中踩到了一只打开的鸟纹木匣,木匣虽然空无一物却奇重无比。

你仔细观察后发现匣中刻录着一些文字,这些文字描述了一个神异而邪恶的兵阵——血煞炼魂。

其中记载,以忠勇军魂为祭,凝无边血煞,可铸就血煞魂兵,攻无不克,战无不胜。然此法有伤天和,被铸成魂兵者,生前存在将会被彻底抹除,魂魄断绝轮回,再无转世之机;而铸兵者亦会背负无边业力,兵阵发动之时有无尽天雷轰击,若无法渡过天雷,则无法炼成魂兵,铸兵者遭受反噬,被抹除存在的将会变成自己。

你翻身下城墙,一手执旗——白羽军忠魂之旗,一手持枪——沙场上百炼之枪,立于紧闭的城门之外,立于战场上无人掩埋的三万英魂忠骨之间,舞动白羽军旗。

来吧!以三万白羽军忠勇军魂为祭!

你一人独挡敌军,可真正可怜的,则是那仍不知晓自己将面临何种可怕怪物的西夏镇岳王与其麾下的二十万精锐。

来吧!凝三万白羽军尸骨鲜血为煞!

乌云翻滚,天雷涌动,阳夏联盟的战马不安地嘶鸣,你疯狂的眼神期待地看向不断积蓄的天雷,这,就是你的打算。你要以此法引动天雷,九天玄雷的洗礼之下,你和二十万敌军皆会灰飞烟灭,阴山便能守住!而你身死,血煞魂兵不成,三万白羽军的存在也不会被抹除,他们仍可作为英雄被人称颂。你笑着等待着血煞侵蚀自己的身躯,看着天雷向自己与二十万敌军奔涌而来。

然而你在被血煞侵蚀神智之前,看到的最后画面则是无尽威势的皇皇雷霆被从天而降的一道剑光斩断。雷劫过,兵阵成,血煞生,三万兄弟皆化为血煞傀儡,白羽军的名号在这个世上从此被抹除。

而你也因为血煞入心,杀性大发,疯魔的你率领三万血煞傀儡直直冲入敌方军阵,二十万大军就此溃败,你反追西夏八百里,将二十万大军悉数屠杀,又连屠三城。

等你清醒后,已经手刃了无数生命,除了进犯大周的士兵更有西夏那些无辜的百姓,镇岳王的头颅被挂在白羽军旗的旗杆之上,你回首望去,西夏八百里,尸体堆积成山。

阴山城外,血流成河,尸横遍野,鲜血染红了土壤,而阴山城内,一场大雨过后,焕然一新。

阴山一役,你的威名传遍四海。杀神夜引弓,成为盘旋于南阳与西夏头顶的噩梦。三万白羽军的存在被彻底抹除,除你之外,无人记得那死守阴山城,皆亡于沙场的忠勇之军。

然而,你并未将矛头对准此刻已经不成气候的阳夏二国。比起元气大伤的南阳与西夏,在危急关头背叛阴山的朝堂更让你心寒。失去兄弟的愤恨加上血煞炼魂导致的杀性,怒从心中起,杀性胆边生,你披甲执锐,率领三万血煞魂兵冲入京城。

你身披残破的白羽军军旗,手执长枪,站立皇城之下,身后血煞魂兵散发无穷威势,将城墙上的禁军吓得瑟瑟发抖。但也仅仅如此,你涌动的血煞之气在荡开后,便在四周泛起点点涟漪消散于无形。

大周京城,是国师清阳所布下的九州结界核心之地。根据师父林惊风的说法,清阳上人布下九州结界覆盖整个大周,那时大周无须担心任何天灾人祸,只要有清阳上人在就能解决一切。但是后来九州结界所笼罩的范围逐渐缩小,像阴山这样的边远城镇,结界之力已经极为稀薄,而京城这种结界之力浓厚的地方,才是真正的人间天堂。

林惊风和阴山老一辈的人在谈起这件事时,眼神里满是对京城人的羡慕。

如果一切都依靠他人施舍的结界保护,那将永远都不会真正实现强大。你提起长枪,蓄积力量,携带无穷血煞在城门上开了一个大洞。九州结界暂时被破,无法阻止你的脚步,你让血煞魂兵守在城门之外,孤身一人前往皇宫,将满朝文武堵在大殿之上。

"夜某此来,只为讨要一个说法,我阴山百姓难道在朝廷眼中就只是一枚弃子吗?"

"一城郡守,说逃便逃,独留白羽军守城,难道我三万白羽军儿郎就应该白白牺牲吗?"

你冷眼看向那些高高在上却碌碌无为的权贵,对着满朝文武扬起白羽军军旗。

"夜将军,还请留步。"一道清光阻止了你的步伐,你看到一名白发道人御剑从天而降,拦在你的身前,"贫道乃是大周国师清阳,希望将军可以给贫道一个薄面,还请夜将军收兵,相信文武百官会给将军一个满意的答复。"

"若我不允呢?"你抬手一枪将清阳为阻止你而布下的法术破去,"敢问上人,九州结界是为何而立?"

"自然是为护大周百姓。"

"那我阴山百姓就不是大周子民了吗?"

"大周土地上所有人都是大周的子民。"

"为何京中有结界可消灾解难,而我阴山就要沦为弃子!夜某知晓上人布阵不易,这些年来辛苦维系很是劳累,可阴山子民天生便要低京城中人一等吗?"

你察觉九州结界在清阳出现的那一刻便立即修复,在结界之内面对清阳,你并无胜算,于是携带怒气与血煞发出质问,准备殊死一搏。可没想到这三言两语竟然勾动了清阳的心魔,使他陷入与心魔的争斗之中。

你不再理会此刻已经无力阻止你的清阳,持枪与旗步入大殿之上,割下了阴山郡守的头颅。

"现在,你们可以给我一个交代了。"

可是,没有人记得曾经存在过的白羽军,他们只知道,杀神夜引弓屠杀了二十万阳夏联盟的士兵和西夏镇岳王封地三城的无辜百姓。

宰辅左千秋身侧一个和石头差不多大的小孩站出说道:"是朝廷有愧于阴山百姓,有愧于夜将军,自然应该给将军一个交代。你们满朝文武身为大周官员,不思索如何为大周解难,整日浑浑噩噩,争权夺利,以至于三州被夺,阴山面临失守之危难,此刻畏畏缩缩,不敢与将军商量,一心只想依靠国师,有何面目站在这大殿之上!"小孩的声音虽然稚嫩却掷地有声,"可是将军,不知这白羽军是哪路番号?可是将军所识无名义士?"

"泽儿,你胡说什么!将军还请不要见怪!"齐国公一把将小孩拽了回去,"这位可是个杀人不眨眼的主,你不要命了。"尽管声音很小,可你依旧听到了,齐国公虽贵为公爵却素来是清流之人,因此你也不想与他多做刁难,你的目的很明确,就是让朝廷为白羽军正名。

惊惧之下,朝堂之上的权贵答应了你的"无理请求",封荫了"莫须有"的三万白羽军,又在次日寻出提议舍弃阴山保全大周之策的兵部尚书陈洛,将其罢官抄家,以求平复你的怨气。

你清楚,这些权贵们的让步远远不够,但是天下尚未一统,还不到时候,你要走的路还有很长。你选择了低头,收起了兵刃。

事情还未结束。当日天雷轰击之下,你虽勉强活了下来,可是二十三万生灵的血煞早已经侵蚀了你的心智和身体。如今的你暴躁易怒,杀性丛生。杀性发作时周身便会释放血光。你不知道自己还算不算个人。

大周 135 年,公主李曌的突然回归为朝堂的内斗画上了句号。手持传国玉玺的她得到了宰辅左千秋的支持,以雷霆之势肃清了皇室宗亲对朝堂的插手。她登基称帝之时,你见到了这位女帝,你觉得她与这腐朽的朝堂格格不入,与这高傲的权贵截然不同。

事实的确如此。她所颁布的政策均从黎民百姓利益出发。得知你的事迹后,她竟然相信了那三万白羽军的存在,不仅下旨追封白羽军将士,又重铸了一面白羽军军旗赠予你。在与她的交谈之中,你知晓了她的凌云壮志,她要天下一统,彻底消除乱世之因。她要大周百姓安居乐业,人人都不必忧思温饱,她要大周一切痛苦的人,都成为幸福的人。

之后,李曌下旨封你为平西大元帅,命你率军攻打西夏。凭借你的骁勇善战与血煞军不惧刀枪的特性,无往而不利。

大周 140 年,你率兵直入西夏皇都,西夏灭国,尽归大周。

灭除西夏后,李曌又令你整备军队,趁势攻下南阳。然而,在你进攻南阳时,宰辅左千秋与国师府突然都把矛头对准了你,对你的行军百般阻挠。不过李翌在此时设立司天监,建造观星楼,分去了国师府的一部分权力,为你摆平了阻碍。血煞魂兵太过强大,即使受到阻挠,行军依旧势如破竹。

七月六日晚,又到了祭奠白羽军的日子,你独自一人离开军营,来到一处荒林,想起了当时和白羽军的日子:"今日,既是白羽军兄弟们赴死之日,又是我夜引弓浴血重生之时,我夜引弓的一切都是兄弟们给的,我也将用这一统的天下、壮丽的山河来祭奠你们。"

这时,"唰"的一声,从黑处冲出一蒙面人,身着你军铠甲,双手持刃,向你袭来,局势凶险,你二人大战几个回合,那人中了你几掌,便匆匆逃离。你也没有追击,中你血煞掌的人,即便不死,也是终身残疾。

你想起当年逼宫之事,朝中憎恶你的官员一定不在少数吧,今日之事便是验证。你长叹一口气,谁能知晓你对大周的这片赤诚之心呢?

不久,还未等你彻底攻下南阳,南阳便投降了。

大周 142 年六月,南阳皇帝甘愿自降南阳王,奉上艳冠天下的无双公主与大周和亲,南阳愿成为大周的属地。

自此,天下一统。

平南阳,灭西夏,战功卓越,加上李翌的支持,你一路高升,获封上柱国,官拜一品大将军,成为大周第一武将。未至不惑,朝堂之上能与你抗衡者,除了文官之首,曾暂代监国的宰辅左千秋,便是那位大周开国皇帝的结拜兄弟,自开国活到现在的国师清阳上人了。

不过你并未在京城之中居住,而是回到了自己的家乡——京城郊外的南枫村,在祖宅处翻修了一座宅邸。你可不想在那片权贵钩心斗角、乌烟瘴气的天地中生活。

拥有了权势后，你慢慢发觉，当年阴山城之战并非那么简单，并且你还打探到因"血煞炼魂"被变为傀儡的三万白羽军竟然还有复活的可能。根据一卷残破古籍的记载，妖族秘法"血煞炼魂"另有解除之法，即为"盗天机"，只是两卷秘法自妖族被周太祖李衡灭族之后便失传，自己虽然曾于早年间于乌纹木匣之中获取"血煞炼魂"，但与之成套的"盗天机"自己并无线索。

于是，你一边开始着手调查当年阴山一事的隐情，一边搜寻复活白羽军的办法。

对此类奇术了解最多的自然要属国师清阳上人。当日逼宫时，你以血煞勾动了清阳心魔，自那以后你便与他再无交集，而在朝堂之上交流多有不便，你与他又有此等仇怨，便只能备好礼物私下登门拜访，却不料被拒之门外。

那个道号志岳的小道士将你拦在国师府外，这个人你知道，清阳上人的亲传弟子，清阳对他极其信任，有时甚至让此人上朝替自己处理国师府的事务，俨然一个大周下任国师的做派。志岳此人处世十分圆滑，在官场上左右逢源，行事也颇为严谨，现在就连拒绝，自己嘴上也是一口一个上柱国，好听得很。然而也正是在此人的阻拦下，连国师府的门槛你都没能跨过去，他挡在门外，只称"家师身体抱恙，不方便见客，还望上柱国海涵"。

吃了闭门羹的你心有不甘，你猜测，必是清阳上人还记恨你当初勾动他心魔的行为，才将你拒之门外。国师清阳德高望重，地位超然，单是开国皇帝的结拜兄弟这一身份，纵是你已经官拜一品，位列武将之首也拿他没有办法。更何况，据记载，清阳上人为国解忧，以凡人之身触碰神明领域，呕心沥血改良粮种，又以性命为引设下大阵,保佑大周风调雨顺;江南水灾之时更是他凭阵法阻断沧澜一时,救人无数。如此仁心的长者,即使你心怀不满,也依旧对其尊敬无比。

大周近日以来,"妖祸"频起,关于妖的传闻闹得愈发不可开交。你想到自己杀性大发之时,失去理智,残忍暴虐,浑身凝聚无穷血煞之气的场景,呵,说不定自己也早就已经是妖了吧。

你现在的唯一目的就是寻找复活三万白羽军将士的方法。就算不能复活,哪怕只是寻回其存在的证据,证明他们曾经守护了阴山城,守护了大周百姓,让阴山的百姓们回忆起,曾经有那么一支军队,为了保护他们奋战至死,就足够了。

不久之后,南枫村中便发生了不少离奇事,再之后,你便被突然关进了这神秘莫测的观星楼。这一切,究竟是怎么回事?

公共任务:

找出具有妖族血脉之人。

支线任务:

(1)当日你启动血煞炼魂,引得天雷滚滚,原本你将身葬天雷之下,却不料活了下来,炼成了血煞魂兵。但是你知道天雷并不是你挡下的,这件事另有隐情,你要查清楚当日天雷消失的原因。

(2)血煞炼魂之术刻在一个鸟纹木匣内,当年被你意外获得,但木匣的来历你并不知晓。查清木匣的来历,或许对复活白羽军有帮助。

(3)你是大周的护国将军,无论朝堂动荡如何,你必忠心守护大周。找出意欲危害大周之人。

(4)隐瞒自己血煞噬心的真相。

在剧本杀游戏过程中，一份完整的人物剧本是玩家与角色之间建立联系的直接方式，同时也是保障游戏顺利进行的基础。作为整个游戏的核心部分，它需要为玩家提供必要的背景信息和动机，要交代故事情节和游戏任务。每个玩家在游戏开始时都将拿到一本属于自己的人物剧本，上面记载着该人物的详细背景故事，以及他将与哪些人物相关。

首先，要明确写出角色的背景和动机，以协助玩家了解角色行动的动机，并提升角色扮演的真实性。只有背景故事和动机表达清楚，并且平衡好两者，才不会让玩家感到迷糊。同时，要增强剧本的整体连贯性和互动性，使人物的背景故事和动机与故事主线等任务联系起来，以获得更好的角色扮演体验。除此之外，人物剧本的作用还包括交代角色之间的关系。对角色之间复杂的关系网进行详细说明，从而促使玩家与角色之间进行深入的交谈与猜测。同时，人物剧本也要肩负着交代情节与发布任务的功能。它需要激励玩家积极地参与游戏过程，不管是解谜还是寻找线索。

接下来，我们将提供一些实用有效的写作方法。

二、世界观的铺垫

如何在人物剧本中对世界观进行有效铺垫？这是剧本杀创作的重要环节之一。下面介绍几个写作技巧和注意事项。由于每个人物剧本的世界观设定都不一样，下面介绍的几个写作技巧和注意事项与实际情况结合时也会有所变化。

(一)定义世界观的核心元素

定义世界观的核心元素是创建一个引人入胜、多维度的故事环境的基础。这一过程不仅涉及对故事背景的详细设定,还包括对该世界观的深入理解。它主要包括以下几个方面:

1. 环境背景

历史时期:设定故事发生的历史阶段(如远古、中古、现代或未来),以及这一时期的重大事件。

地理位置:确定如现实世界的都市、虚构的国度或星球等特定的故事发生地。考虑对故事的影响因素,比如地理特点、气候条件。

政治体系:描述重要政治团体及其权力范围的统治结构(如君主制、民主制、专制主义等)。

经济状况:经济形势对社会各阶层有影响,要考虑经济体制和产业状况(如农业、工业、服务业等)。

文化特征:文化是如何塑造人的价值观和行为的,包括宗教信仰、节日庆典、艺术形式、风俗习惯等。

2. 规则与法则

物理规则:如果故事设置的环境与现实世界的物理规则不同,那么这些不同及其对故事的影响就需要写清楚。

魔法系统:如果包含魔法或超自然元素,那就需要对魔法的来源、使用条件、限制因素以及对社会的影响等方面进行定义。

法律制度:如对于违法犯罪行为的定义及其处罚,对人物生存权益的基本保障等。

道德观念:不同社会群体对某种行为的接受程度,界定好与坏的标准。

3. 主要势力与组织

政府机构：如它的职能部门组成、组织运作形式以及参与社会管理的主要作用。

反抗团体：如果存在的话，它的成因、目的及对主流社会的影响，都需要说明。

商业帝国：探索公司、家族或组织在经济领域的重大影响。

行会与工会：在经济社会中发挥作用的组织。

学术机构：促进社会进步或引发冲突，科技或魔法研究的中心。

深入定义这些核心元素，可为玩家打造出一种身临其境的游戏体验，既有深度，又复杂逼真。这一世界观架构除了能引导情节发展、角色行动外，也能让玩家产生想象空间。

（二）将世界观融入人物剧本

将世界观融入人物剧本，要求创作者不仅要在宏观上构建一个丰富的世界观，还需要在微观上将这个世界观与个别角色的故事紧密结合。在具体的操作中，主要包含以下几个方面：

1. 角色背景与世界观的整合

在描写角色背景的过程中，我们要注意将角色的个人经历与大的社会事件相结合。例如，角色可能在某个重大历史事件中失去了亲人，可以通过这个点来重点刻画人物的行为动机。除此之外，还可以利用地理与文化的根源，体现角色的文化特征。在他们的言谈举止中，方言、习俗、衣着特点等均可体现人物特点。

2. 动机与冲突是世界观的基础

角色的行为动机应当与其世界观紧密结合，角色追求的目标和动机应根植于自身的世界观。角色面对的每次重大的情节发展，都应该与世界观的铺垫相结合。这种冲突可以是内在的，比如角色的世界观和主流价值产生矛盾；也有可能是外在的，比如角色和某种力量对立等。

3. 信息透露与世界观的展示

逐步展开的世界观，是需要设计的。角色脚本中世界观的细节要逐渐暴露，以免一开始就向玩家一次性呈现所有信息，导致信息过多。第一，可以通过回忆、谈话或文献资料等，循序渐进地表现出来。第二，世界观可以通过人物视角去体会，透过角色的视角与经验，让玩家领悟其世界观。

4. 将任务设计与世界观结合

任务的设计和活动要反映世界观的特点与冲突，帮助玩家在推进故事发展的同时，对世界观有更深层次的认识与了解。在角色互动中融入世界观，如特定的社交礼仪、禁忌或者是合作与对抗产生的原因等，玩家在参与中深化对世界观的认识，从而达到游戏目的。

以上办法能较好地将世界观融入人物剧本中，既为玩家提供充实的背景资料，又增强了角色扮演的深度与故事的沉浸感，从而促使玩家产生更强烈的情感共鸣，使剧情的连贯性和逻辑性得以增强。

（三）创造丰富的世界观细节

创造丰富的世界观细节对于剧本杀的深度和玩家的沉浸感至关重要。这些细节不仅赋予世界以生命，还能提升故事的真实性，让玩家感觉自己真的是在另一个世界中。以下是如何详细阐述世界观细节的几个关键方面：

1. 文化与日常生活

人们为庆祝重要节日而形成了各种不同的风俗习惯和宗教信仰。如婚礼、葬礼、成人礼等仪式，它们的庆祝方式各不相同。

设定这个世界中有绘画、雕塑、音乐、文学等艺术形式，并描述它们在社会中所处的地位，以及人们在空闲时的娱乐方式，包括流行的游戏、体育活动、表演艺术等，以描述这个世界的艺术。

2. 语言与符号

包括特定的问候语、忌语、常用表达等，尝试开发独特的语言或方言。描述手势、表情、形体语言等非语言交流形式的社会含义。

努力创造家族纹章、魔法符文等世界上特有的符号系统，以及它们的意义和使用场合。详细说明在建筑、服饰、书籍等物品上如何使用这些符号，体现它们的文化和价值观。

3. 地理与环境

对世界的地理特征进行详细描述，如山脉、河流、森林、沙漠等，及其对当地居民的生活产生的影响。要考虑不同地区的气候条件，考虑季节变化对节日、农业、衣着等的影响。

设计各具特色的建筑风格，规划布局其社会功能，描写宫殿、寺院、学院、市场等重要建筑的外观和内部结构，以及它们在社会中所起的作用。

4. 经济与科技

确定全球主要资源，包括影响地区间贸易关系的自然资源、能源、矿产等。对货币、交易方式以及经济体系中的主要贸易品进行描述。

对包括交通、通信、医疗等领域主要成果在内的科技发展水平进行阐述。如果有魔法存在,那就详细说明魔法系统的运作原理及其在社会中的地位。

创作者通过对这些世界观细节的精心打造,在帮助玩家加深游戏体验的同时,也能激发玩家对故事背景的好奇心和探索欲。如果能够创造出一个有着严密运行法则的虚拟世界,那么对于不少玩家来说也是一件极具吸引力的事。

(四)保持一致性与合理性

在创造世界观时,保持一致性与合理性是让玩家信服并产生沉浸感的重要抓手。以下是关于如何保持一致性与合理性的注意事项:

1. 建立内在逻辑

一是要确立明确的规则,包括物理定律、魔法系统或社会法则,明确其运作机制和限制,使其在整个故事中贯穿始终,并保证所有事件及角色行为都符合这一逻辑框架。同时要注意保持世界观的逻辑一致,使各个方面相互协调,如政治、经济、社会、文化、科技等各个元素的组合,要保证整个社会运行协调统一。如果要描写一个科技高度发达的社会,那就必须让它能够有相应的教育系统和社会结构来支撑这一逻辑框架。

2. 角色行为的合理性

注意人物动机和行为的一致性,根据人物的背景、性格和动机,对人物的决策和行为要有一定的把握。即便是非常态下的意外抉择,也要有一个合理的交代,有一个推动的力量。要注意人物发展的连贯性,要有根据的变化,而不是突兀的、无解的变化。随着故事的发展,人物的成长或变化要有连贯性,要循序渐进地展开。

3. 故事发展的逻辑性

事件和矛盾的解决要遵循因果逻辑,避免莫名其妙的转折和结局。因此,每一个情节的发展都要有前提,都要有结果。同时合理安排信息与线索,确保给玩家的提示皆是逻辑成立的,能将故事向前推进,而不会牵强附会。

4. 世界观的深度与细节

构建世界观的过程中,要对每一个细节进行深入研究和思考,这样才能保证考虑周全,各方面都合乎逻辑、合情合理,尤其是世界观的连贯性与逻辑性。

5. 外部一致性

设计世界观的过程中,可以参考现实生活中的历史、科学和文化知识等,把真实可信的东西加入世界观的建构之中。要知道,无论故事背景如何,人物性格怎么样,创作者最终要做的是与玩家情感共鸣,最终的目标是书写能够让人共情的故事。

三、叙事的魔法

所谓"叙事的魔法",指的是通过巧妙地运用叙事人称和叙事顺序的手法,制造悬念,增加情节的复杂性和吸引力的办法。通过这样的手段,可以使故事在深度上得到进一步的升华,使之从单纯的线性叙述转变为更丰富更动态多元的故事,从而使整个剧本杀游戏更加精彩。

(一)选择合适的叙事人称

剧本杀人物剧本的限制性视角驱动玩家从他人剧本中寻找自我评价[①],通过改变叙事人称,从而对玩家的感知和情感投入产生直接的影响。第一人称的使用可以使玩家感受到角色的直接情感和心理活动,产生强烈的同理心和情感投入,而第三人称则能使玩家以更为客观全面的视角,从多个角度认识故事的全貌,从而使不同角色产生悬念,增加故事的多样性和互动性。通过切换叙事人称,在关键的时候对玩家的视线进行调整,如从一个角色的第一人称视角切换到另一个角色的第三人称叙事等,从而揭示情节的转折点或重要线索。

采用第二人称的叙事方式,能够直接将玩家吸引到故事中来。通过用"你"来称呼玩家,能够拉近故事与玩家之间的距离,让玩家觉得自己就是故事中的角色,这也是当下剧本杀创作中最常用的一种方式。使用第二人称的叙事手法,也能够让玩家感受到一种娓娓道来的叙述感,犹如有个人在你的耳边向你讲述你从前的经历,这样的感觉自然会让人感到十分亲切。

当然,剧本杀的创作并没有一条不变的定律,只要选取适合故事表达的人称,能够充分表达清楚想要表达的内容,所有的创作都是值得尝试和被鼓励的。

(二)选择合适的叙事顺序

非线性叙事是通过打乱事件发生的时间顺序,利用闪回和预

---

① 杨紫馨,王艳.还原·沉浸·交互:论剧本杀剧本的三重创新[J].电影文学,2022(12):46-50.

兆、平行叙事等手法制造悬念的强大工具，创作者在让玩家体验探索和发现快乐的同时隐藏关键信息，一步步揭开真相，从而让每个角色的动机和选择充满未知。因此，在剧本的开头可以用一个悬疑的场景作为诱饵，使玩家在开始阶段就被吸引。

1. 闪回和预兆

利用闪回和预兆，在叙事中穿插一些特殊的场景或暗示，可以使玩家获得角色过去的重要信息或者是对未来事件作预测。例如主角在探索一座荒废的院落时，脑海中突然闪回了一个场景，使他回忆起自己的祖先曾是这个院落的主人，而主角的童年似乎也就是在这里度过的，从而为后面的情节发展埋下伏笔。

2. 平行叙事

平行叙事是一种将同一故事结构中不同的时间线或不同角色的视角结合在一起的叙事方式，以增加故事的复杂性和互动性，从而提供玩家更多的挖掘空间。在不同的叙事线中寻找联系并予以整合，推动故事发展是平行叙事的主要手法之一。

例如在一部以侦探为主题的剧本中，两条线索同时在故事中展开，其中一条线索来自受害者留下的日记，另一条是警局的问询笔录，玩家需要寻找这两条线索中的交集，从而揭开这桩案件的真相。

3. 循环叙事

循环叙事是故事在达到高潮后，可能伴随着角色认知的改变或新信息的揭示，回到起点或某个关键节点。这样可以让玩家对之前的体验和选择进行重新评估，并对不同的故事结果进行探索。

例如故事设定在某个时间周期内，每当夜幕降临时，玩家会回到一开始，但对之前的周期保留了记忆。玩家需要利用每一次回去所获得的信息，逐渐揭开奥秘，寻找破解回到一开始的途径。

在运用非线性叙事进行创作时，一定要认识到其中所隐含的挑战,尽管故事的叙述不按常规的线性顺序进行,但整个故事的连贯性必须得到保证,必须让玩家能跟随故事的脉络行动。有鉴于此,为避免遗漏关键信息从而给玩家带来困惑,可以在关键节点上给出清晰的线索和提示。但在进行非线性叙事的时候也要注意把握好故事的复杂性与玩家的认知能力之间的平衡关系——毕竟太过复杂的故事会令部分玩家感到困惑——在创作的时候要善于寻找两者之间的契合点。

四、三条时间线

在创作过程中,确立三条清晰的时间线——单个人物的时间线、整本故事的时间线,以及命案或事件轨迹的时间线——是极其重要的。这样做不仅有助于保持故事的连贯性和逻辑性,还能增加故事的深度和复杂性。

(一) 单个人物的时间线

单个人物的时间线专注于描述该角色的背景、成长、动机等,涵盖从角色出生到故事当前时刻的所有关键事件。

在这条线中,我们要详细描绘角色背景,包括角色的出生地点、家庭背景、教育经历、重要生活事件等;要明确角色在故事中的动机、愿望和恐惧等,以及这些动机、愿望、恐惧等是如何驱动他们的行动的;记录角色情感的变化,尤其是那些对故事进程有重大影响的转折点。

(二）整本故事的时间线

整本故事的时间线是指故事从开始到结束的主要事件和发展顺序，包括所有重要的情节节点、冲突和问题的解决等。在此期间，我们要确定故事的起始点、发展、高潮和结局，确保故事事件的逻辑顺序和情节推进自然流畅。要尽可能详细地描绘故事中的主要情节冲突，以及在解决问题过程中发生的细枝末节。如果故事采用多线程叙事，要确保每个线程都有清晰的发展轨迹，并在适当的时刻与主线相交融。

（三）命案或事件轨迹的时间线

命案或事件轨迹的时间线，对剧本解谜环节至关重要，任何一次犯罪或关键事件的发生，都在这条时间线上有详细的记录。行文过程中，要详细再现事件：从作案计划、案件发生到侦破案件，包括时间、地点、所涉人物等，每一步都要记录详细。保证命案的发生、发展、结果严丝合缝、合乎逻辑，避免情节上的千疮百孔、说不清道不明。

（四）三条时间线的形式

利用多种工具和形式来梳理和管理三条时间线（单个人物的时间线、整本故事的时间线、命案或事件轨迹的时间线）不仅有助于使故事结构清晰，还能促进创新思维的发生。以下是几种实用的方法和工具：

1. 树状图

单个人物时间线：为每个主要角色创建一个树状图，标注其人生重要事件和故事中的关键节点。

整本故事时间线：以故事开始为基点，根据情节发展依次扩展分支,包括转折、冲突和解决方案。

命案或事件轨迹时间线:从命案发生的起点出发,分支记录发现线索、分析证据和排查嫌疑人的过程。

树状图的直观结构可以帮助创作者看到各个事件和决策点之间的联系,从而更容易找到故事的新线索,找到人物发展的潜在方向,找到情节未被发掘的可能。

2. 电子表格

设置"列":设置日期/时间、事件描述、涉及角色、地点、影响结果等时间线各方面的独立栏目。

使用"行":每一行代表一个事件或关键节点,按照时间顺序(或对于非线性叙事而言,按照逻辑顺序)排列。

链接和注释:使用电子表格的链接和注释功能来添加额外的信息、思考和可能的变化。

电子表格便于对事件进行分类和重组,创作者可以通过重新排序或重新组合事件来探索故事新的可能性。表 5-1 为用电子表格所绘制的时间线:

表 5-1 用电子表格绘制的时间线样表

时间	事件	地点	涉及角色	关键线索	影响结果
第一天	团队到达遗忘之城	遗忘之城入口	侦探团队	暗门	开启调查
第二天	发现古老的符文	城市图书馆	唐风	符文暗示宝藏位置	寻找解密符文的方法
第三天	遭遇秘密组织成员	废弃市场	秘密组织成员	组织成员留下的日记	揭露秘密组织的动机

3. 思维导图

思维导图的非线性结构非常适合创意思维的扩展，它为创作者自由地添加新想法和链接其他信息提供了很大的便利，不管这些想法如何复杂或粗浅。围绕着故事的中心，可从它衍生出很多不同的分支，分别代表故事的各个方面，每个分支下面还可继续细分出更多相关的小点，从而形成层次分明的结构图。从中心出发，每个分支都可以作进一步拓展，构成一个完整的故事。由于思维导图是以视觉化的方式进行的，所以它可以帮助发现新的关系和故事线索，从而促进更丰富的故事内容的创作。

4. 坐标轴

运用坐标轴是对剧本中的时间线和事件进行组织与展示的一种有效的工具。该方法通过在二维坐标系统中对事件进行定位，如事件的重要程度、角色的活动范围或事件的情感强度等，同时显示事件发生的时间顺序和关键维度。

横轴（X轴）：一般用来表示时间，时间可以是线性的，也可以是故事开头到结尾的特定的关键时刻。

纵轴（Y轴）：不同的维度可以根据需要表达出来。例如，可以用来表示事件（从正面到反面）的情感激烈程度，也可以用来表示人物（从某一场所到另一场所）的活动范围。

通过坐标轴的方法，创作者可以清晰地看到故事中每个关键事件的时间节点，以及人物的出场顺序。这样的方式有利于设计复杂的人物关系，也能在组织团队讨论的过程中提供一个清晰明确的依据。

工欲善其事，必先利其器，剧本杀的创作的确是一项庞大的文字工程，选择适合的方式与工具对时间线加以梳理是非常有必要的。

五、故事开场：寻找最佳聚会地点

设计一个适合所有人的聚会地点，这是非常关键的一步。这个聚会地点不仅要在逻辑上让所有的角色都聚合在一起，更重要的是能提升气氛，促进剧情的发展。在剧本杀故事依照时间顺序呈线性发展的情节中，恰恰以秩序的破坏作为开端，随即描写恢复秩序的努力，最后以达到目的收场[1]。

聚会的地点需要紧扣剧本的背景，紧扣故事的主题。如果我们将地点放在一座古老的庄园，那么故事可能引向大家族的权力或财产争夺；如果背景是未来科幻小说的话，或许更贴切的场景应该是一个宇宙空间站或者是一个高科技的实验室。考虑到人物的背景、职业和社会地位，选择一个合适的场所，让所有人的出场都有一个合理的理由。举例来说，如果角色中既有贵族也有平民，选择公共场合或特定事件（如慈善晚宴、集市）作为聚会地点，也许会比较恰当。

聚会地点的选择最好能起到推动人物互动、推进剧情发展的作用。比如，如果剧情需要密谈或调查，那么一些隐蔽的角落或房间就应该包含其中；如果要以公开辩论或表演为主，则以中央舞台或宴会大厅为宜。聚会场所除了要符合故事背景外，还要考虑实际的游戏流程，确保有足够的空间让玩家活动。

剧本杀聚会地点必须保证所有人员都能到场，这是游戏得以顺利进行的根本。下面为大家详细解读这一特点：

---

[1] 袁洪庚.欧美侦探小说之叙事研究述评[J].外语教学与研究，2001（3）：223-229．

1. 剧情设计的考量

将剧情设计得自然合理,让所有人物在聚会地点都有充足的出场理由。比如,可以设定家庭聚会、遗产公布、紧急会议等共同的目标、事件或威胁。开篇故事要对玩家的集结理由和时间作出明确的指示,保证玩家在游戏中有充分的背景资料和参与动机。

2. 角色动机的构建

每个角色除了要有个人目标和秘密外,至少要有一个集体目标可与其他角色共享,这个集体目标是关键所在,促使他们聚集在一起。透过友情、竞争或密谋等关系将角色关系网作精心设计,让角色彼此联系,增加两人或多人同场亮相的合理性。

3. 场地选择与布局

选择的场地需要有足够的空间,能支持各种互动,场地布置要鼓励玩家互动,有角落可以进行分组讨论,有隐蔽的空间可以进行私密的对话,有开阔的区域让大家一起参与进来。

以下是几组选取聚会地点的案例:

案例一:《夜幕下的密谋》——咖啡馆

20世纪40年代初期的上海。几个各怀心思的人正汇聚在一个老式的私人咖啡馆里讨论着一件重大的政治事件。

选择聚会地点的理由:

氛围匹配:咖啡馆内弥漫着复古的气息,这与当时上海的时代背景相契合,私人咖啡馆因其私密性极易营造悬疑与密谋的气氛。

角色需求:讨论政治事件的人物往往带有知识分子的身份背景,而咖啡馆这样的场地与他们的身份相符合。

案例二：《遗失的宝藏》——荒岛

根据古老的地图找到的藏有宝藏的荒岛上，一群宝藏猎人决定通过合作来解开谜团并争夺宝藏的归属权。在解开宝藏之谜之前，他们之间可能会有冲突甚至恶斗；但在找到宝藏之后、在分享财富之前，他们还会像朋友一样相处。

选择聚会地点的理由：

氛围匹配：与寻宝有关的元素在荒岛上得到了很好的呈现，为寻宝增加了无限的可能性和冒险感。

角色需求：在荒岛上生存下来的每个角色都被赋予一定的任务和挑战性。在资源有限的环境中寻找必要的物品和解谜是首要任务。团队与个人的协作和竞争是完成这些任务必须经历的。

空间布局：利用岛屿的不同地点（如沙滩、洞穴、古老遗迹等）来增加解谜和寻宝的挑战性。每个地点都有不同的地形地貌和环境氛围；同时增加了游戏的难度与挑战性。

这些案例展示了聚会地点在剧本杀游戏中的重要性，不仅要求场地与故事主题和氛围相符，还要满足游戏进程中的角色互动和空间布局的需求。精心设计聚会地点，可以极大地提升玩家的游戏体验感和沉浸感。

六、是非不分明

将"是非不清"这一元素引入剧本杀创作，能够极大地丰富游戏的层次和深度，使得每个玩家的决策都需要以自己角色的背景、动机、目标为基础，在案件发生或某一选项不再是简单的黑白对错的情况下，让每个角色都有属于自己的合理动机。想要达到这样的效果，以下几点需要引起我们的重视：

（一）人物动机的复杂性

所谓"是非不分明"即暗示着每个角色的行为动机都存在着复杂的背景和合理的解释，即使其行为在表面上看起来有争议性，也能够保证其选择是有一定合理性的。举例而言，某个角色可能出于要保护自己所珍爱的人，因而不得不做出一些在别人看来是错误的或不道德的选择。这种角色动机的复杂性和多样性能够为玩家带来更深层次的体验，并对角色的心理变化有更全面的认识。

（二）情节的灰色地带

"灰色地带"的设计不仅使玩家在找"凶手"的基础上有了更多发挥的余地，更多的是需要从不同角度出发，对事件进行解读与剖析，从而使整个故事更加立体丰富。再者就是设置多个故事可能的发展方向与结局，给玩家以真正的心灵冲击。因此，"灰色地带"的引入能够使整个故事在推理过程中得到升华与拓展。

（三）玩家间的互动

情节设定的"是非不分明"一方面会促使玩家更积极地与对方交流互动，通过对话、辩论，甚至是联盟，以支撑各自的看法与决定；另一方面，又要推敲、质疑对方的动机和行为等，使游戏过程更富有挑战性和不可预见性。所以,让辩论与诡辩成为游戏规则中必不可少的一部分。

在"是非不分明"的设计之下,每个玩家为了各自的目标和动机都必须与其他玩家进行交流和辩论。这种交流既涉及对证据和线索的讨论,也牵涉对各自角色的行为动机的争论。这种互动会促使玩家更深入地思考问题,从而增强游戏本身的沉浸感,可谓一举多得。

"是非不分明"的情节设定,为故事的发展打开了广阔的空间,随着情节的不断深入,玩家的辩论与狡辩也不断地带来新的证据与视角,促使故事向前发展。当然,这一设计虽然能够增添游戏的吸引力,但对剧本创作者的要求也很高。要求创作者不仅要把人物的背景故事设计得精妙合理,让人物动机与故事情节复杂神秘,同时又要保证不同玩家之间的信息和力量是相对均衡的,以增强游戏的公平性和参与感。

七、看见的和看不见的信息

想要营造悬疑气氛、增加游戏深度、增强玩家体验感,可学会运用"看见的信息"和"看不见的信息"。这一设计除了影响玩家对故事的理解和对游戏的参与外,还决定了玩家如何与其他玩家进行互动。

"看见的信息"是指在剧本的初始阶段就清楚地展现给玩家的信息,包含角色设定、故事设定、事件背景等。本部分信息主要为了让玩家能够快速融入游戏,快速了解各自的角色和目标。

所谓"看不见的信息"是指需要通过玩家在游戏过程中以探索、推理、互动的方式才能找到的线索、秘密等。加入了这部分信息，能够显著增加游戏的悬疑感和故事的复杂程度。至于如何将这些线索真正地隐藏起来，就需要创作者发挥自己的智慧与技巧了。

隐藏信息的作用一方面可以增强游戏的悬疑性和挑战性，给玩家带来解开谜题及真相的成就感与满足感；另一方面可以促进玩家之间的交流、合作或竞争，使游戏具有更多的动态变化。以隐藏信息为基础的角色扮演，通过逐步揭示人物深层的秘密与动机，使玩家能够对人物有更深入的认识与体会，从而增强角色扮演的沉浸感。

1. 在线索的设置上，要分层次地分解关键信息

为促使玩家在完成任务过程中解谜，或在与其他角色互动中逐步发现这些信息，在设置线索类型时，要运用多种方式，如直接的物理线索、间接的对话提示以及需要特定知识才能解读的加密信息等，以满足不同玩家的探案需求。同时，在设计线索时，也要注意线索之间的逻辑性和关联性。

2. 增加游戏的互动性与合作性

利用角色间的交流，进行信息的交换以获得关键信息，来增加游戏的互动性与合作性。为不同的角色设计专属的线索或信息，对于整个故事的解谜起着重要作用，以促使玩家分享并讨论自己的发现。

3. 游戏环境的动态变化也能成为一个重要的信息源

可以通过改变游戏环境来提供新的场景说明。当玩家达到某一条件或游戏进入特定阶段时，新的线索或信息的暴露就会被自

动触发,进而设计出特定的事件或情节。

4. 把物品、道具作为信息的载体

把日记、信件、录音等游戏中的物品、道具作为信息的载体,来推动故事的发展与信息的揭露,这能增加探索的趣味性和互动性。

5. 为玩家提供一个可选的提示系统

当玩家遇到难题或无法推进剧情时,可以让他获得适度的引导,避免游戏体验受挫。

八、剧本的节奏:分幕与游戏环节

所谓剧本的节奏,就是协调好故事发展的快慢与变化,以及情节的密集程度。好的故事节奏能让玩家在紧张刺激的探险与轻松愉快的交流之间保持平衡,既不会索然无味,也不会信息过载。在剧本杀创作中,如何合理安排分幕与游戏环节就很关键了,因为这一步既能影响玩家的参与感与游戏的流畅性,又对故事情节的起承转合起到有效控制作用。

(一)寻找分幕的恰当时机

合理地设定分幕时间点是把控游戏进度与节奏的关键,以下是在一段完整的情节中寻找分幕时间点的几个重要步骤和建议:

1. 明确故事的主要冲突和目标

要想确定分幕的合理时间点,首先就要明确故事的主要冲突和任务目标,这也是整个故事发展的核心所在。当我们确定了主要冲突和任务目标之后,就可以围绕它来规划不同阶段的故事的发展,而每个阶段的结束自然也就是分幕的时间点。所以,在寻找分幕时间点之前,先要搞清楚故事的主要冲突和任务目标。

2. 设定关键事件和转折点

这需要对整个故事流程进行分析,对重点事件、重大转折等进行辨识。这些事件和转折都是分幕的节点,因为这标志着故事进入了一个新的阶段,而分幕的节点意味着发现关键证据、重要人物入场、出现意料之外的情节等。

3. 划分故事的结构

对于剧本杀来说,一般情况下我们将故事大致划分为序幕、发展、高潮和结局四个部分,每个大的结构之下对应一到多个小的部分。在这个框架下,根据故事的复杂性和预期的游戏时长,进一步细分出每个大结构中的小阶段或章节,每个章节的结束即为一个分幕时间点。

序幕:介绍背景、情节设定和角色。

发展:故事情节开始加速,冲突逐步显现,可以根据不同线索的揭露和角色的发展来分幕。

高潮:故事达到最紧张的阶段,冲突达到顶峰,这个阶段的结束往往是最关键的分幕时间点。

结局:解决冲突,揭晓谜底,向玩家展示故事的最终结果。

4. 考虑玩家的体验

在划分分幕时,需要考虑玩家的体验和感受。分幕间隔应该既能保持玩家的兴趣,又不至于让他们感到信息过载。此外,每个分幕结束时,应留下足够的悬念或提出新的问题,激发玩家进入下一幕的兴趣。

（二）游戏环节：大开脑洞！

只有在创新游戏环节上多下功夫，才能让更多的游戏玩家被吸引进来。换言之，只有设计出让玩家身临其境的精彩游戏环节，才能让玩家在解谜的同时体会到酣畅淋漓的游戏乐趣。因此，在游戏环节的设计上，有几点要格外留心：

1. 结合故事背景设计环节

游戏环节的设计要紧密结合故事的背景和主题，使之既是解谜过程，又能为情节的发展起到推动作用，以点带面，以局部带动全局。比如在一个以皇宫为背景的剧本中，可设计一项隐藏任务，要求玩家只有解开机关，才能找到通往皇宫的路径。

2. 创新解谜方式

对经验丰富的玩家而言，传统的解谜方式可能有些枯燥乏味，所以尝试创新解谜环节是吸引玩家眼球的关键所在。如设计以 AR、VR 技术为基础的查找线索的环节，为玩家提供新鲜感。

3、增加角色间的互动

通过设计需要玩家之间互动才能完成的游戏环节，增加剧情推进过程中的趣味性，同时还能促进玩家之间的交流和团队协作。例如，设计一项任务，要求玩家分成若干小组，每个小组需要充分交换各自信息并寻找不同的线索，最终集合所有线索才能解开谜题。这样的设计就会引导玩家相互交流协作。

4. 利用非传统的游戏道具

在常规的纸质线索与锁匣的基础上，还可以引入如以音乐盒为代表的有故事性的道具，或结合 VR 设备等来强化玩家的代入感。

5. 提供多种解决方案

为游戏关卡设计有多种可能的解决方案，这样即使多次重复进行游戏,玩家仍有机会尝试不同的策略,从多个角度对故事进行探索。

九、发 布 任 务

"发布任务"这一环节很重要,它不仅是引导玩家深入游戏、理解角色和激发参与热情的重要手段,还是推动故事发展的关键环节。

(一) 设计任务的目标

任务的设计应该与故事的主线紧密相连,每项任务都应该有助于推动故事情节的发展,揭示角色背景,或加深玩家对故事的了解。

1. 推动故事发展

发布任务的作用是推进整个故事向前发展,使玩家在完成任务的过程中逐步解开谜题,并对故事产生更深入的了解。在设计任务时要充分考虑其与故事主线的关联性,保证在完成任务的同时,又能自然地将故事推向下一阶段。另外,要考虑到任务结果对整个故事走向的影响,考虑玩家的选择与行动如何对故事的发展和结局产生冲击。

2. 增加角色的深度

主要目的是通过任务使玩家对所扮演的角色有更多的认识和体验,通过任务揭露角色的背景故事、内心世界和动机,来增加角色的多维度和复杂性。与角色背景、性格有关的任务设计,可以使玩家对所扮演的角色有更好的认识和体会。另外也可以尝试利用任务来展示角色之间的关系和冲突，来增加角色间互动的复杂性和故事的张力。

3. 激发玩家的思考和创造力

在设计任务时，创作者要向玩家的思维和创意发起挑战，鼓励玩家寻找具有创新性的解决办法。可以尝试设计一些开放的任务，让多种可能的解决路径与结果出现，并鼓励玩家针对不同的策略进行思考。

4. 提供成就和满足感

每个任务的设计都应兼顾给玩家带来成就感与满足感，保证任务有清晰的目标和可衡量的结果，从而在任务完成后有正面的反馈，如故事的推进、新线索的揭示、角色关系的改变等，进而保证每个任务都能有效地为故事的发展、角色的深入与玩家间的互动发挥作用，以创造出既引人入胜又有深度参与感的剧本杀体验。

（二）如何发布任务

发布任务，既能带动故事情节的发展，又能使玩家的体验得到加强。下面就介绍几种有效发布任务的方式：

1. 直接与间接发布任务

第一，直接发布。

角色扮演：在游戏主持或其他特定角色的直接对话形式下给玩家发布任务，如侦探剧本中给玩家分配寻找线索的任务。

物理信件与记录：设计成游戏道具的信函与素材可以作为任务提供给玩家，以推进故事情节或达成某一目的。

技术介入：利用手机 App 发布任务，适合现代背景下融入了新媒体元素的剧本杀创作。这种技术手段的加入能够拓展媒介形式,从而给玩家带来新鲜感。

第二,间接发布。

环境线索:在环境中布置一些线索,对任务的存在加以暗示,比如一张画中有密码要去破译的提示等。

角色对话:间接暗示任务的一种手法是透过角色间的对话或互动来传达任务的信息,如一个角色提到对另一个角色的怀疑,然后促使玩家去调查真相,以达到任务的目的。

动态事件:在剧本中加入突发事件来促使玩家行动,如突然熄灭的电灯或是发现一条指向下一个线索的神秘信息等。

2. 增强任务发布的效果

创造紧张感。任务发布时应当在玩家中造成紧张感或紧迫感,鼓励他们迅速行动。例如,设置一个完成任务的时间限制,或者暗示如果不快速行动将会有不利后果。

给出恰当的信息,使玩家对所需完成的任务有充分的认识;同时留有足够的空间供玩家自行摸索和发现更多的信息;过多或过少的信息都会使游戏体验受到影响,所以保证提供恰当的信息很重要。

增强游戏的创意性与多样性,尝试多种任务发布方式,使每个任务都与故事主题及背景相匹配,以增强故事的沉浸感。

3. 任务执行与互动

玩家在执行任务时,会与其他角色交换信息和互相协作,有时甚至要与看起来互为敌对的角色进行合作,才能顺利解开秘密。这样的设计,会极大引起玩家的兴趣。同时,在故事的发展过程中,还可以设置各种机关、谜题供玩家探索与破解,这也会让故事的趣味性大大增强。

（三）任务设计的要点

1. 使任务与故事紧密相关并增强情节的深度和连贯性

确保每个任务与整个剧本的主题和背景紧密相关，为故事增加深度。设计任务时应该考虑到角色的背景、动机与能力，使之与个人故事线相契合，并增加任务与角色之间的关联度。

2. 使任务目标具有清晰的界定和可达成性

要尽可能明确地阐述任务目标，避免使用模棱两可的措辞。要保证所有任务都在玩家的能力范围之内，避免设置过于困难的任务使玩家产生挫败感。

3. 使游戏有足够的挑战性和互动性

设计有一定难度的任务以激发玩家的思考和创造力，要注意合理设计任务的难度，使之与玩家的能力相匹配。鼓励玩家之间的交流与合作，并设计需要团队协作或对抗才能完成的任务，以增强玩家之间的联系，使游戏更有趣更有挑战性。

4. 创新游戏体验设计和多种任务类型的设计

可以试着用这个方法来丰富游戏体验，鼓励玩家通过不同的方式来探索不同的解决路径，从而产生个性化的剧本体验。

5. 为任务设计即时反馈机制

及时给予任务完成者以更多线索奖励，或者通过给予物质奖励或情感奖励，增加玩家的成就感。通过设计多种奖励类型来提高玩家的兴趣，可使他们投入更多的时间和精力。

人物剧本是构成故事世界的灵魂和玩家沉浸体验的桥梁，在这个过程中，创作者既要写出一系列的文字与指令，又要有扣人心弦的情节和引人入胜的人物塑造。只有这样，才能让每一个人物剧本都促成一场精彩的游戏，成为玩家心目中一次难忘的冒险。

人物剧本的写作要求创作者深入了解人物的内心世界、背景故事，以及与其他人物、故事情节之间错综复杂的关系，这个过程是一个精细创作的过程。通过这一讲，我们学习了如何构建角色，让每个人物都成为故事中必不可少的一环。让每一名玩家都有机会成为故事的主角，让每一名玩家在与其他角色配合的过程中，共同编织一个精彩的故事，这也是编写人物剧本的重要意义所在。

【创作实践任务】

仔细阅读本讲夜引弓的人物剧本，结合所学内容，从以下几个人物中任选其一，仿写一章单集人物剧本（含发布任务）。

人物：林惊风、志岳、清阳上人。

要求：人物的命运轨迹至少有两次重大转变；牵涉夜引弓部分应与原文情节相符；字数不少于3 000字。

第六讲

核心诡计很重要

一、故事导入 / 139

二、核心诡计的概念和重要性 / 140

三、核心诡计的基本原理 / 141

四、六种密室 / 153

五、不在场证明 / 157

六、叙述性诡计 / 160

一、故 事 导 入

　　滨海市昨天发生了一起离奇的凶杀案,市中心的"东北客"洗浴中心内,一名中年男子意外身亡。根据现场情况来看,死者是被利器贯穿心脏。事故发生时,浴室正在经营中,雾气腾腾的房子里,先是有人发出了一声惨叫,很快大家便慌慌张张地四处逃窜。警方到达现场的时候已经没有客人在了,池子里的水通红一片。经过了解,被害人老王,是当地一个小有名气的商人,老家在东北,常来这里搓澡。警察经过仔细排查,暂时锁定了几名嫌疑人:

　　嫌疑人1:一名银行职员,当天在洗浴中心,是店里的老顾客,当时手中带着一只保温杯,不过里面的水已经喝完了。

　　嫌疑人2:一名律师,今天正好随身携带了一支钢笔和一份合同,合同和钢笔落进了浴池。

　　嫌疑人3:老王的弟弟,手上戴着老王之前送的手表,除此之外没有携带任何物品。

　　嫌疑人4:浴室老板,与老王认识多年,两人有经济上的往来,性格内向。

　　所有人都说当时雾气腾腾,没看清发生了什么事。那么老王究竟是被谁杀害的呢?

　　通过以上对凶案过程的梳理以及人物简介,请尝试推理出一个逻辑自洽的故事真相,还原出完整的人物关系、行凶动机以及案发过程，具体情节可自行添加。

二、核心诡计的概念和重要性

剧本杀是一种集推理元素之大成，融合角色扮演与故事叙述之精髓的社交游戏，它以错综复杂的故事背景为蓝本，以多个人物的设定和谜题的挑战来为玩家提供深入故事世界的机会，以独特的交互式体验来激发玩家兴趣。玩家既是故事的见证者，又是故事的缔造者与推动者，从一开场，玩家就被卷入一场充满惊险刺激的推理之旅中，一边与角色同生共死，一边寻找真相。而一切情节之所以能够顺利展开的关键就是核心诡计的设计，这是剧本杀游戏的重中之重。

核心诡计是指那些被精心设计出来推动剧情发展、深化角色关系、增加游戏互动性和悬疑元素的剧情设定或情节转折。它们是连接故事背景、角色动机和游戏目标的桥梁，能够激发玩家的好奇心和探索欲，同时促进玩家之间的沟通与合作。例如剧本杀作品《刀鞘》，以解放战争时期保密局特务与中共潜伏人员斗智斗勇的故事作为背景，通过精心设计的环节，逐步推动情节发展，这便是它的核心诡计，最精彩的环节便是穿插其中的情报传递与打斗。核心诡计的重要性在于它能够使故事不仅仅停留在表面的叙述上，而是变成一种可以互动、探索的体验。这种设计不仅增加了游戏的挑战性和趣味性，也让玩家在游戏过程中感受到成就和满足感。所以，核心诡计作为剧本杀设计中的关键元素，其设计和运用直接影响到游戏的深度和玩家的体验。

三、核心诡计的基本原理

（一）故事性与互动性的结合

将故事性与互动性结合起来是创造一部精彩的剧本杀的关键所在。一个精心设计的核心诡计能够让游戏世界引人入胜，比如在一个古老宅邸探险的故事当中，它的核心诡计可能包含着一些有关于宅邸历史的谜题，这需要玩家通力合作去解谜，从而为整个游戏平添一份真实与沉浸感。你必须清醒地知道剧本杀既是推理游戏又是以故事为主导的交互式体验，两者相互联系共同构成了游戏的精髓所在。

1. 故事性是核心作用

剧本杀和其他文娱产业的内核基本一致，都是通过故事来让人们沉浸其中，只是展现形式有所不同。在剧本杀中，故事并非只起到交代背景的作用，它是一场交互游戏的基础。一个环环相扣的精彩故事可以迅速激发玩家的好奇心，并且为玩家提供沉浸式的游戏环境。如欢乐类型剧本《金陵有座东君书院》，故事发生在金陵城的东君书院中，讲述了一群好朋友在书院经历成长与爱恋，经历国破家亡、流离聚散的故事。通过精彩的情节铺陈与古色古香的环境建构，让玩家沉浸其中感受人物的悲欢离合。这样一部作品之所以能够获得成功，是其故事性起到了核心作用。

2. 互动性是关键特点

交互性是剧本杀的一个关键特点，它使玩家不仅能与故事本身产生互动，而且能与其他玩家产生交互。在玩游戏的过程中，玩家要共同解开谜题，有合作也有竞争。而且由于是角色扮演游戏，所以从多个角度看待问题的能力也是剧本杀能为玩家提供的独特价值之一，使玩家有身临其境的感受，从角色出发认识人物动机、心理，通过游戏使人们的推理能力得到锻炼和发挥。

3. 故事性与互动性相结合的重要性

在《孤城》这个剧本杀游戏中，每个玩家身处民国时期，在对立的阵营中展开一场惊险刺激的冒险之旅。每个角色的身份立场不同，所有人的身份谜团，必须通过玩家间的合作与互动来逐步揭开。在游戏中，有共产党、国民党、土匪和日本侵略者等多个阵营，故事的发展部分依赖于玩家之间的公聊、私聊，以及对周围环境的探索与发现。每一个角色都有自己的背景故事和动机，而这些与整个故事是紧密联系的，玩家需要通过与角色的互动来逐步揭开这些秘密。从游戏的设计角度来看，玩家会进行阵营的联盟，常见的就是国共合作共同消灭日本侵略者。

以上分析表明，将故事性和互动性紧密结合起来，是剧本杀设计必不可少的思路。在设计时将玩家直接融入故事发展中，可增加玩家的参与感，也可增强故事的吸引力。

将故事情节与玩家的互动相结合，是剧本杀创作的核心所在。剧本杀创作者必须将两者有效地融合起来，才有可能创作出成功的剧本杀作品。而且随着当前娱乐方式的迅速发展与玩家需求的日益变化，故事性与互动性相结合，始终是剧本杀设计的基本方向。

（二）悬疑与揭秘的平衡

保持悬疑与揭秘之间的平衡对于剧本杀的设计至关重要。剧本杀创作者需要精心布局，确保故事中的秘密和谜题能够适时揭露,既让玩家对未知产生好奇心,又能在关键时刻给予玩家解谜的满足感。

1. 创建悬疑的艺术

要在剧本杀游戏中创建悬疑,首先必不可少的是搭建故事背景和情节。这样做的主要目的是引起玩家的兴趣并促使他们有探索下去的意愿,从而在好奇心的驱使下解开谜题,让寻找答案的过程变得更有意义。其次还可以设置神秘谋杀案、古老的诅咒、失踪的宝藏或一段未解的历史等,去创造扣人心弦的故事。在悬念之下,玩家兴味会越来越浓。

设置谜题时,线索的作用必不可少。它应该是含糊而间接的,以引起玩家的兴趣,但又不应该将整个谜团显露出来。线索可以是一系列的日记条目、断断续续的口述历史、带有暗示性的场景描写等,每个线索都可以作为谜题的一部分来引导玩家进行深入的探究和推测。

2. 揭秘的时机和方式

在逐步揭开谜底的同时保持玩家的兴趣和悬念感,对剧本杀创作来说是个不小的挑战。揭秘时机需精挑细选,既不能过早——使游戏失去悬念;又不能过迟——让大家意兴阑珊。分阶段揭开谜底是有效的策略,每个阶段都有一小部分谜底被解开,在保持悬念的同时让玩家有一种满足感,而这种满足感会逐渐接近真相。

设计精彩、合理的揭秘方式同样也很重要,这里我们要强调玩家的互动性和参与性。这一点可以通过一系列的挑战和任务来实现,玩家每完成一项任务就可以解锁其中的一部分资料。这种方式不仅可以增加游戏的参与度,还可以增加玩家的信心。

3. 悬疑与揭秘的平衡对玩家体验的影响

悬疑与揭秘的平衡对玩家的游戏体验有直接的影响,能够吸引玩家走进游戏的世界,激起他们的好奇心和探索欲,让他们感受到自己的努力有所回报。因此一个好的剧本杀游戏需要在悬疑与揭秘之间找到平衡,使玩家既能享受探索的乐趣,又能在游戏的关键节点上获得解谜的快感。

在剧本杀游戏里,要注重促进玩家之间的深度交流与协作,帮助玩家加深自己对人物故事的投入程度,从而让游戏体验变得更加充实和有意义。

(三)角色动机与发展

各角色的动机和背景故事在核心诡计设计中是必不可少的。它既为角色的行动赋予了正当合理性,又为故事的进展增添了不确定性和复杂性。角色的背景故事丰富了人物层次的同时,也给玩家以更多互动与探索的空间。揭示角色背后的故事与动机能使玩家对游戏背景有更深刻的认识,并由此产生合作或对立。

以下几个核心要点,概括了如何通过角色动机及其发展来设计剧本杀核心诡计:

1. 角色动机的深度性与多样性

角色动机不仅驱动角色行为,还为情节提供动力,可为每个角色设计独特且具有可信度的动机,如涵盖从个人利益到高尚情操等各种动机。

2. 动机的隐藏与转变

通过游戏进程逐步揭露角色的真实动机,或在关键时刻展现动机的转变,以增加情节的悬疑感和冲突感。动机的隐藏与转变不仅能够推动故事发展,也为游戏增添不可预测性,提升玩家的兴趣。

3. 角色之间的互动

角色互动的形式包括合作、冲突等,角色间的互动是游戏故事发展的重要推动力。通过精心设计的角色互动,可以创造意想不到的情节转折和复杂的人际关系网,增强玩家的沉浸感。

4. 角色发展与成长

设置挑战和冲突促进角色成长,或在故事中揭露角色背景故事以增加角色深度。角色的成长和变化使玩家能够见证角色的人生轨迹,增加了游戏的情感深度。

5. 结局的多样性

设计多种基于玩家选择和角色互动的不同结局。结局的多样性会增加游戏的价值,同时让玩家感到自己的选择能够真正影响游戏世界和故事发展。

案 例 分 析

这个剧本杀游戏,围绕一个以遗产分配为中心事件的豪门家族展开。家庭成员及相关人士齐聚一堂,各有各的动机,各有各的秘密,构成了这场博弈最核心的诡计。

关键角色与动机

角色1:长女胡晓青

动机:身为家族长女的胡晓青表面上的动机是为了维护家族的利益,维护自己的名声。然而,由于担心自己和亲生子女被边缘化,她的真正动机是为了管理遗产分配而获得实际控制权。

角色2:遗产律师王律师

动机:表面上,作为遗产律师的王先生的职责是保证合法公正地分配遗产。但在现实中,他与胡晓青有一份不为人知的协议,帮助胡晓青掌控遗产以换取未来法律顾问职位才是他真正的动机。

角色3：远亲张震

动机：表面上张震是来哀悼家族长辈的,实际上他发现了一个家族秘密,即自己可能是长辈的私生子,有权继承一部分遗产。他的目标是在不引起过多注意的情况下证明自己的继承权。

核心诡计的构建

这个游戏的核心玩法就是围绕这三个人物展开的。在游戏开始时,玩家只知道在家族聚会上会宣布遗产的分配。不过随着游戏的进行,角色间隐藏的动机开始暴露出来。

（1）动机的隐藏与转变：胡晓青与王律师的秘密协议渐渐浮出水面,让家族的其他成员开始怀疑胡晓青的真正用意。在寻找证据证明自己继承权的过程中,张震无意间将胡晓青与王律师之间的秘密协议捅了出来。

（2）意外联盟的形成：在意识到共同的利益后,张震与其他被边缘化的家族成员形成了一个联盟,共同对抗胡晓青与王律师的计划。

（3）剧情转折点：在家族聚会的高潮部分,张震揭示了自己的真实身份和继承权,同时暴露了胡晓青与王律师的阴谋。

结局

游戏的最后,通过玩家的选择和角色间的互动,可能有多种结局：

（1）胡晓青与王律师的计划成功,但在之后的家族聚会中,他们的关系和阴谋被进一步揭露,引发了家族内部的新一轮争斗。

（2）张震和联盟的成员揭露了真相,使得遗产分配过程变得更加公正,家族中边缘化的成员得到了他们应有的份额。这不仅改变了家族的权力结构,也恢复了家族成员之间的信任与和谐。

(3) 游戏可以设计一个更加复杂的结局，比如发现遗产分配中隐藏的更大秘密，引导玩家进入剧本杀的下一个章节。

遗产纷争的故事以游戏核心诡计的建立为主要着眼点，随着游戏的开展，每个角色的动机都得到了揭示。而且由于角色间的相互作用而产生的不可预见的情节转折，也增加了游戏的不可预知性。由此可见，剧本杀游戏能够通过精心设计人物的动机来营造一个既复杂又扣人心弦的故事，从而为玩家带来一个层次丰富的游戏体验，帮助玩家在解谜过程中对人物内心世界有更深刻的认识与体会。

(四) 线索与谜题的设计

设计游戏线索及谜题是一个很重要的环节，在这个过程中我们要注意，线索与谜题的设计既要带动玩家的兴趣及探求欲望，又要避免因谜题难度过高而使玩家产生挫败感。线索及谜题要与整个故事紧密相连，做到答题过程既自然又合乎逻辑。当然，要想取得好的效果，创作者要不断地试错，多进行一些测试和反思，做到心中有数，这也是为了增加游戏的挑战性。设计策略有以下几点：

1. 角色动机与线索的结合

线索设计需要与角色的动机和背景故事紧密结合，通过解谜过程深化玩家对角色动机的理解。为不同角色设计特定的线索和谜题，反映他们的个人动机及与故事的关联性。

2. 平衡线索的难度

设计具有一定难度的线索和谜题，刺激玩家的逻辑思维和观察力。确保每个谜题都有明确的解决途径，避免让玩家感到挫败，同时提供足够的信息让玩家能够解开谜团。

3. 创造互动与合作的机会

设计需要团队合作的谜题，促进玩家之间的交流与合作，加强游戏的社交性。

4. 提供线索途径的多样化

利用不同的媒介和形式提供线索，如文字记录、物品信息、数字信息等，增加解谜的丰富性和趣味性。也可将线索融入游戏环境中，利用场景布置或背景音乐等增加沉浸感。

5. 线索与情节的融合

保证线索和谜题的设计是为整个游戏的故事发展服务的，通过解谜的方式循序渐进地推动故事情节和人物性格的发展。通过解开谜题来揭示人物动机的转变或者深层次的秘密。

通过这些策略设计，不仅可以提高玩家的参与度，还可以加深游戏的故事性，让玩家在解谜的同时对角色的动机和发展做细致的了解。

（五）以玩家体验为中心

在设计剧本杀游戏时，核心诡计的确立是一个复杂而精妙的过程，既要求创作者有广博的创意和对人性深刻的认识，又要始终把玩家的体验放在设计的中心位置。这就要求一切诡计设计的出发点和落脚点都要以优化玩家的体验为中心，既要保证游戏的顺畅运行，维护游戏的公平性，又要给玩家以充分的挑战和惊喜，使他们在游戏中获得丰富而深刻的体验。

1. 确保游戏的流畅性

所谓游戏的流畅性，是指剧本在体验过程中故事情节的连贯

性,游戏机制的可行性、趣味性以及读者之间互动的便捷性、灵活性等。为确保游戏流畅性,创作者需要考虑以下几个方面:

首先,剧本杀故事的剧情线要尽量清晰,并且要在逻辑上保持不出错,避免跳跃或矛盾,让玩家摸不着头脑。最好能够将故事的真相和人物关系通过设计好的分幕和章节一步步地揭示出来,让玩家自然而然地进入故事的情境中。

其次,游戏的机制力求简练,讲究实效。一个过于复杂的游戏机制,会使玩家的理解成本大大提高,而这又会对剧本游戏的整体流畅程度造成影响。由此看来,创作者要将游戏规则尽量简化,这当然不是说要在游戏过程中降低难度,而是要在最短的时间内,通过最少的语言、最简单易懂的方式,或者通过实例、试玩环节,将游戏机制阐述清楚,帮助玩家快速理解并上手。

最后,游戏的操作要便捷,确保玩家的游戏操作流畅无阻,这包括线索的递交、证据的展示以及角色的互动等。采用清晰的提示和直观的设计,减少玩家在操作上的迷茫。

2. 维护公平性和趣味性

要使游戏玩家获得满意的体验,游戏设计的公平性和趣味性是基础。因此每个角色在游戏中都要有一定的影响力和作用,以避免部分玩家被边缘化的情况发生。同时对信息的公开程度以及故事的时间点加以合理控制,做到既保持剧本的悬念,又避免因信息不对称造成不公正现象的发生。在创作过程中要把握好这两个方面的平衡。

另外,尝试让游戏的解决办法与最终结局有多种可能性,或者允许玩家根据自己的选择去改变游戏结果。这样既能保持游戏的新鲜感和趣味性,又能使游戏重复地进行下去。

3. 提供足够的挑战和惊喜

激发玩家好奇心和探索欲,增加游戏参与度和记忆点,是提升玩家游戏体验的重要元素。

(1) 挑战性设计:如设计逻辑推理、情绪判断与策略选择等,难度适度提升,让玩家在过程中获得成就感。

(2) 情节和角色的惊喜:创造情节上的反转和惊喜,如隐藏人物的真实身份,或是出现突发事件等,提升故事吸引力。

4. 提升玩家参与度

提升玩家的参与度,不仅是评价游戏成功与否的一个重要因素,而且也能够带来较好的游戏体验。以下是几种提升玩家参与度的途径。

(1) 角色扮演的深入:为了增强角色扮演游戏的互动性和身临其境感,可以设计背景故事、人物动机与角色间错综复杂的联系来吸引注意力,让玩家在游戏的过程中,体验到更强的角色代入感。

(2) 玩家互动的促进:为了提高游戏的社交性和参与感,在设计游戏环节时要促进玩家的参与度与互动程度,注重玩家的反馈与评价机制。

5. 综合体验的塑造

游戏的综合体验不仅仅来源于游戏本身的操作和玩法,它还受到很多其他因素的影响,如游戏前的准备情况、游戏时的情境和情绪状态、游戏结束后的反思与回忆等。这些因素共同影响着玩家的游戏体验。

(1) 游戏前的预热:借助介绍游戏背景、人物角色的预先分配、任务设置等途径,调动玩家对游戏的兴趣。

（2）游戏中的沉浸：设计并运用游戏道具等，支持游戏故事的沉浸感，以达到游戏的最大乐趣。

（3）游戏后的回顾与分享：把游戏后的满足感与社交互动联系起来，提供更多平台与机会让玩家分享游戏体验。

（六）多重解读与结局

剧本杀游戏设计中，引入多重解读与结局的策略是增加游戏复杂性和重复参与性的有效手段，通过这种设计来挑战玩家的思维和决策能力，从而让故事的结尾充满不可预知性。

1. 多重解读的设计原则

对于剧本中的线索、事件或角色行为的多重解读，设计时主要遵循的原则有以下几点：一要保证情节的连贯性和逻辑性；二要考虑不同解读方式对人物性格刻画等方面的冲击；三要考虑玩家对人物性格的不同认识对于情节走向的冲击。

（1）模糊性：在设计某些重要信息或关键线索时，有意识地留下一定的模糊空间，让玩家根据自己的判断和想象进行解读，从而提高游戏的趣味性。

（2）背景深度：在编写故事情节之前，设定和挖掘背景深度，可以为角色与事件赋予更丰富的层次，从而使整个故事更加立体。

（3）互动引导：设计丰富的人物对话与交互环节，来激发玩家的探索欲，在必要的时候予以提示和指导。

2. 结局多样性的设计策略

使游戏有多样的结局，使游戏结局不再是固定的单一结果，而是根据玩家的选择和行为呈现不同的结局。为了实现这一点，可以采取以下策略：

（1）分支选择：允许玩家在不同的故事情节中做出分支选择，每个选择都会对故事发展和结局产生影响。这就要求剧本本身有足够的分支和变量来支持这些选择。比如说生意破产、婚姻破裂的悲惨人物走在河边看到一名儿童落水，这时候可以做出多种选择，例如奋不顾身地去营救；无视生命，继续向前走去；一起跳河，结束这悲惨的人生；等等。当然，不同的选择将会影响未来故事的发展，选择奋不顾身地去营救，可能正好救的是一个商业大亨的孩子，从而人物开始新的事业；也可能在救孩子的过程中自身受到伤害。按照这个思路，故事可以有不同的结局。

（2）角色互动的影响：每个角色的交互和行为都对情节发展起着不可忽视的作用，并可能对整个故事的走向及结局产生影响。所以设计时必须考虑每个角色行为对情节的潜在影响，并对角色之间的互动做出适当的安排和设计。

（3）动态环境因素：将环境因素或意外事件作为游戏中的变量，这可以是随机的，也可以是因为玩家行为而触发的，增加故事的不确定性和多样性，使游戏体验更加丰富和充满惊喜。

3. 增加重复参与的技巧

可以尝试采用以下几种方式，让玩家在重复参与游戏时仍能发现新的内容与乐趣，从而对同一个剧本产生不一样的体验感。

（1）隐藏线索和情节：设计隐藏的线索和情节，只有在特定条件下才会被发现，鼓励玩家通过不同的策略和路径探索新的内容。就像网络游戏中的副本一样，一旦激活，故事的发展走向可能会发生较大变化。

（2）角色互换：使玩家扮演不同的角色，并通过每个角色的不同视角和信息，为玩家带来全新的体验和发现。

（3）开放式的结局。设计一个具有多重解读与结局的剧本结尾，大大提升玩家重复参与这个游戏的兴趣。当他们做出不同的选择便会导致角色面临不同的结局时，遗憾和好奇会促使他们再一次打开这个剧本。

核心诡计的设计是为游戏提供结构和方向，同时也让故事情节的感染力和玩家的互动体验感大大增强。对创作者而言，如果能够创造出让人过目不忘的诡计手段，就会收获一大批忠实玩家。

四、六种密室

核心诡计是剧本杀推理的核心，核心诡计里面的密室更是被许多创作者所运用和追捧。美国著名小说家约翰·迪克森·卡尔，被誉为"密室之王"，他的一生共创作了50多种不同类型的密室。那么，何谓密室？

密室杀人，是侦探文学中"不可能犯罪"的一种，也是最具有代表性的一种。它是在表象和逻辑上都不可能发生的犯罪行为，指凶手通过一系列手段，使被害人被杀的证据全部指向被害人所处的封闭的空间内，没有第二者，而又非被害人自杀的杀人方法[1]。作为核心诡计的一种类型，在剧本杀中，密室诡计也是一

---

[1] 橘绿.解读推理小说中的密室[J].中学生，2011(32)：31.

种独特而吸引人的元素,它将谜题解开、故事叙述、空间利用以及玩家互动巧妙地融合在一起。设计密室诡计时,有几条基本的原则必须遵循,才能保证游戏的趣味性、挑战性和玩家的参与感。

(1)互动性:设计好的游戏密室应该支持玩家间交流与协作,共同破解谜题,从而得到答案。

(2)逻辑性:所有谜题和挑战都应该具有逻辑性,玩家通过推理和证据可以找到解决方法。

(3)多样性:为了使玩家有不同的体验,密室内的谜题和挑战应该多样化,有物理谜题也有逻辑谜题,有视觉的迷题也有推理的谜题等,以满足玩家的不同喜好。

无论密室诡计如何千变万化,不外乎都是以下几种核心方法的改良和变异而已。以下是几种常见的密室类型[1]:

(一)把"自杀"伪装成"他杀"

这样的情节通常会涉及为了陷害他人或隐藏重要秘密而假装自己被谋杀。"自杀者"需要有强烈的动机,比如个人报复、经济利益、权力交换,或者希望消除对手对自己的怀疑。设定角色行为和计划的合理性,是必不可少的。

(二)利用机关"作案"或者"行凶"

利用机关"作案"或者"行凶"是以密室中"死者"的行为轨迹,诱导触发精心设计的机械装置或自动化系统,使凶杀看起来像是

---

[1] 以下内容仅作为剧本杀创作教学内容,无其他指向性。

一个意外或是他人所为。利用机关"作案"或者"行凶"的设计者通常需要有一个强烈的动机,例如复仇、财产继承或消除威胁,同时他应该具备必要的知识或资源,以支持机关的复杂设计和实施。此外,设置现场时,设计者需要在不被发现的情况下预先设置所有机关,可能需要长时间的准备和对受害者行为的精确预测。

创作者必须确保所有关于机关的线索和解谜在逻辑上是连贯的,让玩家可以通过推理来逐步揭开真相。还需要在现场模仿其他类型的犯罪,如抢劫或入室盗窃,以转移"警方"的注意力。他们还可以故意留下误导性的实物证据,从而误导"警方"的调查方向。

(三)凶手留在现场

所谓"凶手留在现场",指的是"凶手"在"作案"后并没有离开房间,而是在众人纷纷涌入房间之时,趁机混入人群中得以逃脱的方法。这种设置要求"凶手"在众目睽睽之下隐藏自己的真实身份,同时精心操控事件的进展,确保自己的罪行不被揭露。他也可能会在关键时刻提供错误的线索或故意引导对话,以误导其他玩家的调查方向。有时候,他们会通过表现出对案件的关心或主动提供帮助来确立自己的无辜形象,借此来与其他人建立信任感。在某些关键的时刻,他还会表现出适度的情绪波动,以避免引起怀疑。

(四)制造密室错觉

所谓"密室错觉",指的是看似紧闭的房间其实并非密闭,利用一些手法、诡计如视角偏差等,使其他人误以为房间是密闭的,但实际上可能有隐藏的通道或特殊的结构设计来让"凶手"借此逃脱。

一是对视觉错觉的创造可能会依靠对光线与阴影的操控,通过调整光源位置、强度和颜色,改变空间感知,隐藏门缝或逃生路线,让玩家认为没有出口;或者是利用镜子和反射材料来制造空间错觉。除此之外,使用假墙或机械墙壁可以在必要时隐藏或显露出口,或者使用迷宫式设计,利用复杂的通道和转角设计,使得玩家难以判断方向,感觉被困。

二是运用心理战术,即"凶手"为了使玩家产生错觉,在言语和行为上下功夫,以制造紧张和不安的气氛,使玩家在解谜过程中产生困惑和恐惧心理,增加游戏的紧张感,也增加解谜的难度和挑战性,可谓一举多得,如突然关闭灯光或制造急促的声音。

(五)"凶手"在密室外动手

有些时候,密室虽然是情节当中重要的空间,却不一定是"凶手"真正行凶的现场。密室的存在可能是用来制造误导、隐藏线索或保护某些证据。真正的案发现场在大家并不注意的室外。密室外的"行凶"通常涉及复杂的策略和计划,需要玩家细致地做出分析。

(六)"凶手"在密室内动手

在这种密室设计中,"凶手"在实施犯罪后需要从密室内离开并在外部锁门。要想在密室内完成犯罪行为(如"谋杀"),需要选择容易携带且使用后可以快速清理的武器,例如小型刀具或手枪。在密室内进行"犯罪"还需要控制声音,防止外部人员听到,可能需要使用消音器或在隔音条件良好的房间内进行。最后避免留下痕迹,确保在"犯罪"过程中减少留下可疑物理证据,如指纹、血迹。

动手后怎样离开密室呢?"凶手"需要不被发现地离开密室,

并保持密室的封闭状态。比如隐秘通道,从预先设定的隐藏通道离开,如暗门或暗格。或者快速移动,凶手需要快速且无声地移动,防止在离开密室时被其他人看到。

制造不在场证明也是完成"密室犯罪"的一个环节。制造密室情境后,"凶手"需要快速建立不在场证明,使调查者认为"凶手"不可能在犯罪现场。这时候,"凶手"可能需要伪造一些通信记录或目击证人报告,增强不在场证明的可信度。

五、不在场证明

在剧本杀游戏中运用不在场证明诡计往往可以为情节增添复杂性与悬疑感,使推理过程更具挑战性。在不在场证明的设定下,某个角色在犯罪事件发生时不在现场,因而不可能是犯罪的实施者。此诡计的运用不仅可以为故事进展提供帮助,而且可以深化角色间的互动与冲突,使推理过程产生更多意外之喜与扣人心弦的戏码。

(一)不在场证明的设计策略

1. 证据的多样性与复杂性

(1)多样的证据类型:可以设计多种类型的证据,包括但不限于电子邮件、电话录音、交通监控录像等,以支持一个角色的不在场证明。这些证据要从不同的角度、不同的渠道来证明人物在犯罪发生时所处的方位。

(2)证据之间的逻辑关系:在设计证据的过程中我们要注重证据之间的关联性以及在情节中的合理性。比如一个角色声称自己在犯罪发生时出差了,但是在监控录像中发现他把车停在离犯罪现场不远的加油站里——这种情况可以作为故事发展的关键要素来推动情节的展开。通过这种方式设计证据可以使故事更加真实可信。细化角色的时间线和活动日程,确保每个角色在关键时间有可验证的行动记录或活动,从而可为他们提供不在场证明。

2. 角色深层动机和行为的一致性

(1) 深入角色背景:在设计不在场证明时,需要深入角色的个人历史、职业背景以及他们的社交关系,确保他们的行为与所提供的证明一致。比如,一个经常出差的商务人士提供的航班信息、会议安排等。

(2) 动机与行动的合理性:角色的动机应与不在场的行为逻辑相匹配。

3. 玩家的推理挑战与互动

设计并组织起一个错综复杂的证据链,以引导玩家对每一个相关证据进行细致入微的分析和推敲,从而揭示隐藏在事件背后的真相。可以设置时间轴等元素使证据与事件联系起来,也可以设置细节提示等元素使玩家能够有目的地查阅每一个证据,最后还可以通过对比和分析等手段来细致地推理和分析。

为了增强游戏的互动性和策略性,在游戏中设置多个人物进行对抗也是一大特色,如某些人物会试图隐瞒事实或者伪造证据等来争取游戏的胜利。

(二) 不在场证明的设计大全

1. 技术和设备

如 GPS 追踪记录、监控摄像头数据、社交媒体活动时间戳、通话记录和短信历史、电子门禁记录、交通工具定位数据、在线会议或直播参与记录、金融交易记录、电子设备使用记录、虚拟现实活动记录。

2. 人际互动和证言

如目击者证言、互相作证的同伙、专家证言（如医生和律师）、宠物或动物的行为证明、儿童或特定人群的单纯证言、与陌生人的偶遇证明、群众活动中的多人验证、意外事件的救援者证言、远程工作或视频会议验证、非正式聚会的集体证言。

3. 物理证据

如现场遗留的物理证据、独特的环境痕迹（如天气和土壤）、生物样本（如 DNA 和指纹）、交通工具使用痕迹、个人物品的位置和状态、医学记录（如手术、治疗时间）、专用设备的使用记录、住宿记录（如酒店和民宿）、旅行记录和票据、购物收据和商品。

4. 心理和行为

如行为模式分析、心理评估报告、活动习惯和日常规律、突发事件反应（如应急处理）、特殊情绪状态的证明（如精神病历）、人格评估和特征分析、行为预测模型、心理咨询记录、人际关系动态分析、专业技能或知识的应用证明。

5. 情节和任务设置

如故事背景融入角色行为、任务驱动的行动证明、角色扮演引导的证据收集、情节导向的时间线验证、任务完成状态的检验、角色发展历程的记录、关键事件的多角度展现、互动游戏中的角色选择证明、情节分支导致的行为证据、角色间关系网络的影响分析。

通过上述思路的结合运用，可以为剧本杀创作出既具挑战性又充满趣味的不在场证明情节，让故事变得更加惊心动魄。

六、叙述性诡计

叙述性诡计，简称叙诡，是剧本杀中常用的创作手法。指的是创作者通过精心设计的文字技巧、叙述方式或结构安排等手段，刻意误导读者或玩家，隐瞒或歪曲关键信息，从而使读者或玩家在推理过程中产生错误的判断和认知，直到最后才揭示真相，让玩家感到出乎意料。

1. 多重身份揭露

角色在情节发展过程中，随着矛盾的激化和其他因素的介入而逐步揭示出自身的多重身份，每一个身份背后都有着与之相对应的故事线和动机。

如在游戏开始时，玩家以为角色X是个平凡的小镇居民。可后来才发现X身居要位，而且是某个秘密组织的成员。另外，X还是一名私人侦探。如此多重身份的存在使得玩家在解谜的时候必须要不断思考角色X的真实动机和行为举止，从而对其可信程度进行评估。通过这种多重身份的设计来增加游戏的复杂程度，可以带给玩家更多的挑战性。

2. 时间线错乱

用错综复杂的时间线进行非线性叙述，使玩家在拼凑事件真相的过程中产生疑惑，以增加解谜的复杂性和深刻性。

如在虚构的环境中设置一桩谋杀案。玩家要收集证据来确定事件真实发生的时间线。一件谋杀案看起来发生在周五的晚上，但实际上有关键线索指向是周日的早晨。玩家通过日记条目、电子邮件、监控视频的协助逐步梳理出事件真实的发生顺序，从而揭开谋杀案背后的黑幕。

3. 可疑叙述者

采用不可靠的叙述者视角，其叙述内容可能是片面的、误导性的，甚至是完全虚构的，迫使玩家质疑信息的真实性。

如游戏中一个看似可靠的叙述者实际上患有失忆症，他的记忆中某些关键事件被错误地重组或完全虚构。玩家通过验证其他证据和角色证词来发现叙述者的记忆不可靠，从而挖掘出隐藏在错误记忆背后的真相。

4. 暗示和伏笔

巧妙地将暗示和伏笔安排在故事的前期，其真正的意义直到情节的高潮或结尾才得以显现。

如在游戏初期，人物在对话中随意提及一把旧钥匙或未寄出的信件等看起来无关紧要的小细节。这些细节在游戏后期才突然变得异常重要，成为解开整个谜底的钥匙。

5. 角色视角交替

通过不同人物的视角交替讲述故事，每个人物的讲述都在事件的真相上增加了新的层次。

如让每个角色都有自己的故事线和秘密，通过不同角色视角探索真相。

6. 梦境与现实交错

以梦境作为手段，揭示人物内心深处的想法和线索、模糊梦境与现实的界限。

如玩家在探索过程中遇到了暗示人物内心恐惧、渴望或过去罪恶的一连串梦境。在梦境中哪些是标志性的线索，在现实中又有哪些是实际的线索，玩家需要分清。

7. 双重结局

以玩家的选择与推理过程为基础,设计双结局或多结局,以不同的故事结局作为导向。

如游戏设定了完全不同的两种结局,根据玩家的选择和推理过程而定。对某个人物的信任,也许会导向"真情流露"的积极结局;而对人物产生怀疑,则可能让故事的结局更加复杂。

8. 隐喻和象征

故事中加入隐喻与象征,使玩家在认识表层故事之外还可挖掘出更多的深层含义,从而增加故事深度和多重解读的可能性。

如一些道具或物品,往往具有某种象征意义。了解并抓住这些有寓意的要素来加以解读与剖析,不仅能帮助玩家更加透彻地了解游戏中人物的内心世界,也有助于对游戏进行更深层次的思考与评价。

9. 角色的意外转变

人物性格的突然转变,会对案件的侦破产生巨大的冲击。

如一个表面忠厚善良的人,在关键时刻发现他实则是幕后黑手,在游戏情节上来了个乾坤大挪移。这一转变除了让玩家对所有已知证据进行重新评估之外,还需要对这一转变背后的动机和机制进行新的探索。

10. 秘密组织与阴谋

构建一个秘密组织及其背后的阴谋,其真实目的和操作手法直到剧情后期才逐渐暴露出来。

如游戏中有一个看似普通的社交俱乐部,随着调查的深入,这个秘密组织其实是为了控制小镇而逐渐暴露出来的。组织成员利用社团做掩护,进行着各式各样的秘密勾当。玩家需要解开组织的真实目的，将真相公之于众。

11. 重构现实

利用科幻元素或超自然力量，在虚构的世界中展开一场无限可能的故事，请始终记住它是虚构的。

如在一场科幻题材的剧本杀游戏中，玩家发现被先进技术或超自然力量所左右，必须决定如何解开谜题，并揭示技术原理和潜在危险。

12. 隐藏的线索和谜题

设计含有许多有待仔细挖掘才能发现的隐含线索和谜题，而对这些谜题的解法，关键在于了解人物之间错综复杂的关系。

如玩家进入游戏的一个不起眼的场景中，通过与环境的互动才能发现隐藏的线索。要求玩家不仅要仔细观察环境，更要了解角色之间的关系与背景故事。

13. 文化和历史脉络

以历史事件或文化背景作为叙事基础，将故事深深地植入特定的历史文化脉络之中。

如游戏背景设定在文化底蕴深厚的一个小镇，以古代传说和历史事件为背景，玩家需要对小镇的历史进行深入研究，以寻找线索来破解案件。

14. 虚拟与现实的界限

在剧本中探索虚拟现实和现实世界之间的界限，以及这种界限模糊对角色和事件的影响。

如玩家发现虚拟世界中的事件开始影响现实世界，反之亦然。模糊的界限使得玩家必须在解谜时穿梭于两个世界之间。

创作者可以通过这些方式，创造出极富挑战性和吸引力的游戏体验。每一种手法都可以加深故事的层次，让每一次游戏都成为一次新的冒险之旅。

【创作实践任务】

结合本讲内容，设计一出隐秘凶案的剧本。

要求：除被害者外，参与人数应不少于3人，并分别阐明行为动机。包含完整的情节描述、作案手法、时间线梳理。字数不限。

第七讲

线索是另一半故事

一、击鼓传花——用线索串联人物 / 167

二、线索的种类与形式 / 170

三、线索该如何设计 / 173

四、线索设计原则 / 177

一、击鼓传花——用线索串联人物

什么是线索卡？它是在游戏过程中每一幕阅读或者每一轮公聊之后引导玩家讨论案件真相、人物关系、故事背景的信息卡片。从叙事角度来看，搜集到的线索亦是游戏文本所提供的信息的一部分，而玩家的主观选择，使得故事的真实性大大增强，同时推动剧情的发展[1]。

线索设计是剧本杀游戏创作重要的一环，一些常见的线索设计方向如下：

（一）共同的过去

背景故事是人物深度的体现，而共同的过去是人物关系深度的体现，在创作过程中设计线索来揭示两个或多个角色之间共享的过去，如共同的学校工作经历或共同经历过的重大事件等，既可以作为角色间关系的桥梁，又可以成为推动故事发展的动力，是有效的创作手法之一。

（二）相互的证物

物品的交换、馈赠或遗失，在情感价值和故事背景上往往有丰富的承载。在设计这类线索时，可以将亲密无间、若即若离或暗中

---

[1] 陈依凡."剧本杀"手机游戏：叙事、互动与时间的三维研究[J].新闻研究导刊，2019(3)：48-50.

配合等特定的角色关系体现出来。这些物品可以是信件、礼物,也可以是具有象征意义的物品,它们的出现既增加了故事的真实性,也提供了关键的线索。

例如,两个玩家是情侣关系,但是没有公布,不过由于搜索到了两只戒指,这两只戒指明显是一对,由此可以推断两人是情侣关系。玩家需要对这些物品的出处和意义进行追踪,从而对人物关系有深入的了解。

(三)争议和冲突

争议与冲突永远是人类故事不变的主题,它从不同的角度展现了人物性格的多面性与故事的复杂性。将角色之间的争议与冲突作为情节发展的线索,不仅可以促进故事的发展,而且可以揭示人物深层次的动机及性格。无论是经济上的冲突、情感上的矛盾,甚至是观念上的对立,都可以作为线索加以运用,以增加故事的紧张感与冲突性。

(四)秘密合作或勾结

设计人物间秘密合作或相互勾结的线索,来增加故事的复杂性和不确定性,是很有技巧的。这类线索表明某些角色之间可能有着共同的目标或利益,而且他们的合作可能是为了实现某个大计划,或者是隐藏着某种不为人知的阴谋。这就要求创作者深入挖掘人物之间的关系和动机来揭示背后的真相。

(五)角色专属知识的交换

创作者可以利用人物间知识的交换来加强角色间的深度互动

与信任关系。角色间共享或交换特定的知识,可增强人物之间的联系性,并产生一些关键线索。

(六) 间接联系

设计人物关系时加入间接联系可以大大增加故事的复杂性和真实性。在看起来毫无瓜葛的两个角色之间引入第三方人物或事件,这种间接联系既可以为玩家带来新的线索来源,又可以使他们认识到角色之间可能具有更深入的关联。

(七) 情感纠葛

悬疑故事常使用情感纠葛作为线索,以促使情节的发展和深化角色之间的关系,如揭示人物恋情、家族秘密、朋友背叛等,从而为故事增加了更多的情感深度,同时这也是解开谜题的重要线索。

(八) 共同目标或敌人

共同的目标或敌人可以使不同的角色产生联系,为他们之间的互动和情节发展提供动力。通过线索表明几个角色是因为共同目标或敌人而联系在一起的,既为角色间的合作或冲突提供了合理的解释,也是推动情节高潮的一个抓手。因此,在设计此类线索时,要着重突出角色之间的关联。

通过综合设计各种线索,能创造出一个丰富多彩而又引人入胜的故事世界。要保持线索的连贯性和逻辑性,使每条线索都能与角色的背景故事和性格特征相吻合,从而使玩家在揭示线索的时候对角色有更深入的认识,既能在解谜过程中得到乐趣,又能在探索故事时有所思考与感悟,可谓一举两得。

二、线索的种类与形式

线索对故事情节的发展起着举足轻重的作用,不同的线索种类和形式能够为玩家带来多样化的解谜体验。剧本杀游戏设计中线索的形式都有哪些呢?

(一)物理线索

所谓物理线索是与实物相关联的一些痕迹或标志等。具体而言,它们可以是遗留的信件、有历史意义的照片、个人的日记本、带有指纹的物品等。

这类线索通过直观的物理存在增加游戏的真实性和探索乐趣。玩家可以通过观察、触摸甚至嗅觉来获取线索,使得解谜过程更加生动和立体。

(二)数字线索

数字线索通过电子设备展现,包括短信、电子邮件、社交媒体虚构的帖子或音视频等。例如,角色通过社交媒体帖子发现其与另一个角色之间的微妙关系,或是通过电子邮件揭露企业内部的阴谋等。

游戏内的线索与现代科技元素相结合会为玩家带来现实感极强的解谜体验,这促使创作者在剧本中融入现代科技元素,并提供全新的解题方式。

(三)口头线索

在犯罪推理中,口头线索是指通过角色间的对话或目击者的证词来传递的证据或信息。口头线索在犯罪推理中的作用如下：第一，角色可能在对话中无意透露了关于案件的关键信息，从而对破案有所帮助；第二，角色可能通过谎言揭示其隐藏的动机，从而在案件调查过程中扮演关键角色；第三，目击者在证词中陈述一些有关案件的关键信息。

口头线索为角色互动提供剧情背景，使故事更富有动态性，玩家仔细倾听和分析对话内容来辨别信息的真伪，可以设置一定的提示条件来辅助玩家发现线索。

（四）视觉线索

所谓视觉线索，指文字说明、图片、视频、现场重现的一些画面等。比如监控视频可能捕捉到犯罪行为的关键时刻，或者一组静态的照片可能串联起事件发生的时间线等。

图像与视频作为视觉线索为玩家提供直接的视觉信息，在为解谜增加直观性和参与感的同时，也为剧情增添更多的证据和推理可能性。

（五）文本线索

文本线索涵盖剪报、官方文件、密信或符号密码等。文本线索在引导玩家进行阅读理解和推理分析的同时，为玩家带来充满发现和惊喜的解谜体验。剧本杀的游戏机制也正是在这些线索的帮助下增强玩家的竞争或合作意识[1]。

---

[1] 杨紫馨,王艳.还原·沉浸·交互：论剧本杀剧本的三重创新[J].电影文学,2022(12)：46-50.

（六）环境线索

环境线索通过场景的布置、物品的摆放或特定的背景音乐等来传达信息或提供暗示。有时候不会直接交代给玩家环境线索，有时候环境空间所给出的并不是破解案件的必须线索，它可能只会让发现它的玩家提高破案的概率，这可以看作一种奖励。

（七）直接线索

直接线索指的是对案件关键信息或嫌疑人的直接提示或指向，如明确的证据或直白的供词等，直接向玩家发出明确的信号。如一只带有嫌疑人指纹的杯子直接指向了犯罪嫌疑人，一张在犯罪现场留下的纸条提示了案件的走向……

这类线索能对故事的发展产生直接的推动作用，但会使游戏的难度有所降低，适合作为故事开始阶段或关键转折点的线索来使用。

（八）间接线索

间接线索是指需要结合其他信息来揭示其自身价值的线索，比如某个角色的偏好可能看起来对情节毫无价值，但是结合其他线索可能对角色的动机或行为模式有一个更好的解释。

（九）干扰线索

干扰线索被错误地认为其很重要，但实际上是创作者刻意设置的干扰，一个故意放置的假证据，可能将调查引向错误的方向。在解谜中引入干扰线索，目的是使解谜的过程更具挑战性和不确定性，从而对玩家提出更高的要求，并测试其辨别、推理的能力，这也是一个有效增加游戏乐趣和挑战性的手法。

(十) 加密线索

所谓加密线索,就是指对信息进行编码和加密,玩家需要破译线索,在明文中发现密文,从而得到下一步的提示。

(十一) 动态线索

动态线索是指随着情节发展而产生改变的或新增的线索,如新的证人声明或新发现的证据等,或者随着时间的推移、剧情的发展某些之前发现的线索可能会适时发生改变。

线索的动态变化会保持游戏的新鲜感和不确定性,让剧情动态发展。

(十二) 情感线索

情感线索会揭示人物的感情状态或人际关系,比如某个人对另一个人特别关照,但在情感联系上可能会隐藏得更深一些。情感线索增加了故事的深度和人物的立体感。

三、线索该如何设计

线索设计是一项既需要创意又需要逻辑的工作,创作者对故事情节发展的理解程度要高,对人物关系和玩家心理的洞察能力也要强,只有这样才能创造出既引人入胜又逻辑严密的游戏故事。具体的设计方法可以参考下述步骤和示例:

(一)结合故事背景和任务

首先,深入了解故事背景、主题、人物行为动机、空间环境等,同时要严密设计揭穿凶手、寻找线索的过程,要明晰故事的发展轨迹和预期目标,这一步是设计线索的基础。要设计出有意义的线索,就要对故事核心诡计中的每一个要素都有充分的了解,让线索的设定与核心诡计同步进行。

示例:故事背景设定在 20 世纪 30 年代的上海滩,在一部名为《暗夜下的上海滩》的剧本中,一场突如其来的命案打破了高级会所的宁静。要求创作者在设计线索前,对每一名嫌疑犯的背景故事以及他们与被害者的关系进行细致刻画,确保线索紧紧扣住人物的动机、性格等。

(二)设定线索类型和数量

根据故事的需要,决定使用哪些类型和形式的线索。是否需要背景线索和案件线索?是否需要物理线索、数字线索、口头线索等?每种线索如何分布在故事中?要设置多少条线索?其中针对案发现场的线索又有多少?每种线索的形式如何促进玩家的互动和故事的发展?这些问题都要提前考虑清楚。

例如需要设定两种类型的线索,分别为背景线索、案发线索。这两种类型的线索可通过物理线索、数字线索、口头线索设计出来,再结合具体的人物角色,确定线索数量。

(三)分阶段设计线索

线索设计分为多个阶段,每个阶段都要设计恰当数量和类型的线索,既要保持玩家的兴趣,又不能一次透露太多而让故事失去悬念。从引入案件的初步线索到最终解开谜团的关键证据,要结合剧本的分幕设计,分阶段发放线索,整体把控游戏的节奏。什么时间应该让玩家得到哪些信息,是一件比较复杂的事情,需要在测试过程中不断修改完善。

示例:主创人员在第一阶段让玩家熟悉故事背景和人物,通过物理线索和环境线索进行创作。接着,数字线索和口述线索开始随着故事的深入而出现,提供更复杂的信息引导玩家进入更深层次的推理,这之后充满了猜想的干扰线索以及动态线索也会慢慢出现。

(四)创造互动和挑战

设计游戏时,游戏的线索不仅要对故事情节有促进作用,而且要能够增加玩家之间的互动性和挑战性,因此谜题或线索的设置要有一定的难度,还要有特殊技能的要求。

(五)结合故事元素设计线索

将线索的设计与故事元素紧密结合起来,这样能够使线索更自然地融入故事中,并能够推动故事的发展和角色之间的关系。例如在某个案件的关键转折点上,在监控录像中加入一段模糊不清的视频。此段视频的作用是带动剧情发展,成为引发角色间矛盾与冲突的导火索。

(六)考虑线索的多重意义

在设计线索时,为了确定它是否具有多重意义,或许可以从不同的角度去解读,这样既可以增加线索的复杂程度,为玩家带来更多的推理空间,又会迫使玩家从多个角度去考虑问题。在某剧本杀里,一张看似简单的照片可能会提供给玩家不同的线索或解开谜题所需的关键要素。

(七)动态调整线索的释放

根据玩家的进展和反应,动态地对线索的释放速度和难度进行调整。这要求创作者在设计游戏的过程中,增加提示或者对线索的难易程度做出调整,从而保证玩家在游戏中都能得到乐趣,这是一项很重要的工作。

示例:玩家在解决某一关键线索上遇到困难时,创作者可以利用人物对话或其他物理线索为玩家提供额外的提示,以协助玩家解决难题。

(八)设计反馈和奖励机制

在玩家破解线索并顺利推进故事后,可以给予他们正面的回馈与奖励,来增加他们的满足感和成就感,这是提升玩家情绪价值的有效手段。在完成每个关键线索的任务后,创作者可以安排一段情节揭示,这样既增加了游戏的交互性,又可以对玩家进行肯定。

示例:某玩家在公聊环节,详细分析出了某条线索的深层次含义,为整个故事情节的发展起了较大的推动作用,这时可以增加一些个人奖励,如销毁一张对自己不利的线索卡,在下一轮游戏时可多获取一张线索卡等。

(九)线索与故事情绪的配合

设计线索时要考虑它如何与故事的情绪波动相协调,线索可以用来为玩家带来紧张感或恐惧心理等,从而增加一种特定的情绪体验。例如在剧本的高潮部分,利用线索揭示一个惊人的家族秘密,这种情况下给玩家带来的情感冲击是巨大的。

(十) 引入交叉线索来验证

将部分线索设计得可以依存于其他线索,以增加解谜的深度与复杂程度。此方式既考验了玩家的推理和联想能力,又促使了玩家之间的交流与合作。创作者可以设计出一系列的线索,通过将这些线索有机地结合在一起来为玩家揭示隐含的信息,为故事的发展创设条件。

(十一) 利用环境作为线索

环境本身可以作为一条重要线索来传递很多有用的信息。对场景进行精心设计和布置,能够以无声的形式传递线索。

示例:在犯罪现场的调查中,环境的描写能够作为玩家推理的线索之一——房间的混乱程度、桌上散落的文件、墙上的血迹等——不仅增加了游戏的真实性,更激发了玩家的探索欲望。在描述环境的同时,还能为玩家提供有价值的线索,让他们在推理的时候能够有更多的依据和方法。

四、线索设计原则

剧本杀游戏的线索设计,既要满足故事的需要,又要考虑玩家的参与度和游戏体验。好的线索设计能激发玩家的好奇心,引导

他们进行推理和解谜,对故事情节的发展起着关键的作用,以下是一些线索设计原则:

(一) 明确性与模糊性的平衡

要在线索设计的明确性和模糊性之间找到一个平衡点,既要给玩家足够的信息去推理,又要保留一定的模糊性,避免直接透露答案,从而保留游戏的挑战性和悬念感。如在一个谋杀案剧本中将带血的信封作为线索,信封上的血迹足够明确地指向某些嫌疑人,但信的内容和来源仍保留一定的模糊性,需要玩家通过其他线索和逻辑推理来解开谜题,这样的设计就能起到很好的悬疑作用。

(二) 线索的可信度

所有的线索都必须在故事情境中具有合理性,并基于角色的动机或背景设定来设计,这样既能增强故事的真实性,又能使玩家在推理的时候有信服的依据。即使是设计有误导性的线索,也一定要让它在角色性格、历史背景、行为动机上有合理的解释。

(三) 线索的多样性

为增加游戏的互动性及探索乐趣,线索的形式与来源应多样化,既能为不同类型的玩家提供不同的解谜方式,又可以避免游戏显得单调乏味。线索可以有文字描述、有物理证据、有数字资料、有人物间的互动与对话,甚至还可设计一些要求与人物或物理道具进行互动才能解开的谜题。

(四) 线索的互动性

线索设计以促进玩家间的互动与讨论为主，以增加解谜的乐趣，并加深玩家间的合作与沟通，如可设计要集合多位玩家的信息或技能才能解开的线索，以此增加游戏的互动性。

(五) 线索与故事的一致性

创作者必须在设计线索时对整体故事情节有深入的了解，并对每个角色的动机有透彻的认识，才能提高故事的复杂程度，并给玩家在解谜过程中带来"啊哈"时刻。一个似乎与主要故事毫无相关的线索，在故事的后期可能会成为解开整个谜团的关键。

(六) 适当的难度设置

创作者可以根据目标受众的解谜水平对线索的难度进行适当设定，避免过于简单的线索对玩家缺少挑战性，过于复杂的线索给玩家带来挫败感。创作者可以预先设定不同难度等级的线索，或在游戏过程中动态调整线索难度，从而保证游戏对所有玩家都有一定的挑战性。可以有直接指向答案的初级线索，也要有需要玩家进行逻辑推理的高级线索，或与其他线索相结合的综合分析等。

(七) 情节推进的作用

线索的设置不仅是为了解开谜题，更重要的是作为推动情节和人物发展的媒介，能够揭示角色之间的复杂关系和他们深藏的秘密，甚至引发情节的重大转折。一个好的线索可能会揭示出某个角色的真实身份，从而改变玩家对这个角色的看法和态度。

【创作实践任务】

结合第五讲的创作实践任务,为你的人物剧本设计一套专属线索。

要求:线索形式不少于3种。

第八讲

别忘记最重要的：主持人手册

一、NPC：不在场但是很重要 / 183
二、主持人手册的模式化设计 / 186

一、NPC：不在场但是很重要

（一）何谓 NPC？

NPC，全称为 Non-Player Character，即非玩家控制角色，是指在游戏中由游戏系统控制，不由玩家直接操控的角色。NPC 是游戏世界中的居民，他们扮演着多样化的角色，从背景故事的叙述者、任务的发布者、信息的提供者到故事推进的关键人物等。在不同类型的游戏中，NPC 的作用和重要性各不相同，但其共同的目的是为了丰富剧情，提升玩家的游戏体验感，增加游戏的深度和复杂性。

剧本杀主持人作为"意见领袖"，运用其相对非标准化的语言能力，充分发挥声音的可塑多变性，进而实现主持人和受众从剧本"第三者"转化为"当事人"的角色转变，在提升受众接受度的同时，共同塑造"入戏"的沉浸式语境①。这些 NPC 可能全程在场，有大量的表演和互动环节，或者是只负责调节气氛，不直接和玩家对话。所以 NPC 的设计和运用能够直接影响到剧本杀的沉浸感和玩家的参与度。

在体验过多场剧本杀之后，你认为 NPC 的角色都有哪些呢？这些角色又在剧本中起着怎样的作用呢？

第一，故事的叙述者，通过与玩家互动、剧场演绎等行为，向玩家叙述故事情节，不断推动情节发展以及把控游戏节奏。例如，在

---

① 王君可. 剧本杀主持人的角色化主持研究[D]. 河南大学, 2022.

很多剧本中会有一些家族的管家作为NPC出现,其作用是带玩家了解鲜为人知的家族秘史,从而推动情节的发展。

第二,线索的提供者,掌握着线索卡上未有的关键线索,在必要的时刻向玩家透露。例如,在一些案件推理过程中,一名NPC是案件的目击证人,玩家可以通过公聊、私聊向NPC了解案发当时的关键细节。

第三,环境营造者,这里NPC主要通过语言表达或者行为演绎来营造剧本必要的游戏氛围。例如在恐怖惊悚剧本游戏中,可能会有神秘的NPC来到房间,通过一系列诡异的行为和语言来营造剧情所需要的恐怖感。在《木夕僧之戏》中,玩家紧闭双眼,在黑漆漆的场景中,仅有几点烛光在闪烁,放着诡异的祭祀旋律,NPC围绕着所有的玩家转圈,似乎进行着某种祈祷祭祀仪式,此时恐怖氛围顿时爆满。

第四,任务发起者,NPC可以给玩家设定目标或任务,引导玩家完成特定的动作或探索。例如在一部探险类的剧本杀中,NPC可以给玩家指定游戏任务,并给出情节发展方向。

第五,情感演绎者,一般在很多剧本的结尾环节,会有专门的NPC进行演绎,有的是震撼人心的大场景表演,有的是悲情的心声表达,这些都会影响玩家的情绪,使情感迅速升华。

第六,障碍设置者,在情节发展过程中NPC设置各种障碍,不断影响玩家探索真相的节奏。

剧本杀主持人并不是一个开场、发线索、复盘、念主持人手册的工具人,而是剧本呈现效果的第一负责人[①]。好的NPC设计不

---

① 杨怡馨.剧本杀主持人主持策略研究[D].华东师范大学,2022.

仅能够使剧情更加引人入胜，还能促进玩家之间的互动与合作。

（二）NPC 设计有难度

NPC 虽然是非玩家控制角色，但是其设计比玩家手册还要复杂一些。创作过程中，既要考虑人物剧本的所有内容，也要考虑如何让 NPC 有效地推动剧情发展、提供线索，以及如何与玩家进行互动。所以说，想设计一个好的 NPC，必须要解决几个难题。

第一，要考虑角色深度与拟合度，要设计完整的人物故事和真实的人物性格，以确保 NPC 在剧本中的真实性。第二，要掌握角色互动的平衡性，需要让 NPC 和玩家进行交互，但是也不能做过度引导或干预，影响玩家的选择自由和探索乐趣。如果全场都是 NPC，不仅 NPC 会"大汗淋漓"，而且玩家毫无体验感，仿佛看了一场业余的尴尬的表演。第三，适时推进剧情与适当提供线索。第四，表达与演绎，NPC 在剧本中的表述和表演须作充分考虑，要使其既能提供有价值的信息，又不至于泄露过多信息，导致剧情过早被揭晓。

（三）NPC 设计有方法

NPC 不仅是故事世界的载体，也是玩家情感投入和社交互动的桥梁。为了提升玩家体验，需要深入考虑如何设计 NPC。在设计过程中，要注意 NPC 设计的四个原则：个性化、互动性、动态反应、情感表达。在这四个原则的基础上，可以按照以下步骤放心大胆地设计 NPC 了。

第一步，先创造丰富的背景故事，赋予人物个性，增加其真实性和可信度。

第二步，要设定明确的角色目标和动机，以此来指导 NPC 在游戏中的行为。

第三步，合理安排 NPC 的出场时机和透露的信息量，只有适时和适量才可以有效地推进剧情发展。

第四步，不要让 NPC 的互动形式过于单一，可以设计多种互动方式，如对话选择、物品交换、任务发布等，以丰富 NPC 与玩家之间的互动。

第五步，保持一致性和逻辑性，NPC 的所有行为都要符合角色的性格设定，都要符合剧本故事的发展逻辑。

第六步，不断演练与优化，具体的 NPC 优化过程和人物剧本优化过程保持一致。

第七步，训练和指导扮演者，创作者首先要自行体验 NPC 的演绎过程，确保其可以发挥最大作用。

第八步，强化情感设计，在 NPC 的对话和行为中融入情感元素，引发玩家情感共鸣，提升剧情的吸引力。

二、主持人手册的模式化设计

剧本杀的主持人手册，又叫 DM（Dungeon Master）手册，也叫保姆手册。它涵盖剧本背景、角色信息、游戏流程、线索复盘等内容，帮助主持人合理安排游戏进程，引导玩家处理突发情况、营造氛围、提升玩家体验感，确保游戏顺利进行。它存在的唯一目的就是服务主持人，让主持人在带本过程中更简单方便、舒适自由。

（一）分配剧本

剧本分配关系到玩家的体验感、游戏的公平性以及故事的趣味性等。合理且有趣的剧本分配可以增强玩家对游戏的沉浸感，剧本分配设计主要从以下三方面考虑：第一，角色适配性。每个剧本角色都有其独特的性格、背景故事和目标。正确的剧本分配能让玩家更容易地进入角色，更好地演绎和理解角色。第二，保障平衡性。剧本杀游戏通常需要保持一定的平衡性，确保每个玩家都有机会参与游戏，能够享受到剧情的乐趣。第三，增强故事性。通过合理的角色分配，可以让故事情节更加紧凑、合理，使玩家体验到一个连贯有深度的故事。

常见的剧本分配方式如下：

1. 随机分配

这种方式是指玩家通过抓阄或 DM 随机分配的方式获得角色。它的优势在于公平公正，但可能会导致玩家获得与自己性别、性格不符的角色，从而影响体验感。

2. 分级分配

针对玩家的经验进行角色分配，主持人在开场前会确认谁是老玩家，谁是零基础的，然后根据游戏难度进行分配，保证零基础的玩家能够获得容易上手的角色，老玩家可以体验到有挑战性的角色。

3. 选角分配

允许玩家根据自己的喜好选择角色。这种方式最大限度地尊重玩家的选择，但可能会导致某些角色过热或遇冷，从而影响玩家的整场体验感。

4. 兴趣点匹配分配

通过玩家的兴趣爱好来匹配角色。在玩家进入剧本杀游戏前,DM 会提供一个简单的问卷调查或者小问题,然后根据这些信息,将玩家与他们可能感兴趣的角色进行匹配。这种方法更容易匹配玩家的兴趣,可以使玩家快速代入情节。

5. 剧本试读分配

在这种分配方式中,玩家会在正式游戏开始前获得所有角色的简短介绍,并进入一个快速的试读环节。根据这个过程中的体验和偏好,玩家可以提出他们希望扮演的角色的首选项。主持人则根据玩家的反馈进行最终的角色分配。这种方式结合了选择分配和主持人指定的优点,既考虑了玩家的意愿,又保留了一定程度的调控余地以确保游戏平衡性。

6. 小游戏分配

小游戏分配是一种更为科学的角色分配方式,通过设计和正文情节相关的小游戏,提前带玩家进入破冰环节,通过游戏的结果来分配角色,一举两得。

7. 反串分配

反串分配是指 DM 故意将玩家分配到与其性格、性别或常规行为模式截然相反的角色。它可以增加游戏的挑战性和趣味性,鼓励玩家跳出自己的舒适区,尝试全新的角色扮演体验。反串分配可以极大地扩展玩家的视角,促进玩家创造性思维和同理心的培养。例如剧本杀《青楼》,就适合全员反串。

通过这样精心设计的分配策略,不仅能最大限度地提升玩家的个人体验,还能增强整个游戏的互动性和趣味性,确保每一场剧本杀都是独一无二、难以忘怀的。总之,合适的分配方式带给玩家不同的体验感。例如随机分配,这种方式给予玩家新的挑战,玩家可能会获得一个完全出乎意料的角色,增加了游戏的不可预测性,但同时也可能增加玩家的挫败感，尤其是当角色与玩家性格不匹配时。如果按照性格来匹配角色，当角色与玩家的性格相匹配时，玩家往往能更快地进入状态，演绎得更加自然，但这也可能限制了玩家尝试不同角色的机会，减少了游戏的多样性。如果让玩家自由选择角色，那么这种方式可能使得某些角色过热而其他角色遇冷。有些时候还会由主持人来指定角色，这种方式可以根据玩家的演技、经验和剧本的难度来作精细化管理，但也对主持人的判断力和公正性提出了更高的要求。

（二）剧情导入

剧情导入的目的就是要将玩家从现实世界引入虚构故事，确保玩家能够理解自己的角色和故事背景。

剧情导入的形式和内容的多样化能显著提升玩家的体验感和参与度。剧本导入方式一般是宣读文本，如在《大周平妖录》中每个人物剧本一开始都会有一段故事背景介绍：

楔　子

大周 8 年，有妖作《食人贴》，猖狂至极，为祸世间。周太祖李衡怒发"诛妖令"，北伐妖荒，一剑斩断妖族气运金龙。妖族灭族，再无风浪。

大周 122 年，江南忽有大妖出世，引发水灾。幸得隐仙逍遥子出手，将其封印。后逍遥子入京收徒大周公主李婴，携弟子遁隐天外天。自此仙人绝迹，人间再无仙踪。

大周 132 年，周宣帝李承奇驾崩，因其膝下无子，宗室朝堂陷入立储之争，内斗不休。同年，江南再起水祸，传言大妖破除封印，重见天日，一时死伤无数，民不聊生。祸不单行，南阳与西夏二国趁机合攻大周，连下三州之地，仅余阴山一城；江南又起瘟疫，大周陷入水深火热之中。

大周135年，公主李婴自天外天归来，手持传国玉玺，得宰辅左千秋支持，以无上皇威肃清宗室纷争，登基称帝。

大周140年，大周将军夜引弓踏破西夏皇都，西夏灭国。

大周142年，南阳皇帝自降南阳王，归降大周，献上公主无双与大周和亲。南阳成为大周属地，天下一统。

然人乱虽平，妖祸又起。女帝李婴登观星楼，借星辰推衍之术探寻妖孽踪迹，以七星溯源之法将线索锁定至七人之中……

这种方式简单易操作，是最常见的一种剧情导入方式。当然，还有一些创新的导入方式：

1. 多媒体引导

通过播放音频、视频、动画等，可以使剧情导入更加生动和引人入胜。

案例：如果剧本背景设定在20世纪30年代的上海滩，可以制作一个黑白老电影风格的开场视频，通过一系列老照片、报纸头条和怀旧音乐，展示那个时代的社会环境和文化氛围。

2. 利用实物道具

通过展示日记或信件，可以帮助玩家更好地了解角色背景和剧情起因。

案例：在一部剧情发生在湘西的中式恐怖剧本中，玩家在游戏开始时收到一封角色亲笔写下的求救信，信中描述了一连串神秘事件，让玩家迅速进入情境。

3. 现场角色或 NPC 互动

利用现场角色或 NPC 与玩家进行互动,为玩家提供线索和背景故事。

案例:在一个中世纪背景的剧本中,一位扮演老城堡看守的 NPC 可以在玩家到达现场时告诉他们关于城堡的传说和近期发生的一些不寻常事件,从而引入剧情。

4. 环境布置与氛围营造

精心布置游戏环境,使用具有主题特色的装饰品和背景音乐,以增强故事氛围。

案例:在《病娇男孩的精分日记》中,主持人首先关掉灯,在四个墙角分别点上蜡烛,播放有恐怖气氛的旋律,未发一言便可将玩家拉入惊悚的情境中。

(三)剧本游戏环节

整场剧本游戏的体验感,不仅和故事内容以及人物设计有关,更与游戏环节有关。整场游戏环节的设计又可以分为很多具体的小环节,例如公聊私聊环节的设计、游戏机制的设计等。总之,设计出能引导玩家沉浸式体验的游戏环节,是打造成功剧本杀的关键之一。以下内容将对每个游戏环节进行深入的规划,使主持人手册成为一个全面引导剧情发展的工具。

1. 任务设计

在读完一幕剧本后,玩家坐在一起,都可以聊些什么呢?熟人还好,如果玩家相互不认识,那么,场面会比较尴尬。但是体验过剧本杀游戏之后玩家才发现,不会如此。因为每一幕、每一个人都会有任务。任务和剧本中的疑问便是玩家进行交流、互动的动力。

在剧本杀中常见的任务类型有：公共任务、个人任务、副本任务等。对于每种任务的数量不做具体要求，但是对于质量要严格把控。每个人物都会有隐藏的秘密，还有迫切想知道的疑问。那么，玩家的任务就可以根据它进行设计了。任务的设计方式一般是在每一幕结束后以文字的方式呈现。当然还会有卡片任务、口头秘密任务等。还要详细规划每个任务的发放时间和持续完成的时长，确保与主要剧情相吻合，保持游戏节奏感和悬疑感。建立一个有效的任务反馈系统，允许玩家报告任务完成情况，并通过主持人或数字平台记录进度。设计奖励机制，对完成特定任务的玩家给予线索、能力解锁或其他形式的奖励。

案例（根据《大周平妖录》夜引弓人物剧本第二幕任务内容截取）

公共任务：

找出具有妖族血脉之人。

支线任务：

（1）当日你启动血煞炼魂，引得天雷滚滚，原本你将身葬天雷之下，却不料活了下来，炼成了血煞魂兵。但是你知道天雷并不是你挡下的，这件事另有隐情，你要查清楚当年天雷消失的原因。

（2）血煞炼魂之术刻在一个鸟纹木匣内，当年被你意外获得，但木匣的来历你并不知晓。查清木匣的来历，或许这对复活白羽军有帮助。

（3）你是大周的护国将军，无论朝堂动荡如何，你必忠心守护大周。找出意欲危害大周之人。

（4）隐瞒自己血煞噬心的真相。

个人支线任务完成后可获得随机掉落的材料卡。

2. 搜证环节

剧本杀中的搜证环节既要能够推进故事发展，还要增加解谜的趣味性。线索应包含多层信息，激发玩家深入探讨的兴趣。搜证环节主要是通过主持人发放线索卡的方式进行的。一般在剧本中会有大量的线索卡，50—150张，这时候有些主持人会非常容易搞乱线索卡，所以最好在每一幕的搜证时刻，写清楚本轮应该发放哪些线索。可以考虑线索的物理布置和数字展示，确保它们能够自然地融入游戏环节中。因此，设置搜证指南非常重要，要提供清晰的搜证规则和技巧指南，帮助DM理解如何在游戏中让玩家搜集线索。搜证环节还可以添加时间限制、资源限制或特定挑战，提高游戏的紧张感和挑战性。

案例（根据《大周平妖录》主持人手册中搜证环节内容截取）

搜证环节如下：

左千秋（NPC）话术：南枫村之事，前尘镜提供了诸多线索，可供诸位查看。各位可按照此地图指示，进行搜索。

发放南枫村地图，引导玩家按照地点依次公开搜证，地点顺序由所有玩家商讨共同决定。此阶段所有线索均为公开线索。

本环节公开进行，无须单独搜证。玩家依次选择其中任意一个地点，主持人现场将该地点所有相关线索公开，依此类推，直至线索全部公开完毕。

搜集材料环节（15—20分钟）如下：

左千秋（NPC）话术：这观星楼内藏有无数宝贝，若完成各自任务，可获得随机掉落的材料卡，诸位务必妥善保管，一旦丢失，老夫概不负责。同时各位自身所对应的七个星象之中也藏有稀奇珍宝，各位一一对应即可发现。

主持人发放七星卡片,引导玩家根据卡片提示选择自己对应的星象,玩家可持此卡片在物品搜证环节兑换一张专属材料卡。七星卡片只能使用一次,每人仅限持有一张(使用即收回),可随机交换(此任务可延续至第二幕)。

夜引弓:【白虎之牙】——武曲　　清阳上人:【空骨冷柏】——禄存
瑶光仙子:【清净竹】——破军　　齐弈泽:【镇山青石】——文曲
志岳真人:【葬沙骨】——巨门　　无双公主:【扶桑木】——廉贞
红袖:【帝流浆】——贪狼

视情节还原情况,适时引导各位玩家,依次外出,检验支线任务的完成情况并且每人发放材料卡两张。

对照个人支线任务,依次提问,查看玩家故事还原程度。如果玩家一个任务都没完成可减少一张材料卡。回答时意思点到即可。

3. 交流环节(公聊和私聊)

所谓公聊就是在场的玩家一起用剧本中所设定的新身份聊天。为防止聊剧本变成聊家常,除了强化玩家的任务意识外,也要制定公聊环节的详细规则,如时间限制、发言顺序、发言权等,确保所有玩家都有机会参与讨论。针对玩家的公聊状态,可以安排特定的公聊活动,比如"证据展示会"或"角色互怼时刻",增加公聊的趣味性和互动性。

私聊是指玩家可以离开公聊场所,选择不同的玩家进行单独沟通,进而完成自己的任务。为了让私聊能够顺利进行,主持人需要明确交代玩家可以进行私聊的条件,包括私聊的时间、地点和方式,以确保游戏的平衡性和公平性。

在设计交流环节时,要注意提供明确的争执解决机制,如调用主持人裁决、使用证据支持论点等,确保游戏过程中的争议能够公平合理地解决。为主持人提供情感管理和调解技巧培训,帮助他们有效处理玩家间的冲突,保持游戏环境的和谐。

案例(根据《大周平妖录》主持人手册中交流环节内容截取)

1. 公聊环节

玩家公聊 20—30 分钟,讲述个人故事,尝试寻找妖族。

2. 搜证环节

本轮搜证环节每人三条人物线索(不可选取自己的线索卡)、两条公共线索。

3. 玩家公聊

30—40 分钟,完成个人任务,找到妖族踪迹。

4. 私聊/搜集材料环节(15—20 分钟)

若有需要可引导玩家进行私聊,进一步完成个人支线任务或自由更换七星卡。

私聊结束,引导各位玩家,依次外出,检验支线任务的完成情况,每完成一条支线任务可获得一张材料卡。

(四)结局可不止一种!

在剧本杀中,谜底的揭开不仅是游戏的高潮部分,也是检验玩家推理能力的关键时刻,一般会有两种不同的谜底揭开方式——真相大白的固定结局和开放式结局。

开放式结局的设计,让每一场游戏都别出心裁,都有反复论证的价值。开放式结局的可能性几乎是无限的,主要是看剧本设计的复杂程度以及玩家的创造力。事实上,在剧本结局的设计上,并不需要一味追求结局的数量,而是应该着眼于它是否能让玩家满意,以及是否能促进玩家之间的讨论与思考。在具体设计结局的过程中,可以想一想到底要几种结局,这些结局都与谁的胜利、关键决策、隐藏副本有关。结局数量可以多,但是都要符合故事逻辑。

为了达到这一效果,可以采用多种手段来进行。

在设计线索时,既要有直接指向可能结局的明显线索,也要有需要深入挖掘的隐蔽线索,这样做可以让不同水平的玩家都有发现的乐趣。可以设置误导性线索,合理使用误导性线索来增加游戏的挑战性和复杂程度,使得每个玩家的推理过程和结论都有所不同。

虽然每个角色的成长背景不变,但是在不断变化的环境下,角色的行为习惯会发生潜移默化的改变,正因如此,才使他们的行为可以有多种合理解释。

让玩家在关键节点做出选择,这些选择会影响故事的发展和可能的结局。这就要求创作者在剧本设计中留下足够的空间给玩家进行推理和讨论。

除此之外,最直接的一种方式便是提供多种结局的展示。在游戏结束时,针对玩家胜负情况,先给出应有的结局,然后再提供几种由创作者设想的"可能"结局,每种结局都是基于游戏中的线索、证据、人物决策而产生的。

(五) 不!还没结束!

真正优秀的剧本杀作品不仅在开场会让玩家快速代入角色,过程中也会让玩家逐步加深对人物角色的分析和理解,那么在结束阶段,也不能简单地复盘真相就宣布游戏结束了。

第八讲 别忘记最重要的：主持人手册

一般在结尾处会加入一定的环节,让玩家情绪延宕。情绪延宕是指玩家在剧本杀游戏结束后,仍然沉浸在游戏所带来的情绪中,难以立刻从游戏角色中抽离出来。这种情绪可以是积极的,如兴奋、快乐;也可以是消极的,如悲伤、恐惧。那么在设计主持人手册的过程中就要设计这样的环节去增强体验者的情绪延宕。比如游戏结尾的抒情演绎环节、现实和游戏的交互环节等。下面是剧本杀中常见的几种情绪延宕的方法:

1. 演绎环节

在这个环节中,主持人或者NPC围绕最后的结局进行剧场演绎,或者玩家被邀请根据自己角色的情感走向进行演绎,用以表达角色的感情。这样的结尾演绎环节可大可小,主要是为了让玩家更深入地理解和体验自己角色的情感深度。

2. 读信环节

在游戏结束时,关闭灯光,点上蜡烛,再准备一些角色之间的书信或日记,由主持人或玩家朗读这些信件或日记。这些信件或日记可揭示角色的内心世界或者游戏中未曝光的秘密,通过真挚的文字让玩家在游戏结束后仍能继续感受角色的情感波动。

3. 未完成的遗愿

设计一个环节,允许角色在"死亡"或游戏结束后,通过视频、音频或书面形式表达他们未能实现的愿望或未说出口的话。这样的设计增加了情感的延续性和剧情的完整性,也能让玩家更深入地思考角色的内心世界和情感状态。

4. 角色秘密的揭示

在游戏后程,主持人可以揭示某些关键角色的秘密或背景故事,这些内容在游戏进行期间可能并未完全展示。这样的设计会让玩家对角色有更多的情感共鸣和理解,甚至会让一部分误会解除,让一部分真相公之于众。

5. 回忆录

主持人可以邀请玩家撰写或口述自己角色的回忆录,回顾在剧本杀中的经历和转变。这样的回忆录不仅是对游戏的总结,更是对角色和故事的深度思考和感受。通过分享回忆录,玩家能够更深入地探索自己在游戏中扮演的角色,以及角色间的关系。

6. 现实交互

可以在游戏结束后,甚至是在玩家离场后设置一些让游戏与现实交互的情节,让刚从剧本杀中走出来的玩家,迅速地回到剧情中,给玩家一些惊喜或者惊吓。

(六)原来是这样!

很多时候当推理结束,主持人进行真相复盘的过程中,玩家会不断地被真相惊得直拍大腿,说"原来是这样!"这是因为剧本中的诸多谜团,一些玩家不理解的行为动机或者被忽略的故事情节,被主持人都一一揭秘了。在精心设计的剧本杀游戏中,主持人手册的解析部分不仅是游戏结束的一个简单总结,更是连接玩家的体验与创作者深思熟虑的桥梁。解析环节的核心是增强玩家对剧本的理解,揭示故事的多层次结构。那么在最后的复盘环节,主持人手册中都应该复盘解析哪些内容呢?

1. 线索解析

包括对游戏中出现的所有线索的详细描述和解释,以及这些线索如何与案件的解决相联系。一般会按照分幕进行线索复盘,

多以表格的形式呈现,主要包含线索的类型、来源、内容、揭示作用以及发放时间和获取方式等,见表8-1:

表8-1 剧本杀主持人手册中的线索解析表

线索解析					
线索类型	线索来源	线索内容	线索的揭示作用	线索发放时间	线索的获取方式

2. 核心诡计解析

主要内容包括详细说明案件中的关键策略是如何被设计和布局的,如角色间的相互作用、关键事件的触发条件以及预期的玩家反应。解析创作者如何巧妙地隐藏策略,使其不易在游戏初期被发现,同时又能在适当的时刻通过线索或事件自然地被揭示。那么核心诡计的解析,应该如何开展呢?

一般可以采用逐步解构的方法,就是从故事开始到结束,按照事件发展的顺序,逐步拆解每个关键的诡计,分析其在整个案件中的功能以及角色与诡计的关系,分析关键角色如何与这些策略相互作用,他们的行为如何受到这些诡计的影响,以及他们如何无意中或有意识地推动诡计的发展等,常见的除了文字解析,还有图片、视频等解析方式。如密室机关类诡计一般会有密室机关设计图等。

3. 故事线解析

这部分内容比较重要,主要是帮助主持人和玩家理解故事的流程、转折点和最终结局。这一部分的关键在于分析故事的结构、主要事件和角色的发展等,一般是三条时间线:首先是从宏观上概述整个故事的时间线,包括起始背景、发展过程以及高潮和结局;其次是每个人物在这个大故事背景下成长发展的时间线;最后,也是最核心的一条时间线,是整个故事的核心案件时刻表,时间相对来说要比较精确。当然故事线解析的形式可以是文字形式,也可以是表格形式。不管什么形式,只要是可以使主持人快速清楚地给玩家进行复盘,那就是最合适的解析方式。以下是故事线解析案例。

第一幕复盘时间线

中原513年,清阳出生,由师父散仙红尘客抚养长大。

中原529年,清阳红尘历练,辞别师父。

中原531年,清阳和李衡结拜;逍遥子大仙指点胜遇鸟,并赠与花种。

大周元年,清阳建立九州结界阵法。

大周8年,诛妖令;妖族食人事件,携带木匣子离开北荒妖族;夜氏一门存活迁至南枫村;红袖创办医仙谷,留下优昙婆罗花花种。

大周9年,李衡去世,因其一生无婚配,留下遗旨命其侄李景元继位。

大周10年,清阳未见妖族木匣,追妖,九曲洞大战胜遇鸟,得到"盗天机"秘法,扔掉木匣。

第八讲 别忘记最重要的：主持人手册

大周 105 年，夜引弓出生。

大周 119 年，志岳出生。

大周 120 年，齐弈泽出生。

大周 121 年，夜引弓当兵，意外捡到木匣（血煞炼魂）。

大周 122 年，无双、瑶光出生。江南有大妖出世，引发水灾（胜遇鸟救无双）。逍遥子出手，将胜遇鸟封印。胜遇鸟养无双，法力消失，伤口愈加严重，离开。后逍遥子将大周公主李罂收为弟子，遁隐天外天，自此大周再无仙踪。

散仙红尘客欲带清阳遁隐天外天，被拒。

大周 127 年，陈潇拜入医仙谷，母亲赠花种。

大周 130 年，齐弈泽、瑶光逛灯会，花开。将花移植医仙谷。齐弈泽拜师左千秋。

大周 132 年，周宣帝李承奇驾崩，宗室朝堂陷入立储之争，内斗不休。逍遥子法力失效，胜遇鸟恢复真身，引发水灾。胜遇鸟被左千秋追杀。清阳启动江南和阴山的阵法，抵御水灾和天雷。

阴山之战，夜引弓练成血煞炼魂（其他人记忆中，阴山郡守携带所有守将撤离，只留夜引弓一人）。

无双爷爷、阿无因瘟疫死，无双入南阳。

水灾诱发瘟疫，派医者前往江南，明为医治实则加重疫情。

镇岳王遇害，志岳来大周，被瑶光救。

瑶光大闹医仙谷，被谷主囚入地宫，失明。夜引弓大闹朝堂，与清阳争执，清阳黑化。齐弈泽与左千秋同在。陈洛去世。陈洛死，瑶光欲为父报仇。

齐弈泽因瑶光与左千秋决裂。

大周 133 年，无双、志岳进入影牙。

大周 135 年,李婴学艺归来,登基称帝。送齐弈泽《星弈术》参悟,无双在秘籍中得知自身为人妖通婚后裔。

大周 136 年,东昌巡抚陈兵泉被影牙暗杀。影牙结束。

大周 137 年,志岳以间谍身份拜入清阳门下。

大周 138 年,清阳开始运行"盗天机"秘法欲寻天命之人的"七窍玲珑心"为引,正式收志岳为弟子,封号"志岳真人"。志岳代国师府入驻大周朝堂。

大周 140 年,夜引弓灭西夏,志岳密信左千秋欲除夜引弓,南阳来信令志岳杀左千秋。齐弈泽奉密旨修建观星楼,左千秋暗中修改观星楼阵法。无双刺杀夜引弓失败,身负重伤。

大周 142 年,夜引弓打败南阳,孤身归乡南枫村。南枫村是夜引弓的故乡,孤身返乡,因血煞噬心,目露赤光被村民发现。南枫村传出有妖怪出没。

南阳投降,无双和亲。路过江南,祭奠爷爷。

胜遇鸟被左千秋手下重伤,附身红袖。

医仙谷求药,姐妹情深,觅得一花,红袖舍己救人。

瑶光游历归来,发现丢花,悲痛欲绝。

无双、红袖路过南枫村,被南霸天拦路。红袖出手打伤南霸天,齐弈泽来此遇见,被无双骂。

瑶光进南枫村,借看病之名毒死南霸天,小孩不小心将毒药撒入水井。瑶光恐暴露身份暗中掩埋尸体。妖族杀人谣言四起。

清阳告知志岳九州结界事宜,欲寻天命之人。志岳来此掳走孩子,获取清阳信任。

七人被关入观星楼,彻查妖孽行踪。

4. 彩蛋解析

说到彩蛋,可能首先想到的是好莱坞大片,在电影结尾加入彩蛋片段,让人对它的续集产生期待。在剧本杀中,亦可以设置彩蛋。剧本杀彩蛋通常指那些隐藏的、非明显的细节或信息,它们一方面增加了故事的趣味性和深度,另一方面也可能是解开剧情关键的线索。以下是一些常见类型的彩蛋,以及它们在剧本杀中的出现形式。

第一,文本彩蛋。文本彩蛋通常隐藏在角色的对话、私人日记、书信、报纸文章、官方文件、电报以及其他书面材料中。这些彩蛋可能是以谜语、隐语、密码或某种特殊的文体排版,需要玩家识别并解读。例如,一个角色在日记中反复提到某个特定的日期,而这个日期与案件中的重要事件吻合;在一封信件中,每行的第一个字母连起来可能会形成一个隐藏的词或者信息。

第二,视觉彩蛋。视觉彩蛋主要通过图片、符号、场景布置或者颜色等视觉元素来传递隐藏的信息。它们可能需要玩家通过观察画面的细节来发现线索。例如,角色照片中的某个小物件可能与案件有关,一幅画中隐藏有暗示角色关系的符号或图案。场景中的物品被摆放成特定形状,也可能暗示着某种信息。

第三,元彩蛋。元彩蛋是指剧本自身的创作过程或剧本外部的信息。这类彩蛋通常是对玩家的剧本经验或对剧本创作者的学识进行挑战。例如剧本的标题或结尾处暗含下一部剧本的预告。又如创作者在剧本中留下自己的签名或献词,可能暗示玩家要关注某个角色或线索。

正确地运用和设置彩蛋能够极大地提高游戏的趣味性和玩家的参与感。在设计彩蛋时,还需要注意它们与整个故事线的协调性和逻辑性,确保彩蛋的存在能够合理地推动剧情的发展。

【创作实践任务】

结合本讲学习的知识,将前几讲创作的剧本进行完善,并设计出一套简单的主持人手册。

要求:主持人手册不少于1 500字。

第九讲

反复打磨你的作品

一、打磨剧本的重要性 / 207

二、初稿完成后的基本审查 / 207

三、第 N 次测试 / 210

一、打磨剧本的重要性

要知道,初稿往往只是创作剧本的一个起点。作品完成初稿后,要达到理想状态,需要经过多轮的审核、修改。就像雕刻师敲击石料,画家将色彩层层叠加在画布上一样,创作剧本同样需要反复打磨、精雕细琢。在这个过程中,创作者需要不断地反思和调整,才能保证故事的连贯性、逻辑的准确性、人物的真实性、谜题的公正性。尤其对于这种侧重情节推理、线索设计的剧本杀游戏,更需要创作者去花一番功夫来反复打磨。

当然,剧本杀的创作可视为一种反复的迭代艺术,它不像电影剧本,一旦拍出来就再也难以更改,剧本杀作品可以在玩家一次次的游戏过程中完善升级。创作者每次的修订都是让自己的作品精益求精的过程,每次的测试都是对创意进行验证的过程。与众不同的是,在此过程中,创作者能够从玩家的反馈中学习,从而对自己的作品有更深入的认识,同时这种不断的迭代也使作品本身更趋于成熟和完善。

二、初稿完成后的基本审查

剧本杀初稿完成时,一个关键的阶段就此展开——基本审查。它关系到剧本能否构建一个稳固的基础,为后续的测试和修改奠定基础。接下来将详细探讨如何进行初稿的基本审查。

(一)你的故事有漏洞吗?

初稿写完后,首先要做的就是对故事的完整性与逻辑性进行仔细检查和校验,对于剧情的起承转合以及各个部分是否形成有机的统一体,要做到心中有数。

逻辑连贯性要求剧本中的事件和角色行为必须基于一定的逻辑顺序和原因。首先,要进行故事结构的审查,对剧情的引入、发展、高潮、结局有一个清晰的界定。确保故事的条理通顺,不会出现逻辑上的悖论,也不能忽视预留的悬念问题。之后要检验事件的合理性。各主要事件要有足够充分的动机和相关背景作为支撑,尤其注意各事件的重要转折部分,对其必要性和可能性进行仔细审查,避免出现基础问题,如作案动机生硬不充足、凶案不符合逻辑等情况。各事件的重要转折部分,尤其要加以详细审查。最后,要进行因果关系串联,确保事件之间的因果关系清晰,避免出现逻辑断裂。每个事件的发生都应有合理解释,每个结果都应有明确起因。

(二)你的人物有漏洞吗?

人物剧本可以说是剧本的核心要素,它是玩家可以直接接触到的文本,人物的好坏,首先影响的就是玩家的体验。假如说,现在你正在体验一场剧本杀游戏,其他角色互动聊天非常多,唯独你的人物剧本和其他玩家基本上没有关系,那么你的体验会怎样?又假如说,你体验一场情感类剧本杀,故事设定你与一位女性角色有情感关系,但是故事发展过程中你们二人完全没有情感的羁绊,所有的爱都是莫名产生的,整场体验下来绝对会让你感到无聊。

所以说，人物剧本的审查尤为重要。

检查人物剧本的漏洞，可以从以下几个方面进行：

1. 人物故事是否清晰

每个角色都应有清晰的背景故事、明确的性格特征和动机。这些因素应该相互支持，共同推动故事发展。很多时候，创作者的思路是非常清晰的，但可能因为人物前史的原因，使人物有了某种性格和动机，却未在剧本中表述清晰，导致玩家对于自己的行为动机不清晰、不理解，从而影响对此人物的体验感。除此之外，还经常会出现一种情况，因为一部剧本杀作品包含多个人物剧本，所以每个人物都会与其他人物产生一定的交集，那么就需要检查一下故事情节是不是对得上。例如在人物甲剧本中，某个时间段他和乙有一场对话，但是在人物乙的剧本中，这个时间段他却在做其他事。这基本上表明情节对不上，当然也不排除将这种手法作为剧本的一种特殊设定，比如人物其实是双胞胎。

2. 人物动机是否合理

角色的每一个重大决定和行为都应基于其性格和背景而合理地推导出来。不合逻辑的行为会破坏玩家的游戏体验。

3. 人物关系是否丰富

角色之间的关系要有助于推动故事发展，复杂的关系网可以增加剧本的层次感和吸引力。

一般在人物剧本的设计过程中，就已经明确好人物关系、人物动机了，当然，创作者完全可以在写作完成之后再进行一次完整的检查。

（三）行文语言怎么样？

对于剧本杀的行文语言，很多创作者认为无关紧要，其实不然。准确和生动的语言表达可以大大增强剧本的吸引力。在剧本杀作品中,描述人物、故事、情节的基础语言和人物对白,不一定要华丽,但是一定要有用,这个"有用"该怎么理解呢?简单来说就是表达清楚,易于玩家理解;情感真挚,易于引起玩家共鸣。

我们可以从以下几个方面来检查自己的语言:

1. 语言风格统一

检查文本中的语言是否符合剧本的整体风格和背景设定。例如,历史剧本应使用符合时代背景的语言。

2. 场景描述详尽

场景描述应详尽到能让玩家清晰地想象出具体情况,增强沉浸感。在这个过程中,我们可以充分利用自己的感官来体会真实感,如视觉、听觉、触觉描述等,例如描述一片森林:在阴森的森林深处,黑暗如漆,枯枝摇曳,仿佛一头蛰伏的怪兽在嘶吼。

3. 对白自然流畅

人物对白要自然,贴近角色的性格和背景。避免使用生硬或不符合角色身份的语言。例如一个开朗的人和一个内向的人说话的语气必定是不同的,一个心里有鬼的人和一个刚直不阿的人在表达观点的时候是天差地别的,其中的具体差异就需要我们在生活中留心,在写作中注意。

三、第 N 次测试

(一)内部测试和公开测试

剧本测试不仅是为了验证剧本杀游戏设计的有效性,更是优化剧本和提升玩家体验的关键步骤。内部测试通常是测试阶段的第一步,它允许创作者在一个受控环境中观察游戏的初步表现。在这个阶段,参与者通常是剧本的创作者、内部成员或专业的测试人员,他们可以提供专业的反馈。内部封闭测试的目的主要是检测游戏机制的有效性、故事逻辑的连贯性以及角色设计的合理性。这一阶段是发现大的疏漏和错误的关键时期,如剧情中的逻辑错误或角色行为的不一致等问题。当内部测试修改后的剧本稳定之后,引入公开测试可以进一步扩大反馈的范围。公开测试的参与者,大部分情况下是随机邀请的游戏玩家,因为他们的反馈能更真实地反映市场的接受程度。

(二)数据收集与反馈分析

在内部测试和公开测试结束之后,最好要进行数据的收集和分析。通过收集数据,进一步分析剧本中出现的问题。

在剧本杀的测试阶段,主要收集以下几种数据:

1. 玩家行为记录

通过决策选择、对话互动、解谜方法等对玩家在游戏中的行为进行观察和记录,对玩家在特定情境下的行动方式及其对剧情的反应有深入了解。

2. 玩家反馈收集

这其中既有调查问卷,也有口头访谈,最好还要有一次公开的反馈讨论会。问卷可以设计成结构化的,对剧情诉求、角色深度、游戏难度等具体要素进行打分。而公开的采访,则能收集玩家内心深处的想法。

3. 反馈循环的建立

将分析结果反馈给设计和开发团队，形成闭环迭代，不断调整和优化游戏。这一过程中可能涉及多次的微调和再测试，以确保每次修改都能有效提升游戏体验。

（三）从数据到行动：实施改进

经过初步测试之后，把所得数据转化为行动并在剧本中进行实际的修改是至关重要的一步，主要涉及的有故事内容、情节逻辑、线索设计、游戏机制等的调整。

如数据指出某些剧情点不能引起玩家的兴趣或达不到预期效果，就需要对这些剧情进行重写或调整，以增加故事的紧张感和兴趣点。方法有：增加更多背景资料、改变事件的发展顺序或加入新的转折点等。

玩家的情感反应也是测试的重要环节，如果玩家的情感反应没有达到预期目标，可以试着调整故事的情感弧线，例如增加悲剧性元素或喜剧效果，以匹配玩家的情感需求和预期。

对游戏机制的调整往往需要更多次的测试和修改，比如优化难度级别。如果测试表明某些谜题或任务过于简单或过于困难，那么可以根据玩家的能力和偏好调整难度。再比如增加玩法的多样性。为了增强游戏的重复参与率，可以根据测试数据引入更多的玩法和分支。

（四）内容的持续优化

在内容持续改进的过程中，创作者不可避免地要面对很多质疑，以及建议、询问与反馈。此时一定要遵循几条重要的原则，才能保证作品的原有特质不被破坏。

1. 核心思想不能动摇

在根据玩家反馈不断改进与优化作品的同时,一定要保持最初的核心思想与特色不变,尊重游戏本身的基本规则和玩法,坚持自己所重视与喜爱的设计,使游戏保持独特性和吸引力。

2. 耐心听取玩家的反馈

由于玩家是剧本杀的最终体验者,所以他们的反馈是改进游戏十分关键的要素。在着手修改作品的时候,要关注玩家的需求和期望,因为每个人对自己所扮演角色的共情往往都会更加透彻一些。

3. 保持游戏平衡性很重要

在修改游戏内容时要注意保持平衡性,避免因过度调整而产生游戏体验失衡或不公平的情况发生。每个角色在场上都要有其意义,可以这么说,每个玩家在拿到属于自己的剧本之后,都会获得一段精彩的人生经历,这也恰恰说明了游戏平衡性很重要。

4. 要稳步推进、逐步迭代

对剧本的改进应该是逐步迭代的,而不是一次性的。当然如果创作者发现自己在主题、立意等大问题上出现了错误,要对剧本加以全面推翻,这个建议完全可以忽略。通过缓步调整和测试,可以避免让剧本失控。逐步迭代的修改方式可以让作品内容更易于被玩家接受和消化。

5. 持续评估和反馈

需要说明的是,改进过程往往需要一段相当长的时间才能完成。不断邀请新的玩家对自己的剧本进行测试,本身就是一件具有挑战性的事情,而更难的问题是如何持之以恒地改进下去。

通过审查测试后，就可以开始着手准备发布剧本杀作品的流程了。先安排好剧本的排版工作，制作好封面、图库、线索卡、道具等，与发行商签订完整的合同。

要对自己所有的创作内容进行版权登记，这是保护知识产权的关键，很多年轻的创作者往往忽略了这一点。

接下来就可以耐心等待你的剧本杀作品与玩家见面了。

【创作实践任务】

结合前面学习的知识，反复打磨已完成的整套剧本杀作品。

要求：打磨出最终的剧本杀作品。

第十讲

剧本杀作品赏析

一份完整的主持人手册

剧 本 简 介

1. 剧本类型

古风、机制、还原、情感。

2. 物品清单

(1) 人物剧本:每个角色1本,共7本。

(2) 主持人手册:1本。

(3) 道具如下:

锦囊:7个。

破冰机制卡:1张规则介绍、7张攻击卡、7张防守卡。

破冰任务卡(分本卡):长枪(夜引弓)、团扇(红袖)、拂尘(清阳上人)、优昙婆罗花(瑶光仙子)、围棋(齐弈泽)、紫金葫芦(志岳真人)、圆形龙纹玉佩(无双公主)。

技能卡:每人2张(共14张)。

行动顺序卡:7张(依次标明一至七)。

南枫村、大周地图各1张;七星卡片7张。

星光80个、通天引7个、材料卡71张。

星光押注表1张。

(4) 线索卡如下:

第一幕:地点线索卡21张,另有深入线索卡2张,共23张。

第二幕:公共线索卡16张;个人线索28张。

第三幕:公共线索卡8张。

(5) 音频：《二十四桥明月夜（郑连华）》《痴情冢》等。

3．游戏时间

5—6个小时。

4．读本建议

(1) 游戏期间应全身心投入角色，交谈过程中应使用角色名称，禁止出现"我的本里没有""我发誓×××"等。

(2) 故事演绎期间会有相对应的搜证环节，玩家应全力完成每一幕对应的任务，不可轻易放弃。

第一步：破冰环节

一、游戏背景

主持人话术：大周8年，妖族猖狂至极，为祸世间，周太祖李衡怒发"诛妖令"，北伐妖荒。在座的七位小友想必便是揭下皇帝"诛妖令"的侠士了，以下有七件法宝可供小友们选择，大家可自行分配，挑选合适的法宝以便对付妖族。

二、物品选择

通过以下任务卡选择，决定玩家角色，男女玩家分开进行。

长枪（夜引弓）、笛子（团扇）、拂尘（清阳上人）、优昙婆罗花（瑶光仙子）、围棋（齐弈泽）、紫金葫芦（志岳真人）、圆形龙纹玉佩（无双公主）。

玩家强烈要求之下，情侣玩家可分派：志岳真人——无双、齐弈泽——瑶光。

注：若男女比例不是4∶3，可以适当调整，询问反串者，然后

再行分配。物品均与人物剧本设定有关,提醒玩家注意隐藏卡片背后的人物技能,同时,材料卡将会影响每个人的最终打斗环节,游戏期间请尽量多地获取材料卡以积攒优势。

三、游戏机制

(1) 每人手中持有三种诛妖材料、一对攻防卡以及一张个人技能卡。本环节共有三轮,每回合开始前七人可选择自己在本回合的攻、防角色,与妖族进行对抗。妖族的攻防具体数值未知。未取得胜利之前妖族攻防数量不会改变。

(2) 若人族攻势≥妖族防守,且人族防守≥妖族攻势,则人族胜利,每人获得一张材料卡。反之,不获得材料卡。

(3) 每回合结束时主持人宣布攻城/守城胜利,具体情况无须透露。

(4) 若玩家第一轮胜利,主持人根据现场情况调整妖族攻防数值,通知玩家妖族攻防数量更换,继续打斗。引导玩家在游戏期间完成个人任务。

(5) 妖族数值分配:攻守总和为6,主持人可自行分配。(建议分为6∶0、1∶5)

四、玩家个人任务

(1) 神勇(夜引弓):若一直攻击,则战斗结束后额外获得一张材料卡。

(2) 阵法(清阳上人):前两轮防守最后一轮进攻,则额外获得一张材料卡。

(3) 召唤(红袖):在其中一次行动中,拉拢现场所有女性玩家一起防守,则额外获得一张材料卡。

(4) 魅者(无双公主):在其中一次行动中,引导四名男性玩家同时进攻,则额外获得一张材料卡。

(5)医师(瑶光仙子):前两轮进攻最后一轮防守,则额外获得一张材料卡。

(6)弈者(齐弈泽):若一直防守,则战斗结束后额外获得一张材料卡。

(7)方士(志岳真人):在其中一次行动中,拉拢魅者一同进攻,则额外获得一张材料卡。

注意:此环节意在破冰,主持人应根据现场情况控制游戏节奏。

五、分发剧本

破冰结束之后根据每人所选物品,分发对应的角色剧本,进行角色介绍(4男3女)。

清阳上人:仙风道骨、鹤发童颜的国师,大周开国皇帝的挚友,如今已有百余岁。

志岳真人:大周国师府掌事,忠心耿耿、周到细致,带领国师府争斗朝堂。

夜引弓:37岁的大周武将,骁勇善战,官拜一品,受勋上柱国,有"杀神"美誉。

齐弈泽:齐国公府唯一的小公爷,22岁,现为大周第一纨绔子弟。

红袖:南阳和亲公主贴身侍女,忠诚善良、武艺高强。

无双公主:南阳和亲公主,美貌倾城、机智聪敏。

瑶光仙子:不染凡尘的在世医仙,白布蒙眼,似有眼疾,性格内敛,清雅脱俗。

第二步：主持人介绍背景

楔 子

大周 8 年，有妖作《食人贴》，猖狂至极，为祸世间。周太祖李衡怒发"诛妖令"，北伐妖荒，一剑斩断妖族气运金龙。妖族灭族，再无风浪。

大周 122 年，江南忽有大妖出世，引发水灾。幸得隐仙逍遥子出手，将其封印。后逍遥子入京收徒大周公主李嫛，携弟子遁隐天外天。自此仙人绝迹，人间再无仙踪。

大周 132 年，周宣帝李承奇驾崩，因其膝下无子，宗室朝堂陷入立储之争，内斗不休。同年，江南再起水祸，传言大妖破除封印，重见天日，一时死伤无数，民不聊生。祸不单行，南阳与西夏二国趁机合攻大周，连下三州之地，仅余阴山一城；江南又起瘟疫，大周陷入水深火热之中。

大周 135 年，公主李嫛自天外天归来，手持传国玉玺，得宰辅左千秋支持，以无上皇威肃清宗室纷争，登基称帝。

大周 140 年，大周将军夜引弓踏破西夏皇都，西夏灭国。

大周 142 年，南阳皇帝自降南阳王，归降大周，献上公主无双与大周和亲。南阳成为大周属地，天下一统。

然人乱虽平，妖祸又起。女帝李嫛登观星楼，借星辰推衍之术探寻妖孽踪迹，以七星溯源之法将线索锁定至七人之中……

第十讲 剧本杀作品赏析

第三步:第一幕研读剧本

读本期间播放背景音乐,同时准备材料卡、线索卡、地图等搜证所需物品。

请大家认真研读第一幕剧本,阅读到"天机不可泄漏,阁下留步"即可。

1. 剧场演绎

主持人左千秋(NPC)带领大家阅读小剧场1

小剧场1

观星楼内突然传来响亮的笑声,你们七人纷纷走出自己的房间,发现一男子慢慢踱步走来,四下打量着你们。

待这人靠近,志岳首先开口了:想不到左大人竟也在此,志岳问候宰辅大人。

那人微微点头,转向清阳上人道:清阳上人受惊了,也请诸位小友安心。近日京城之中妖言四起,圣上借星辰推衍之术追溯因果,发现此事竟与各位有关,不过念及各位修为深厚,若任由施展,只恐将观星楼闹个天翻地覆,左某请下了人皇金敕①,将汝等挪移入此,并封住了修为,万望海涵。

清阳上人:不知圣上所为何事,还请左大人明示,本座亦好为圣上分忧。

左千秋:实不相瞒,本相也是临危受命。南枫村一事,不知诸

---

① 人皇金敕:敕令,就是一种法令,古代皇帝拥有敕封神明的权利,比如秦始皇泰山封禅,关羽在明神宗时期被敕封为三界伏魔大帝,所以这里采用的世界观是人皇颁布的法令拥有言出法随的功效。所以称为"人皇金敕"。

位是否有所耳闻。

无双：南枫村？我与袖儿来此之前恰好经过。村中确有妖族传闻。

左千秋：想必这便是南阳国派来和亲的公主了。早听说无双公主容貌天下无双，今日终得一见，老夫荣幸之至。

红袖拽了拽无双的胳膊，说道：公主，此人岂不是南枫村所见公子吗，看起来竟是如此面熟？

齐弈泽：我乃齐国公府齐弈泽，见过红袖姑娘，见过大家。

左千秋：诸位不妨趁此相识一下，也好彼此互通有无。

瑶光：医仙谷瑶光见过诸位。小女子来此之前曾在南枫村义诊治病。

夜引弓：哦？看来各位都曾到过南枫村了？

清阳上人：想不到夜引弓将军竟也在此。听闻将军拒绝了圣上御赐的京中府邸，回返祖地南枫另起宅院，不知现在如何。

夜引弓：劳上人费心，京中人多清贵，夜某不过一介武夫，还是乡下住得舒坦。

清阳上人：夜将军自谦了，谁人不知晓你夜引弓的威名。本座乃国师府清阳，给小友们问好。这是我的徒弟，志岳。

志岳：贫道志岳。原来夜将军竟是祖籍南枫？

夜引弓：如今天下归一，不过是早些体会将来解甲归田的生活罢了，只是夜某居于村中曾听闻有妖族余孽掳掠村中数人。

左千秋：看来南枫村一事诸位皆有参与。圣上为此担忧，夜不能寐。妖族不除，我大周一日不得安宁。请诸位来，便要彻查南枫村之事。一是人口离奇失踪，二是南霸天一家五口遇害，三是妖怪出没之事。还望诸位好好配合才是。

这时,左千秋伸手唤来一面略闪金光的铜镜,中有点点光芒映入眼帘。齐弈泽走上前去查看,发现此镜并非实物,似一道流光飘浮空中。

清阳见此情景不免大呼:想必,这便是前尘镜了。

左千秋说道:国师果然见多识广。此镜乃星光幻象凝结,伸手触碰,便能获取神意。愿诸位能从中得到有用的线索。南枫村之事若不查清,呵呵,恐怕各位便难以走出这观星楼了。

2. 公聊环节

玩家公聊15—20分钟,主持人引导玩家进行自我介绍,还原南枫村真相,完成个人任务。

3. 搜证环节

左千秋(NPC)话术:南枫村之事,前尘镜提供了诸多线索,可供诸位查看。各位可按照此地图指示,进行搜索。

发放南枫村地图,引导玩家按照地点依次公开搜证,地点顺序由所有玩家商讨后共同决定。此阶段所有线索均为公开线索。

本环节公开进行,无须单独搜证。玩家依次选择其中任意一个地点,主持人现场将该地点所有相关线索公开,依此类推,直至线索全部公开完毕。

4. 搜集材料环节(15—20分钟)

左千秋(NPC)话术:这观星楼内藏有无数宝贝,若完成各自任务,可获得随机掉落的材料卡,诸位务必妥善保管,一旦丢失,老夫概不负责。同时各位自身所对应的七个星象之中也藏有稀奇珍宝,各位一一对应即可发现。

主持人发放七星卡片,引导玩家根据卡片提示选择自己对应的星象,玩家可持此卡片在物品搜证环节兑换一张专属材料卡。

七星卡片只能使用一次,每人仅限持有一张(使用即收回),可随机交换(此任务可延续至第二幕)。

夜引弓:【白虎之牙】——武曲　　清阳上人:【空骨冷柏】——禄存

瑶光仙子:【清净竹】——破军　　齐弈泽:【镇山青石】——文曲

志岳真人:【葬沙骨】——巨门　　无双公主:【扶桑木】——廉贞

红袖:【帝流浆】——贪狼

视情节还原情况,适时引导各位玩家,依次外出,检验支线任务的完成情况并且每人发放材料卡两张。

对照个人支线任务,依次提问,查看玩家故事还原程度。如果玩家一个任务都没完成可减少一张材料卡。回答时意思点到即可。

个人支线任务如下:

红　袖

(1) 查清七月初六当晚,无双公主的踪迹(前往夜府,刺杀夜引弓)。

(2) 查清黑袍出现在南霸天家的原因(黑袍是清阳上人,因南霸天在国师府打闹,体内遭受清阳禁制)。

(3) 隐瞒当晚收到密信一事。

无双公主

(1) 查清当晚夜引弓的去向(村西乱坟岗,祭奠白羽军。后被齐弈泽和瑶光认成妖物,三人打斗)。

(2) 查清南枫村出现赤光妖物的真相(赤光妖物是夜引弓,血煞噬心)。

(3) 隐瞒自己打算杀夜引弓的事情。

夜引弓

(1) 找回血煞噬心后丢失的记忆(乱坟岗突袭齐弈泽和瑶光,

齐弈泽受伤,瑶光使用惑心散)。

(2) 查清南霸天和齐弈泽的真实关系(远房表亲,大周140年偷运劳工传播妖族害人谣言)。

清阳上人

(1) 隐瞒自己在南霸天身体中下禁制一事。

(2) 隐瞒自己运行"盗天机"秘法,将孩童丢失之事引导为妖怪作乱。

(3) 南枫村出现赤光妖物的真相(赤光妖物是夜引弓,血煞噬心)。

志岳真人

(1) 查清杀害南霸天一家五口的凶手(瑶光给南霸天下千机引,另外四口意外死于断肠散)。

(2) 隐瞒在南枫村掳掠孩童的事情,将孩童丢失之事引导为妖怪作乱。

(3) 暗中查明清阳上人让你掳掠孩童的真实目的(运行"盗天机"秘法)。

齐弈泽

(1) 探清瑶光身份,若其为陈潇,请替其隐瞒。

(2) 帮助瑶光寻找女童阿菁的真实下落(被志岳掳掠至国师府)。

(3) 隐藏大周140年你与南霸天搜罗劳工之事。

瑶光仙子

(1) 隐瞒自己杀害南霸天一家五口的真相。

(2) 查清女童阿菁的真实去向(被志岳掳掠至国师府)。

(3) 查清南枫村出现赤光妖物的真相(赤光妖物是夜引弓,血煞噬心）。

5．投票环节

投票选出杀害南霸天的凶手。

6．故事复盘（10—15分钟）

引导玩家公开自己在南枫村的全部行动，彻底还原南枫村真相（注意不要透露第二幕相关剧情）。

第四步：第二幕研读剧本

左千秋（NPC）：南枫村一事，现已查清，所谓妖族传闻皆是谬论。但大周近些年来，流言四起并非空穴来风。今日圣上通过七星溯源之法断定，你们七人之中必定藏有妖族余孽。还请各位再仔细想想，尽快将妖族捉拿归案才是。

下面开始研读第二幕的剧本，请大家阅读到"天机不可泄漏，阁下留步"即可。

读本期间播放音乐，如《二十四桥明月夜（郑连华）》，同时准备材料卡、线索卡、地图等搜证所需物品。

1．公聊环节

玩家公聊20—30分钟，讲述个人故事，尝试寻找妖族。

2．搜证环节

本轮搜证环节每人三条人物线索（不可选取自己的线索卡）、两条公共线索。

3．玩家公聊

30—40分钟，完成个人任务，找到妖族踪迹。

4. 私聊/搜集材料环节(15—20分钟)

若有需要可引导玩家进行私聊，进一步完成个人支线任务或自由更换七星卡。

私聊结束，引导各位玩家，依次外出，检验支线任务的完成情况，每完成一条支线任务可获得一张材料卡。

未使用的七星卡片可继续兑换专属材料卡。

夜引弓：【白虎之牙】——武曲　　清阳上人：【空骨冷柏】——禄存

瑶光：【清净竹】——破军　　齐弈泽：【镇山青石】——文曲

志岳真人：【葬沙骨】——巨门　　无双公主：【扶桑木】——廉贞

红袖：【帝流浆】——贪狼

个人支线任务如下：

红　袖

（1）自被剑客击败后，四处漂泊流浪，妖族至宝鸟纹木匣也流落民间，听闻有人练就妖法，涂炭生灵，现需查清鸟纹木匣以及妖族秘法下落。待逃出观星楼，将二物带离人世间，避免再生祸乱。

（2）大周132年水灾瘟疫横行，大周140年京郊地区大量人口失踪，妖族传言四起。但你清楚，除了水灾之事因你弄巧成拙之外，其余事情皆与妖族无关，概因人为嫁祸。查清事情真相，还妖族清白。

（3）天下妖族已寥寥无几，你能感知到无双公主身上残存的妖族血脉之气。探清无双公主的真实意图，尝试拉拢她加强妖族力量，走出观星楼。

（4）隐藏自己的妖族身份。

无双公主

（1）你的队友"牙"早已潜伏在大周，但是卸下伪装的他究竟是什么面貌你并不知晓,找到"牙"并向他传达刺杀左千秋等大周之人并引起骚乱的任务。

(2)当年江南瘟疫导致阿无命丧黄泉,但"影牙"的情报系统探查出当年瘟疫并非天灾,借助前尘镜寻找瘟疫起源与扩散的原因,找到害死阿无的凶手。

(3)南霸天的尸检结果让你感觉到有一丝不对,但你一时之间无法想起异常出于哪里,请结合南霸天的尸检情况,仔细思考异常之处。

(4)隐藏自己妖族血脉及"影牙"身份。

夜引弓

(1)当日你启动血煞炼魂,引得天雷滚滚,原本你将身葬天雷之下,却不料活了下来,炼成了血煞魂兵。但是你知道天雷并不是你挡下的,这件事另有隐情,你要查清楚当年天雷消失的原因。

(2)血煞炼魂之术刻在一个鸟纹木匣内,当年被你意外获得,但木匣的来历你并不知晓。查清木匣的来历,或许这对复活白羽军有帮助。

(3)你是大周的护国将军,无论朝堂动荡如何,你必忠心守护大周。找出意欲危害大周之人。

(4)隐瞒自己血煞噬心的真相。

清阳上人

(1)想要彻底启动"盗天机"需要天命之人的心魂,然而天命所系,并非唯一,天命之人与你当年启动九州结界护佑大周之地息息相关。查清大周132年阴山与江南发生之事,找到与两者俱相关的天命之人。

(2)人力终有尽时,单单依靠你一人之力已不足以支撑九州结界的运转。请你思考,是找寻到天命之人,取其心魂,从而杀一人而救苍生;或者放弃"盗天机"秘法,关闭九州结界,归还孩童灵魂之力,迎接自己的死亡,将未来交给年轻人(注意:关闭九州结界,将无法再用法力去除各地出现的天灾人祸,有可能会造成大周短暂的动荡)。

(3)你的弟子志岳行事沉稳可靠,将国师府打理得井井有条,你准备将他选为自己的传人,但是你对他以前的经历并不十分了解,请探查出他的过往,验其心性,确认他是不是你合格的传人。

(4)隐瞒自己运行"盗天机"秘法。

志岳真人

(1)你的队友"影"已经来到大周,但是卸下伪装的她究竟是什么面貌你并不知晓,找到"影"并向她询问影牙下一步的行动,配合她完成"影牙"的任务。

(2)当年流落江南之时,你被名为陈潇的白衣女童所救,虽然时间已经过去了许久,当年对她存有的一丝懵懂情意现在也已经消失,但当年她的失踪对你而言依旧耿耿于怀,请利用前尘镜找寻出陈潇的下落。

(3)司天监与观星楼的成立使国师府陷入一个比较尴尬的地位,这大大阻碍了你对大周的把控,找到创建司天监与观星楼之人,弄清楚观星楼建立的来龙去脉,知己知彼,以方便你对司天监的谋划。

(4)隐瞒自己"影牙"及西夏世子身份。

齐弈泽

(1)陈洛当年被判抄家流放,后传出他畏罪自杀的传闻,虽然你知晓陈洛蒙冤,但是此刻若传出陈潇的消息恐怕会对她不利,所以请探查出陈洛一案的真相,还陈洛清白。为了陈潇安全着想,不要主动说出陈潇的身份。

（2）世人只知齐弈泽是京中纨绔,却不知左千秋之事以后,加之李矍的知遇恩情,现如今,你已经坚定了要守护大周的决心。南阳密探"影牙"如今混入你们其中,请查清真相,并尽力阻止二人的行动。

（3）李矍密信传出,欲清理朝堂,削弱国师府与夜引弓的力量。司天监在你的带领下已暗中增派人手、壮大实力作为日后大周的御林军团。而当年江南地区水灾肆虐,概因妖族余孽胜遇鸟引起,派你查清此事的真相。

（4）隐瞒自己与李矍密谋以及修建观星楼之事。

瑶光仙子

（1）你知晓你父亲陈洛的品性,他必然是蒙冤而死,你要找到事情的真相,还父亲一个清白。

（2）阿菁与其余孩童被拐入国师府中似乎另有隐情,你的父亲和师父都对国师很是尊敬,他们也不是会被轻易蒙蔽而人云亦云的蠢笨之辈,但清阳国师如今所作所为甚是可疑,所以请探查出国师府藏纳孩童的真正原因。

（3）当日星光落下时短暂复明的惊鸿一瞥并非只是幻觉,你在此之后发现自己有一种预感,似乎应该可以凭借七窍玲珑心"看"到一些东西。而今日,你的七窍玲珑心便触动了,你凭借七窍玲珑心看到一面写着"白羽"二字的陌生军旗,但是无论是大周还是南阳,包括已经覆灭的西夏,皆无"白羽"这个军号,为什么这个军旗可以引动你的七窍玲珑心,你需要知道这面军旗究竟代表什么。

（4）隐瞒自己是陈洛之女陈潇的身份。

5. 投票环节(5—10分钟)

请玩家投票选出妖族之人。主持人将票数最高者带离房间,回收一张材料卡后带回。

主持人(左千秋)话术:本相适才回禀圣上,圣上以星辰推衍之术追寻到你们其余人身上仍旧有妖族气息,你们竟敢愚弄本相!今日,若寻不到所有的妖族余孽,谁也别想出这观星楼!

第五步:研读第三幕剧本

NPC:下面开始研读第三幕的剧本,请大家阅读到"天机不可泄漏,阁下留步"即可。

1. 剧场演绎

小剧场 2

几个时辰前还带你们进入观星楼的宰辅左千秋,突然身亡。随着他的应声倒地,楼内星光尽凝于高高悬在空中的观星台之下,七颗星辰显现,呈连珠之势,弥漫无穷杀机。

你们七人站立在房间中央,看着倒地的左千秋,他的尸体正在逐渐变凉,左胸口的利器伤有鲜血流出,面目狰狞,死前似有剧烈打斗。

齐弈泽首先开口了:师父今日遭此毒手,泽儿悲痛欲绝,观星楼与世隔绝,凶手必在我们中间,还望诸位坦白。

红袖不耐烦地说道:听你的意思,倒像是此事与你无关,难道全是我们六人为非作歹吗?

无双见此上前拉住红袖的袖口,不紧不慢地说:阿袖不要性急。小公爷所言并非此意。既然这观星楼外人无法进入，宰辅又遭此毒手，可见凶手，必在我们七人之中。

志岳补充道：此前几个时辰，诸位是否一直待在自己的房间？

瑶光冷笑一声：哼，看来志岳真人从未出过自己的房间了？

听闻此语，志岳不再说话。

黑暗中，夜引弓盯着清阳上人，说道：我等七人今日入这观星楼，本就疑云重重，宰辅生前曾言有妖人混入其中，在下看来，此事定与妖族脱不了关系。

清阳微微点头，最后一个开口说道：本座刚刚探查清楚，左大人的身死启动了观星楼的自毁阵法，若在自毁前我们找不到逃出去的钥匙，恐怕我们……

打开星门的钥匙应该就在杀死左千秋的凶手身上，不管是为了左千秋还是为了保全自己的性命，此刻都要查清凶手。

黑暗似乎正一点点加重，前尘镜在此时又开始隐隐发光……

2. 公聊、搜证环节

玩家公聊30—40分钟，找到杀害左千秋的真凶。

本轮搜证环节每人发放一条公共线索，其中有一人获得两张线索卡，均为公开线索（共八张）。

玩家随机抽取材料卡若干张（视材料卡剩余数量均分即可）。

分发装备技能卡，提醒玩家，个人装备只可在炼宝环节发挥作用。除抚尘剑与白羽军旗外，其余装备在炼宝结束后即收回。

夜引弓：白羽军旗

清阳上人：抚尘剑

瑶光：七窍玲珑心

齐弈泽：司星令

志岳真人:"牙"

无双公主:"影"

红袖：赤羽

3. 投票环节(5—10分钟)

请玩家投票指认凶手。

凶手为无双,在《千里江山图》中用匕首击杀左千秋。

第六步：研读第四幕剧本

NPC：下面开始研读第四幕的剧本,请大家阅读到"天机不可泄漏,阁下留步"即可。

1. 私聊环节(20—30分钟)

NPC话术：炼宝阁已经开启,诸位可参照炼宝规则自行前往。在此期间若有不解之事可自行相商。注意,炼宝阁只开启两刻钟,愿在坐诸位把握时间,得偿所愿。

注意：需要引导玩家认真阅读炼宝环节规则。每人仅有两次机会进入炼宝阁。单次炼制星光数量不受限制。个人星光不可交换。

提前熟悉各位玩家装备的使用效果。提醒玩家个人装备只可在炼宝环节发挥作用。除抚尘剑与白羽军旗外,其余装备炼宝结束即收回。

2. 炼宝环节

(1) 引导玩家依次进入炼宝阁炼制星光。

(2) 根据炼宝规则发放每人炼制的星光,除抚尘剑与白羽军旗外,收回其余装备。

（3）除炼宝所得的星光外，每人额外获得 6 点基础星光以及个人技能。

以下两种材料同时使用可炼制 1 点星光：

【陨幽玄铁】【万载玄冰】

【三光神水】【清净竹】

【菩提子】【朱果】

【首阳赤铜】【镇山青石】

【地脉龙晶】【白虎之牙】

【葬沙骨】【龙骨青金】

【扶桑木】【金乌之羽】

以下三种材料同时使用可炼制 2 点星光：

【星绸灵银】【云深花酿】【灵泉松木】

【空骨冷柏】【蕴火血芝】【不周流砂】

【九幽玄黄水】【羊脂玉】【帝流浆】

【一元重水】【元磁精金】【玄黄之气】

【辰火硫骨】【云纹古木】【青帝藤】

个人装备及效果附后：

夜引弓

白羽军旗（装备）：持有该装备，可单独使用【白虎之牙】炼制 2 点星光。

清阳上人

抚尘剑（装备）：持有该装备，可单独使用【空骨冷柏】炼制 2 点星光。

瑶　光

七窍玲珑心（装备）：持有该装备，可单独使用【清净竹】炼制 2

点星光。

齐弈泽

司星令(装备)：持有该装备,可单独使用【镇山青石】炼制 2 点星光。

志岳真人

"牙"(装备)：持有该装备,可单独使用【葬沙骨】炼制 2 点星光。

无双公主

"影"(装备)：持有该装备,可单独使用【扶桑木】炼制 2 点星光。

红　袖

赤羽(装备)：持有该装备,可单独使用【帝流浆】炼制 2 点星光。

第七步：研读终幕之战剧本

NPC：下面开始研读终幕之战的剧本,请大家阅读到"天机不可泄漏,阁下留步"即可。

主持人熟悉机制规则：

你们几人纷纷前往炼宝阁炼制星光,彼此心照不宣。观星楼内一时间星光闪耀。一场大战似乎就要爆发了。

突然之间,辉煌灿烂的炼宝阁轰然倒塌。所幸你们已经离开了那里。

星光逸散,星门通道渐渐地陷入无边的黑暗之中。

前尘镜的声音再次响起：

"观星楼即将倒塌，需要持有通往外界的信物通天引才可顺利走出星门。

"一、星门此后每隔一刻钟开启一次，六刻钟之后，星门将自毁。届时，没能顺利走出观星楼的人将彻底迷失在黑暗之中……

"二、每轮星门开启之时，你们可抽取行动顺序，按照行动顺序轮流进入其中注入星光，每轮注入星光数量最多者将获得通往外界的信物：通天引。若最高数量持平，则本局不产生信物。

"三、星门每次仅出现一枚通天引。一局之内若押注星光总数低于7颗则无法照亮通道，该轮通天引消失。

"四、在此期间，你们可使用个人技能进行博弈。个人星光禁止交换。

"五、一枚通天引可带领一人走出观星楼。一人可获得多枚。个人获得的通天引可自行决定赠送、使用或销毁。

"诸位，接下来的时间就交给你们自己了。"

1. 终幕之战

主持人话术：诸位可自由走动，商议对策。星门开启时，请依次前往星门注入星光。星门每次开启时将传出响亮钟声。一刻钟之后，星门将第一次开启，请诸位做好准备。

注意：为督促玩家尽快押注，主持人可根据现场情况，利用钟声，催促玩家尽快行动。钟声可用锣鼓声等代替。

2. 主持人把握时间，依次组织各轮打斗

（1）划分私聊、抽取顺序、注入星光、宣布结果四个过程，保证过程流畅有序。

（2）主持人要提前熟悉各人的技能效果，区分各个技能的使用时间。

(3) 主持人应记录好每场打斗的具体情况,在本环节结束后进行复盘。

要记录:

＊齐弈泽白子·星河技能是否对瑶光使用。

＊无双的和亲公主技能是否对志岳使用。

＊夜引弓的白羽军旗是否自毁。

＊清阳上人的抚尘剑是否自毁。

个人技能表附后:

夜引弓

血煞炼魂:可在星门之内灭掉任意一位玩家已投放的 1 点星光(若决定自毁白羽军旗,可灭掉任何一位玩家已投放的 3 点星光)。该技能仅可使用一次。

血煞噬心:在当局结果宣布后,可自毁 3 点星光,返还获胜玩家当局押注星光的半数,使当局的通天引自毁。该技能仅可使用一次。

清阳上人

红尘剑诀:可在星门内使用此技能,选择任意一位玩家,伤其心魂,使其下一局无法进入星门押注。该技能仅可使用一次(若自毁抚尘剑可在发动红尘剑诀时额外选择一位玩家)。

九州结界:可在星门内启动,抵消本局所有玩家对你使用的单体负面效果。该技能可发动两次。

瑶　光

寂暗:可在星门内灭掉现场任意一位玩家身上的 2 点星光。该技能仅可使用一次。

生死医仙：可在星门之内灭掉任意一位玩家已投放的1点星光，增加自身与该玩家身上的星光各1点（若玩家在星门内投放数量为0，同样视为生效）。该技能仅可使用两次。

齐弈泽

黑子·天元：在星门内押注2点星光，可摧毁本局的通天引。该技能只可发动一次。

白子·星河：在星门内使用，可增加现场任意一位玩家（包括自己）身上的1点星光。该装备仅可使用两次。

志岳真人

左右逢源：每局开场前，你可赠与现场最多任意两位玩家各1点星光。若其收下，你可选择在大喊一声"我们可是好兄弟"的口令后，强制对方返还你2点星光；若不喊此口令，则直接赠与。技能效果可对两位玩家分别执行。该技能只可使用一次。

绝处逢生：可在六轮结束后额外开启一次星门。

无双公主

倾城无双：可查看星门内任意一位玩家已投放的星光数量。本技能共可使用五次（可在一局之中使用多次）。

和亲公主：在星门内发动，可选择与现场的任意一位男性玩家和亲，若你们其中任意一人获得通天引，则另一方可增加本局获得通天引之人注入星光数量的一半（最多为4）。该技能只可发动一次。

红　袖

胜遇真身：若未能在本局获得通天引，可返还此局投放的半数星光。该技能仅可使用一次。

借体重生：在星门之内发动，可与已押注的任意一位玩家互换在星门内押注的星光数量。该技能只可发动一次。

第八步：结局演绎

前尘镜破碎，播放个人记忆碎片（此环节意在过渡，务必关灯，播放音频，引导玩家沉浸其中）。

播放音频期间主持人应尽快根据打斗结果确定个人结局。

音频文件内容如下：

序号	标题	内　　容	配　音
1	前尘镜破碎	星门彻底关闭，通道之内一片漆黑，在通天引携带你们逃离之前，升腾而起的前尘镜此刻突然碎裂，化为数道流光注入你们的识海，一些声音从远处传来，似是前尘往事浮现，还请诸位仔细辨认，好好珍藏你们这仅存的记忆。	
2	林惊风行贿	一个油腻的男子：就这点银子也想买阴山守将的职位？林将军，盯着军中职位的人可多着呢，这点钱你还是拿回去养老吧。 　　林惊风（讨好）：大人，这已是我半生的积蓄了，末将这里还有一块家传的宝玉，还望大人能多使使力，夜引弓精明强干，熟读兵法，在军中素有威望，实是守将之位的不二人选啊。 　　男子（不耐烦）：行吧行吧，这夜引弓与林将军你非亲非故，把自己棺材本都搭进来，划算吗？	林惊风与大周官员（二男）
3	夜引弓	"夜将军，兵部有命，令你率白羽军速速撤出阴山城。" 　　"那百姓何时撤离？" 　　"夜将军，别傻了，阴山守不住了。更何况，你要抗命不成？" 　　"我乃大周将士，更为阴山守将，守的是我大周防线，护的是我阴山百姓，战场之上，只有战死的士兵，没有逃跑的将军，将在外，君命有所不受！你若带其余守将撤离阴山，我必取你项上人头，以告为国牺牲者在天之灵。"	夜将军与阴山郡守（二男）

续 表

序号	标题	内容	配音
4	志岳父亲	"待为父拿下阴山城,便令赵将军驾车迎你,入大周一看。天下再无人能与为父匹敌。" "父亲,阴山城乃大周边关重镇,守将夜引号号称常胜将军,父亲不可不提防。况且大周虽苟延残喘,尚有南阳国雄踞一方虎视眈眈。三足鼎立则牢不可破,缺一方则纷争必起,父亲不可不深虑。" "哈哈哈,天下人只道我镇岳王有一个口齿伶俐的儿子,却不知你心思缜密如此。为父听你今日之言,必不会掉以轻心。" "小七切盼父亲得胜归来!"	父与子(二男)
5	西夏危急时刻	管家:夫人,大周的军队已经进城了,马车已经备好了,夫人还是抓紧走吧。再不走就来不及了。 夫人:城门已失,何以为家。王爷还好吗? 管家:夫人,王爷已经…… 夫人:管家,小七交给你了,你一定要护他周全。我不能走,我要留在这。 一阵急促的脚步声,伴随刀剑、厮杀之声…… "世子,藏在这枯井之中,千万不要出声。苍天若有眼,就保佑虞家这唯一的后人好好生活下去吧!镇岳王!您的恩情老奴下辈子再报答!"	管家与夫人(一男一女)刀剑声
6	志岳感伤	"父亲,孩儿不羡慕这大周江山,孩儿只想全家团圆。父亲,你能听得到吗?"	一男
7	影牙相遇	男:阁下留步,今日之事,多谢出手相助。 女:无须多言,影牙之地危机四伏,我帮你无非是还个人情而已。你我独善其身便可。 男深切追问道:日后若有相见之日,可否得见阁下真容? 女:阁下抬举了,小女子幼时家中失火,面貌尽毁,只怕污了阁下的眼睛。	志岳与无双(一男一女)

续 表

序号	标题	内　　容	配　音
8	清阳、李衡	（一） 李衡：是我任性了，清阳。你还有很长的寿命，要活下去，替我看护这大周，成为你我理想的样子。 清阳：我会替你活下去，看这万世山河，护这万家灯火。 （二） "这座城很小，这个世界很大。一座城池之中尚有如此多的不公之事，那这个世界上一定有更多人陷在痛苦的泥潭之中。清阳，我们一起吧，一起去建立一个新的世界，一个没有杀戮、温暖光明的新世界！"	二男
9	对弈天下局	齐弈泽：陈尚书并非祸首，他断然不会提出那弃车保帅的法子，老师难道就不想知道真相如何吗？ 左千秋：真相如何，并不重要，祸乱已解，大局已定。 齐弈泽：可对于陈尚书而言，真相很重要，对于阴山百姓而言，真相也很重要。 左千秋：大局之下，众生皆为棋子，我所行事，一心皆是为了大周，若有罪孽，我便一人担负，我既执棋谋划，这棋盘便不能乱，泽儿，你须知，善弈者谋势，善治者谋局。 齐弈泽：那我也是老师的棋子吗？	左千秋（老声） 齐弈泽（青年男声）
10	瑶光一家	父亲：潇儿，快过来，骑大马了，你看，今年的枣子结得可真多啊！ 姐姐：看！潇儿！我给你买了糖葫芦，你喜不喜欢呀？ 母亲：功课温习得怎么样了？阿娘刚做的芙蓉莲子酥，要不要尝一块？	一男二女

续 表

序号	标题	内容	配音
11	游灯会	男：看，有人放孔明灯！ 女：明日便是乞巧，今日有人放灯也是必然，听说京中还会有烟花彩排，只可惜小女子自幼双目失明，良辰美景，难以得见。 男：抱歉，我……不如我讲给你听吧，据说在孔明灯上写下自己的愿望，等孔明灯飞上天，神仙就能看到实现你的愿望了。 男：瑶光，那里有人在孔明灯上写希望阖家欢乐，妻子能允许多纳几房小妾，哈哈哈哈，这种事应该去求妻子，神仙哪会管这回事。	年轻男女
12	和亲之路	无双：红袖，你怎么这么不听话。小心着了凉，我可不会像你这么细心地照顾人。 红袖：公主真的大惊小怪，小的时候我也在北方待过，您可别担心，我一点儿也冻不坏。 无双：红袖，你想家吗？我们走了这么些天，已经走了很远了吧。 红袖：公主想家了吗？也是，南阳王对您这么好。不像我，从小孤零零一个人长大。	二女
13	红袖	村民(女1)：我就说那女人是个妖怪，平日里打扮得花枝招展的，你说不会是狐狸精吧。 村民(女2)：这一身的红色羽毛，肯定不是狐狸精，谁知道是什么妖怪，你说前几日里那个失踪的小孩不会就是被她吃了吧，我前些日子还给了她几个鸡蛋，哎！真晦气！ 村民(女1)：她刚来的那会儿还让我们去她家吃饭，你说，那些肉不会是人肉吧！ 村民(女2)：快别说了，待会儿可得让大夫好好瞧瞧，别留下什么毛病。 孩童(争辩)：可是，那个姐姐她救了我啊，她是个好人！ ——一些喊打喊杀声("杀了她！""杀了这个妖怪！")	二女、一孩童

续 表

序号	标题	内　　容	配音
13	红袖	村民(女1)：你一个小孩子懂什么好坏，快离她远点。 小孩(哭腔)：那个姐姐就是一个好人，你们才是坏人，你们不许欺负她！	二女、一孩童
14	无双	"离我远一点啊，雪儿，我肯定没有救了。" "阿无，你不要离开我，我们说好的要永远在一起。" "雪儿，我应该马上就要死了，你一定要好好活下去，我没有什么能留下来的，只有这个玉佩，这是母亲临死前交给我的，现在，留给你吧。不管怎么样，你一定要好好活！"	二女童声

第九步：个人结局

夜引弓成功

军旗完好无损：

白羽军旗完好无损地保存下来了，即使在最后的战斗中你身负重伤，也拼命守护着这面军旗。"盗天机"秘法突然自行运转，一道流光从天而降。原来，这面承载了三万白羽军将士英魂的军旗，竟也是启动秘法的天命之物。

世间众人又重新回忆起当年的阴山之战。"传令下去，死守阴山，直至阴山百姓全部撤离，万万不可失守！"你端酒于阵前，持枪笑望敌军，"兄弟们，你们怕吗？""怕！""哈哈哈哈哈，怕的话该怎么办！""杀！杀！杀！！！"那一天，阴山城内，豪情直上云霄……

历经如此多的磨难,你终于复活了白羽军在世间的记忆。你站立在倒塌的观星楼前,眼角流下了滚烫的泪水。

军旗损毁:

白羽军旗损毁,你苦苦寻求的解救之道本来近在眼前,如今却又成为泡影。三万白羽军将士的音容笑貌在你的脑海中挥之不去,这些昔日的好兄弟,用自己的生命成全了你的"杀神威名"。值得吗?你扪心叩问。如今的夜引弓还是当年阴山城那个人人敬仰的守城将军吗?

"夜将军,一定要坚持走下去啊。"悲痛欲绝之时,耳畔似有声音传来,仔细分辨,正是白羽军将士们的呼喊。你拼命点点头。

不久之后,你只身回到阴山城,城门之下多出一位说书先生。他衣着破落,眼睛却炯炯有神。城中百姓怡然自得之时,杀神夜引弓的威名已渐渐消隐。说书先生逢人便讲白羽军的光荣事迹。

世人只当是传奇,他却信以为真。情到深处,泪流满面。

夜引弓失败

军旗完好无损:

白羽军旗完好无损地保存下来了,即使在最后的战斗中你身负重伤,也拼命守护着这面军旗。突然之间,"盗天机"秘法自行运转,一道流光从天而降。原来,这面承载了三万白羽军将士英魂的军旗,竟也是启动秘法的天命之物。然而随着秘法的运转,白羽军将士仍旧没能复活。

"白羽军众将士听令!"耳畔再次响起熟悉的声音,是他们,是你的好兄弟。原来,这白羽将士英魂将最后一丝复活的希望倾注到了你的身上。恍惚中,你被一股神秘的力量从观星楼中救出。

"夜将军,您威名扬天下。"白羽军将士的铿锵声音从远处传来。

你睁开双眼已不记得从前之事,只在耳畔久久回荡着这句话,不知不觉间,眼角竟流下滚烫的泪水。

军旗损毁:

白羽军旗损毁,你苦苦寻求的解救之道本来近在眼前,如今却又成为泡影。三万白羽军将士的音容笑貌在你的脑海中挥之不去,这些昔日的好兄弟,用自己的生命成全了你的"杀神威名"。值得吗?你扪心叩问。如今的夜引弓还是当年阴山城那个人人敬仰的守城将军吗?

"传令下去,死守阴山,直至阴山百姓全部撤离,万万不可失守!"你端酒于阵前,持枪笑望敌军,"兄弟们,你们怕吗?""怕!""哈哈哈哈哈,怕的话该怎么办!""杀!杀!杀!!!"

想起当年的场景,时至今日仍让你热血沸腾。可惜这世间众人,再无半点关于当日之事的记忆。你的苦苦追寻也成了别人眼中的痴人说梦。

不几时,观星楼轰然倒塌,你闭上双眼,或许很快就会与自己的兄弟们相见了。

其余人物:略

演绎环节:此环节为丰富故事及左千秋人物形象。

左千秋遗书

当你们看到这封信时,想必老夫已经死了,宦海沉浮几十余载,今日之事,老夫早有预见。陛下到底还是个小娃娃,观星楼一行,纵然未知全貌,但据老夫所掌握的情报,七人俱应与我有怨,名为捉妖,实则于老夫而言已是必死之局。

天下一统，大周国力鼎盛，外虽无强敌环伺，却留下南阳可警示大周居安而思危；内无叛乱纷争，百姓安居乐业，陛下虽年轻气盛却也已身具明主之象，如此，老夫也可卸下重担，慷慨赴死。

数年之前，陛下密旨泽儿修建观星楼，暗中扶植泽儿与老夫对弈天下局，老夫甚是开怀。泽儿经江南阴山一事后，便无心棋道与朝堂，就此沉沦，老夫不知该如何让我这徒儿重整旗鼓。幸而蒙陛下隆恩，老夫不胜感激。这观星楼中已被老夫暗棋操控，将自毁阵基与老夫命脉相连，老夫若身死，观星楼自毁，陛下应不会坐视泽儿身死。以此楼作陪，想必也可走得轰轰烈烈，算是老夫仅存的一点私心了。

老夫一生皆已奉与大周，昔日舍弃阴山实为今日之局。当年皇储未决，我虽可稳定朝堂却无暇分心军队，若贸然将兵力倾注阴山恐伤大周根本，撤离守城将士保全兵力才有今日平西夏、降南阳天下一统的局面，而阴山百姓自有国师清阳启动九州结界守护周全。却不料错估了夜将军，没想到其单枪匹马亦可守住阴山，大周得夜引弓实乃大幸。但夜将军虽忠心，可军中并非无异心之人，望陛下早日收归兵权，若今日夜将军身葬观星楼，权当是本相为大周做的最后一件事了吧。

近日京中妖族传闻，只盼得观星楼此行可解，如此，老夫亦能不负皇命。老夫此生行事，皆以大周利益为本，只做大周获益最大之事。当年陈洛一案，正是如此，虽非老夫本意，可如此方可稳定大周局势，泽儿斥我不近人情，可老夫一生无愧，亦无悔。

唯愿大周千秋万代，山河永固，万家灯火，盛世绵延。

第十步：故事复盘

第一幕

杀害南霸天的凶手：瑶光

偷走阿菁：志岳

赤光妖物：夜引弓

第二幕

妖族后裔：红袖、无双（半人半妖）

影牙：无双（影）、志岳（牙）

第三幕凶案复盘

凶手：无双

第一幕线索复盘		
地点	线　索	推　理
南霸天家	柜子中发现一本账簿，记录了许多男人的姓名，这些人均为村中失踪人口。时间是大周140年，上边有齐弈泽的签名	可推断出齐弈泽与南霸天和村中人口失踪案有关
	水井中发现有一样式独特的精美瓷瓶，瓷瓶中隐约检测出剧毒断肠散残留	可推断出南霸天家人死亡与断肠散有关
	门口发现红袖的脚印	红袖来过南霸天的家
	前尘镜画面：南霸天重伤，寻医就诊，瑶光为其号脉、配药，而南霸天小儿子却在园中井口旁嬉戏打闹	根据瓷瓶的外表及其遗漏在水井中可推断出，南霸天家人的死是小孩偷取了瑶光的药瓶玩耍，意外丢在水井中导致的

续 表

地点	线　索	推　理
村西乱坟岗	乱坟岗一片狼藉,破坏严重,有一新坟,里面是南霸天一家五口的尸体。其中南霸天,七窍流血,身体有多处被殴打的痕迹。(深入:其余四人体内均有不同剂量的毒药残留,南霸天五脏六腑完好)	查出南霸天一家的死因,因为南霸天五脏六腑完好,可以推断出与清阳禁制无关
	泥土中许多药物残留,经检测是惑心散	有人在乱坟岗使用过惑心散
	发现一石片带有血迹,经检测与齐弈泽血迹相符	齐弈泽来过乱坟岗并受了伤
南枫客栈	一张燃烧未尽的信件:"监视公主,若有异动,格杀勿论——南阳。"	红袖与南阳王有书信往来
	有一地下赌场,庄家是齐弈泽。账簿中一张五百两欠款单,欠款人署名南霸天,时间是七月初五	齐弈泽戏耍南霸天,齐弈泽开赌坊,并不是一个无能的纨绔子弟
	瑶光布鞋、衣服之上有些许黄泥残留,该黄泥应是南枫村村西乱坟岗独有	瑶光去过乱坟岗并埋葬了南霸天一家
	瑶光房间内发现毒药牵机引:剧毒,服下后无任何症状,一个时辰后,服用者无论出现任何情绪波动,皆会立时毙命,七窍流血,死状凄惨,不会留下任何中毒痕迹。但如果妥善使用,剂量不大,则可以助人安抚心神	南霸天死因与瑶光有关
夜府	前尘镜画面:一女子天黑之后手持两把匕首,翻墙进入夜府,不消一刻钟便离开了	无双去过夜府并且持有匕首,与第三幕凶案可以联系起来

续 表

地点	线索	推理
夜府	一本南枫村人事簿：大周8年,夜氏一族13户迁来此处。此后与南氏家族不睦,打斗数次。大周121年,夜氏一门全部迁离南枫村	夜氏与南氏世仇,有冲突
夜府	雕花衣架上有一沾有黄泥的长袍(看泥土质地,属南枫村村西乱坟岗独有),同时沾有许多惑心散粉末	夜引弓曾到乱坟岗,并受到惑心散攻击,被推断为赤光妖物
国师府	国师府中养有大量痴傻孩童。(深入：孩童魂魄皆被摄取)	清阳摄取大量孩童魂魄
国师府	清阳房间：玉仙花——医仙谷独有药材,材质如玉,入手温润,可多年不枯,样式独特美丽,可释放淡淡药香改善体质	清阳摄取阿菁魂魄
国师府	志岳房间内：一瓶迷药——惑心散——无色无味,若是吸入少许,会使人迷失心智,陷入短暂的痴傻状态。若是吸入一瓶,药力效果增大,并会产生白色烟雾,足以迷晕一头大象。此药在江湖中流通甚广	推出志岳用惑心散致使阿菁痴傻,进而当日掳掠阿菁到国师府
国师府	一本法术秘籍,记载了一种"禁制"之术：会摧毁人的五脏六腑,七窍流血致死	会摧毁五脏六腑,但是南霸天五脏六腑完好无损,帮清阳摆脱嫌疑
国师府	一件黑色道袍	清阳夜晚御剑去南霸天家
国师府	清阳上人房间内悬挂一幅字：人族当为天地之主。落款为红尘客,不知何月,但纸张泛黄严重,略有残破	丰富背景
国师府	前尘镜画面,七月初五,国师府前任管事南霸天被乱棍赶出国师府	七月初五,南霸天去国师府见了清阳上人

第二幕公共线索		
序号	线　　索	推　理
1	七窍玲珑心：三魂所寄，七魄为引，心思玲珑，似有七窍，异于常人	与2可以推断出拥有七窍玲珑心的就是天命之人
2	天命之人：天赋异禀，魂系天命，多磨难，身居异象	与1可以推断出拥有七窍玲珑心的就是天命之人
3	大周132年，因立储之争，朝堂内乱，然宰辅左千秋稳坐庙堂，出任"监国"一职，处理朝堂政事	阴山一事的幕后主使与杀死陈洛的真凶是左千秋
4	大周122年，仙人遁隐天外天，仙人存于世间法术逐渐失效	清阳寿命渐渐消失
5	"影牙"：江湖第一刺客组织，无人知晓其所属势力，只知道该组织专从各地搜罗孩童，引其厮杀，最终活下来的两人即可获得"影"与"牙"的称号，成为"影牙刺客"。影牙刺客武艺高强，且擅长潜伏之术	影牙的背景
6	抚尘剑，曾是太祖李衡家族世传宝剑，伤人之后，可渡庚金之气入体，需以真火灼烧伤口才可短暂平复，难以根除。（深入：剑柄之处刻有"衡阳"二字，痕迹古旧浅淡）	清阳与李衡的关系非比寻常
7	京中传闻：大周神童齐弈泽，五岁时败尽天下围棋大家，十岁时拜师宰辅左千秋，十二岁与左千秋决裂，退出棋坛，沦为纨绔，泯然众人	齐弈泽曾是神童，并且与左千秋关系不好
8	大周140年，李婴下令成立司天监，接管原国师府所主天文历法之事，修建观星楼	司天监与国师府有冲突，观星楼由司天监修建

续 表

序号	线 索	推 理
9	大周132年,江南水灾横行,西北天雷滚滚。天生异象,有阵法运转,护佑大周	清阳启动九州结界,抵御水灾,并帮助夜引弓抵挡天雷,助其炼成血煞魂兵
10	左千秋密信:立杀陈洛全家,速速行事	左千秋是杀害陈洛一家的真凶
11	大周133年,影牙刺杀东江县令;大周136年,影牙刺杀东昌巡抚	影牙与大周敌对
12	大周密报:有影牙中人秘密潜入大周,意图以刺杀行动掀起动乱,现已入观星楼谋划刺杀行动	影牙在七人中间
13	南阳王宫史记:南阳330年(大周132年),寻回流落民间的公主,圣上大喜,于南阳京城特建公主府,公主府一个月后建成。南阳334年,无双公主正式入住公主府	无双消失三年,在影牙之中训练
14	大道五十,天衍四九,遁其一。以天命所系为引,阵法为基,行此术,可逆转因果,颠倒阴阳,化身天命,盗取天机	"盗天机"秘法需要瑶光作为祭品
15	前尘镜显示:仙人逍遥子赠送给一只名唤胜遇的鸟妖一粒优昙婆罗花花种	红袖将此种子留在医仙谷,一代代传到瑶光母亲手里,直至瑶光
16	医仙谷秘闻:曾有谷中弟子秘密研制某种扩散性药物,本身无毒,但遇到瘟疫可促使瘟疫快速扩散	江南瘟疫为医仙谷谷主推动

第二幕人物线索		
人物	线索	推理
夜引弓	以忠勇军魂为祭,凝无边血煞,可铸就血煞魂兵,攻无不克,战无不胜。然此法有伤天和,被铸成魂兵者,生前存在将会被彻底抹除,魂魄断绝轮回,再无转世之机;而铸兵者亦会背负无边业力,兵阵发动之时有无尽天雷轰击,若无法渡过天雷,则无法炼成魂兵,铸兵者遭受反噬,被抹除存在的将会变成自己	夜引弓修炼了血煞炼魂,白羽军消失
夜引弓	前尘镜显示:大周 126 年,阴山守将林惊风因病身亡。死前,清廉一生的林惊风一反常态,大肆贿赂朝中官员,力保夜引弓接任阴山守将之职	林惊风力保夜引弓,与夜引弓关系不一般
夜引弓	阴山城夜引弓房间内藏有一鸟纹木匣,隐隐被妖气笼罩	夜引弓与妖族有关
夜引弓	夜引弓曾率血煞魂兵血屠西夏八百里,之后又转身围攻大周京城	夜引弓逼返左千秋
清阳上人	京城传闻:清阳上人当年曾赴九曲洞,带回妖族秘法闭关修炼,宫殿上空时常有绚烂光芒四射。再者,清阳上人曾跟开国皇帝李衡结拜,如今算起来,清阳上人的寿命也有 150 多岁了	清阳与妖族有关
清阳上人	大周 8 年,开国皇帝李衡御驾亲征前往北荒妖族盘踞之地,而国师清阳上人并未随行。此次诛妖大获全胜,仍有少数妖族后裔逃窜,而妖族世传至宝鸟纹木匣不翼而飞	李衡斩灭妖族,但有妖族后裔脱逃

续　表

人物	线　索	推　理
清阳上人	前尘镜显示：最近十几年来，清阳上人日渐衰老，白发日渐增多，身体已大不如从前。（深入：今日清阳上人容光焕发精神大振，经前尘镜检测，其与大周国运隐隐稳合）	清阳使用"盗天机"延长寿命
	清阳体内似有血煞魔气残留，引动心魔入体，执念萦心	夜引弓逼迫，击破清阳九州结界
志岳真人	前尘镜显示：大周132年，一名锦衣华服的孩童从一花园枯井之中爬出，脸上沾染血迹，家中老少仆人皆毙命倒地，血流成河	志岳身份迷离，曾经遭受过家破人亡
	前尘镜显示：一流浪孩童歪倒在城墙一角，奄奄一息。后得一白衣女童相救	陈潇对志岳有过救命之恩
	一封信件："志岳真人谨启：来信知悉，感念真人吐露真言，杀神之威，人人忌惮，吾亦欲处之而后快。今强强联手，必得偿所愿。——左千秋"	志岳与左千秋联手对付夜引弓
	一封信件："夜引弓欲攻南阳，已在行军途中。七月上旬，独处一夜。此乃良机，勿失！"	志岳密信影牙，南阳派出无双刺杀夜引弓
红袖	红袖衣服有划伤，手臂处有新近遭受的伤口。此外胸口处有旧伤，咳疾缠身（深入：手臂伤口有致命剧毒残留）	红袖早该身死，胜遇被清阳以抚尘剑伤过
	前尘镜显示：红袖在一无名墓碑前祭奠，口中喃喃自语，听其口音，似在江南地区生活多年。（深入：无名墓碑下端有雪花图案）	红袖身份存疑，不只是公主侍女

续 表

人物	线　　索	推　　理
红袖	前尘镜显示：画面朦胧,似有波动,待稳定后,显示红袖正在练习七伤拳的场景。七伤拳,凶悍异常,但伤人必先伤己,可通过击打人身体伤其五脏六腑	红袖修炼七伤拳,根据第一幕中南霸天五脏六腑没事可以推断出红袖并非原本的侍女
	红袖带无双来到医仙谷,受到医仙谷谷主热情款待	红袖创办医仙谷,以优昙婆罗花救治无双
无双	前尘镜显示：江南一偏僻村落,两名女童在一老者身旁嬉戏打闹,其中一名女童头戴手织兜帽,气质阴沉,名唤"雪儿",另一名女童美貌明艳,腰间悬挂一圆形龙纹玉佩,名唤"阿无"	无双小时候生活在江南,且身份存疑
	身上悬挂一圆形龙纹玉佩。南阳皇帝年轻时微服私访与一青楼女子相见甚欢,临行前留下一龙纹玉佩。多年后皇帝欲寻找当年的亲生骨肉,许诺持此玉佩者便可入宫作为皇帝的孩子	龙纹玉佩是身份象征,而非血缘
	前尘镜显示：大周132年,江南地区瘟疫横行,村落中人尽染瘟疫,有两名女童身患疫症,卧病在床。数日之后,腰间悬挂龙纹玉佩的女童走出一片死寂的村庄	阿无和雪儿中有一个人死了,另一个人当上了公主
	无双气质出尘,体内愈合力强大,似乎是服用了优昙婆罗花的汁液	曾经刺杀夜引弓受伤,后服用优昙婆罗花治愈
瑶光	医仙谷谷主手信：吾徒受天命所钟,心生七窍,特封其为少谷主兼天下行走,医仙谷振兴有望	医仙谷谷主的徒弟具有七窍玲珑心

续　表

人物	线　索	推　理
瑶光	医仙谷记载：大周 132 年,陈洛之女陈潇大闹医仙谷,意欲刺杀谷主,后被众弟子击杀	陈潇在明面上死亡
瑶光	优昙婆罗花：种植之人遇到真命天子后才会开花,汁水可治世间百病	可推算出瑶光的真命天子是齐弈泽
瑶光	大周 132 年前,医仙谷中并未听说瑶光此人,此后数年瑶光名声大震,被世人尊称医仙	瑶光身份存疑
齐弈泽	身上一本泛黄牛皮卷,名曰《星弈术》。内中记载如何以围棋之道修炼法术,含星弈秘法三十五种	齐弈泽并非表面上的纨绔公子,实际上修为深厚
齐弈泽	前尘镜显示：灯会之上,有孔明灯飞起,一男一女两位孩童,闭眼祈祷,嬉笑打闹,青梅竹马	齐弈泽与陈潇小时候有故事
齐弈泽	左千秋江南除妖归来后,齐弈泽与其决裂,并暗中多次觐见李罂	齐弈泽与李罂有联系,与左千秋关系不和
齐弈泽	齐弈泽曾秘密安排大量人口迁往大周各地边远地区	暗中派人修建观星楼,为保密,安排劳工迁往大周边远地区

第三幕线索复盘		
序号	线　索	推　理
1	《千里江山图》：图绘千里江山,图内自有大千寰宇,展开后可显化天地乾坤。人入此中,与现世无恙。遇水则山河尽毁,人图俱亡；遇火则天火降临,躲避不及,则伤人性命	有人进入了《千里江山图》中虚假的观星楼,因此看到了大水和天火的异象

续 表

序号	线　　索	推　　理
2	《红尘剑诀》：散仙红尘客所创剑诀，可御使山川草木，阴阳水火为剑，若以元神寄托，可如臂所使，运转自如	清阳御使水流，击杀瑶光与夜引弓失败
3	酉时四刻，观星台运行，吸取妖人法力，使妖人身体出现不适症状	红袖身体不适，因此是妖族
4	星光之术：可将星辰之力，倾注世间物品之中，为善为恶，皆凭人心	伤害志岳的为齐弈泽
5	瑶光衣领之上隐藏毒药——迷迭香，被人捏握便会立刻释放一种白色烟雾，掺杂着迷迭之香，三个时辰之内若无解药便会丧命	时间不够，左千秋并非瑶光所杀
6	左千秋尸体内检测出毒药成分，且有血煞潜伏的迹象，胸口处有细小伤口，为利器所伤	中毒、细小伤口为匕首，指向无双，第一幕出现该武器
7	齐弈泽身上挂有司天监令牌：司星令	观星楼为齐弈泽所建
8	《山海妖荒卷》记载：北荒有鸟，其状如翟而赤，名曰胜遇，是食鱼，其音如录，见则其国大水	引出妖为胜遇
9	血煞魔气：血煞噬心的变体法术，可操控血煞潜伏于他人体内，待施法者再次勾动血煞，魔气将会借助他人呼吸与气血运行在体内扩散，夺取生命	夜引弓的血煞并未扩散，可得出凶手并非夜引弓

第一幕复盘时间线

中原 513 年,清阳出生,由师父散仙红尘客抚养长大。

中原 529 年,清阳红尘历练,辞别师父。

中原 531 年,清阳和李衡结拜;逍遥子大仙指点胜遇鸟,并赠与花种。

大周元年,清阳建立九州结界阵法。

大周 8 年,诛妖令;妖族食人事件,携带木匣子离开北荒妖族;夜氏一门存活迁至南枫村;红袖创办医仙谷,留下优昙婆罗花花种。

大周 9 年,李衡去世,因其一生无婚配,留下遗旨命其侄李景元继位。

大周 10 年,清阳未见妖族木匣,追妖,九曲洞大战胜遇鸟,得到"盗天机"秘法,扔掉木匣。

大周 105 年,夜引弓出生。

大周 119 年,志岳出生。

大周 120 年,齐弈泽出生。

大周 121 年,夜引弓当兵,意外捡到木匣(血煞炼魂)。

大周 122 年,无双、瑶光出生。江南有大妖出世,引发水灾(胜遇鸟救无双)。逍遥子出手,将胜遇鸟封印。胜遇鸟养无双,法力消失,伤口愈加严重,离开。后逍遥子将大周公主李罂收为弟子,遁隐天外天,自此大周再无仙踪。

散仙红尘客欲带清阳遁隐天外天,被拒。

大周 127 年,陈潇拜入医仙谷,母亲赠花种。

大周 130 年,齐弈泽、瑶光逛灯会,花开。将花移植医仙谷。齐弈泽拜师左千秋。

大周 132 年，周宣帝李承奇驾崩，宗室朝堂陷入立储之争，内斗不休。逍遥子法力失效，胜遇鸟恢复真身，引发水灾。胜遇鸟被左千秋追杀。清阳启动江南和阴山的阵法，抵御水灾和天雷。

阴山之战，夜引弓练成血煞炼魂（其他人记忆中，阴山郡守携带所有守将撤离，只留夜引弓一人）。

无双爷爷、阿无因瘟疫死，无双入南阳。

水灾诱发瘟疫，派医者前往江南，明为医治实则加重疫情。

镇岳王遇害，志岳来大周，被瑶光救。

瑶光大闹医仙谷，被谷主囚入地宫，失明。夜引弓大闹朝堂，与清阳争执，清阳黑化。齐弈泽与左千秋同在。陈洛去世。陈洛死，瑶光欲为父报仇。

齐弈泽因瑶光与左千秋决裂。

大周 133 年，无双、志岳进入影牙。

大周 135 年，李曌学艺归来，登基称帝。送齐弈泽《星弈术》参悟，无双在秘籍中得知自身为人妖通婚后裔。

大周 136 年，东昌巡抚陈兵泉被影牙暗杀。影牙结束。

大周 137 年，志岳以间谍身份拜入清阳门下。

大周 138 年，清阳开始运行"盗天机"秘法欲寻天命之人的"七窍玲珑心"为引，正式收志岳为弟子，封号"志岳真人"。志岳代国师府入驻大周朝堂。

大周 140 年，夜引弓灭西夏，志岳密信左千秋欲除夜引弓，南阳来信令志岳杀左千秋。齐弈泽奉密旨修建观星楼，左千秋暗中修改观星楼阵法。无双刺杀夜引弓失败，身负重伤。

大周 142 年，夜引弓打败南阳，孤身归乡南枫村。南枫村是夜引弓的故乡，孤身返乡，因血煞噬心，目露赤光被村民发现。南枫村传出有妖怪出没。

南阳投降,无双和亲。路过江南,祭奠爷爷。

胜遇鸟被左千秋手下重伤,附身红袖。

医仙谷求药,姐妹情深,觅得一花,红袖舍己救人。

瑶光游历归来,发现丢花,悲痛欲绝。

无双、红袖路过南枫村,被南霸天拦路。红袖出手打伤南霸天,齐弈泽来此遇见,被无双骂。

瑶光进南枫村,借看病之名毒死南霸天,小孩不小心将毒药撒入水井。瑶光恐暴露身份暗中掩埋尸体。妖族杀人谣言四起。

清阳告知志岳九州结界事宜,欲寻天命之人。志岳来此掳走孩子,获取清阳信任。

七人被关入观星楼,彻查妖孽行踪。

第十一步：彩蛋演绎

待宣布故事结束,大家要起身离开时,突然播放音乐,引导玩家聆听。

李曌出场,也可演绎(彩蛋、悬念)。

一幅凌空画卷在大殿展开,卷中星门徐徐打开,观星楼轰然倒塌,画中所演变的图案正是刚刚经历过的一切。

大殿中,身着龙袍的女子慵懒地斜倚在龙椅之上,伸手一招,画卷便自行收卷,如同一只乖顺的猫儿落在她手中。

"妖族,影牙,江湖门派,呵,朕的大周还真是卧虎藏龙,精彩,真是一出好戏。"

她那令人捉摸不透晴雨的声音带着淡淡的威严消散在空寂的大殿之中,李罂,大周的帝王,观星楼真正的设局之人,此刻玩味地注视着桌上一些零碎的摆件。

袖珍的白羽军旗杆,刻有医仙谷字样的药鼎,棋子,影牙的信物,木雕的赤鸟,国师府令牌,桌子上的一切竟都与七人有关。

"朕的大周,不需要将百姓视为蝼蚁的权贵之臣,亦不需要仙人传下的结界阵法守护,固守成规之人便由朕来清除,大周前方道路便由朕来开辟,大周的子民,唯有自立,方能自强。"

"陛下,事情已经办妥了。"不知何时,一道黑影已然站在一旁,恭敬地向李罂递去一封密信。这正是由李罂所掌控的影卫,最擅长探听天下秘闻,且来无影去无踪。

"哼!朕就知道,这南阳王没表面上那么草包,既然他敢借祭神一事伸手,朕便砍了他这只爪子。"

李罂将密信随手一扬,信件便在空中自燃,化为灰烬,随风而去。殿门大开,阳光倾泻入内,李罂负手而立,看向世间。

这天下人跪久了,是时候该站起来了。

一份完整的人物剧本

楔　子

大周 8 年,有妖作《食人贴》,猖狂至极,为祸世间。周太祖李衡怒发"诛妖令",北伐妖荒,一剑斩断妖族气运金龙。妖族灭族,再无风浪。

大周 122 年,江南忽有大妖出世,引发水灾。幸得隐仙逍遥子出手,将其封印。后逍遥子入京收徒大周公主李曌,携弟子遁隐天外天。自此仙人绝迹,人间再无仙踪。

大周 132 年,周宣帝李承奇驾崩,因其膝下无子,宗室朝堂陷入立储之争,内斗不休。同年,江南再起水祸,传言大妖破除封印,重见天日,一时死伤无数,民不聊生。祸不单行,南阳与西夏二国趁机合攻大周,连下三州之地,仅余阴山一城;江南又起瘟疫,大周陷入水深火热之中。

大周 135 年,公主李曌自天外天归来,手持传国玉玺,得宰辅左千秋支持,以无上皇威肃清宗室纷争,登基称帝。

大周 140 年,大周将军夜引弓踏破西夏皇都,西夏灭国。

大周 142 年,南阳皇帝自降南阳王,受降大周,献上公主无双与大周和亲。南阳成为大周属地,天下一统。

然人乱虽平,妖祸又起。女帝李曌登观星楼,借星辰推衍之术探寻妖孽踪迹,以七星溯源之法将线索锁定至七人之中……

第一幕

你从梦中醒来,冷汗已经浸湿了衣衫,梦中无穷无尽向你索命的怨魂也消失不见。

前些日子,血煞噬心发作得越来越严重,再加上每日困扰你的噩梦，或许这就是修炼妖邪之术的代价吧。

和往日一样，你尝试运转法力压制因噩梦而被激起的血煞之气，却突然发现自己的丹田、识海被一种金色符文封印，修为法力全部丧失。这下你彻底清醒。

观察四周，阳光倾泻入内，照亮了整个房间，华丽的星图在墙壁上闪烁，将阳光折射出七彩，营造出一股梦幻般的朦胧之美。这里并不是你的将军府。

房间的布置让你确定自己并非遭歹人绑架，只是血煞噬心导致你的记忆有些混乱，你盘坐在床上细细回想近日所发生的事情。

你是大周一品武将夜引弓，生于大周 105 年，家住京郊南枫村东头的将军府。当今的圣上乃是女帝李璺，你深得其器重。

今年是**大周 142 年**。**六月初**，南阳在你的攻打下向大周投降，自愿献上公主和亲并奉上礼物无数，而你则在**六月十五**返回了南枫村。

你在阴山任职时，修炼了名为"血煞炼魂"的妖族禁术，此术凶险毒辣，你将麾下三万白羽军尽数炼制成刀枪不入、无知无觉的血煞魂兵。凭借三万血煞魂兵你攻无不克、战无不胜，被天下人誉为"杀神"。

但你也因修炼禁术导致血煞噬心，时不时会因此而失去神智，变成一头只知杀戮的怪物。南阳投降后，血煞噬心发作得越来越频繁。有几次你不慎在外失去神智、化身血魔时被人发现，虽然没有造下杀孽，但南枫村有"赤光妖物"的传闻却流传了出去。

不过既然传言是"妖物"，那想必你的样貌并没有被人看到。

七月初一，一名盲眼女医来到了南枫村，在村口的大柳树下义诊。你听人说，这个女孩名叫瑶光，是医仙谷的弟子。医仙谷是江湖中的名门正派,门下弟子个个如同在世医仙,精通药理,当年江南瘟疫,多亏了医仙谷出手,才避免了一次大灾。

而盲医瑶光的大名你也曾经听说过。此人是医仙谷的天下行走,"天下行走"一职因为代表了门派的脸面,因此多由门派中有资历的长老担任,而瑶光不过二十出头还身患盲症,却担任了医仙谷的天下行走,足以证明此人医术之高。

这位鼎鼎大名的瑶光仙子来到了南枫村,你自然要前去一观。当你来到村口的大柳树下时,看到瑶光正与村中一名女童嬉戏,那名女童头上戴着的一枚花样头饰很是精美,让你多留意了一下。

虽然眼盲,但她的感知似乎十分敏锐,当你靠近时她便察觉到了你的到来。

"可是来问诊的村民?"

"在下夜引弓,听闻瑶光仙子来村中义诊,特来拜见。"

"原来是夜将军,久仰大名,可惜不能领略将军英姿,还望将军海涵。"

你们在树下交流一番。当你报上名讳后,瑶光的态度便多了一丝冷漠和疏远,甚至还有一丝敌意。不过也正常,毕竟你做的是杀人的勾当,而她行的则是救人的买卖。你感觉到她若有若无的敌视后,便找了个理由离开了。

之后几日,你因为担心血煞噬心的发作,除了早朝以外,甚少出门,不过南枫村有妖的传闻也越来越严重,甚至有孩童陆续失踪,传来了"妖物食人"的说法。此前所传妖物你知晓是你化身的血魔,但你从未杀过南枫村的村民,如今有孩童陆续失踪,难不成南枫村竟真的有妖?

这几日虽然依旧被怨魂索命的噩梦侵扰,并且血煞噬心的症状也发作了好几次。区区怨魂,他们活着的时候都不敢怎么着,如今死了你自然也不将其放在眼里。但这血煞确实麻烦,好在通过你的压制,一般都是在深夜才会发作,届时你将自己锁在府中,也不担心会暴露。

七月初六午时(11:00),你出门买酒,看到一辆精致华丽的马车行进了南枫村,看那样式应是自南阳来的,你算了算日子,南阳前来和亲的无双公主差不多也该到了,想来这辆马车上的应该就是来和亲的公主。南阳的队伍知晓南枫村是这位杀神的故乡,不敢入内,放公主自己前往京城也不是不能理解。

不料,竟有一名泼皮无赖拦在了南阳公主的车架前,这名泼皮你也认得,此人名叫南霸天,据说是齐国公的远房表亲,平日里在南枫村横行霸道,鱼肉乡邻。不过这次欺负到和亲公主的头上,真不知道是无知者无畏还是说他蠢到家了。

南氏一族曾与你们夜氏发生过冲突,尤其是后来你们夜氏没落,在你父母死后仅剩你一人。你之所以选择投军有一方面也是忍受不了南氏的欺辱。你早就看这个南霸天不顺眼了,不过他滑溜得很,从不主动出现在你面前,这次算是落在你手里了。

还不等你出手教训这个无赖,便看到自马车中伸出一只玉足将扑在马车上的南霸天一脚踹出老远,紧接着一旁站立的红衣侍女劈头盖脸地将南霸天一顿暴揍。你不由得擦了擦冷汗,这南阳公主和身边侍女如此暴力,被指婚的齐小公爷可有的受了。不过南霸天与齐国公府有旧,按理说还是未来亲戚,这下还真是大水冲了龙王庙,自家人打自家人啊。既然不必你出手,你便一边想着这些事,一边逛回了自己家中。

戌时(19:00),你收拾好东西前往村西乱坟岗。昨天晚上,你梦到了惨死的三万白羽军将士,心中不免有些悲伤,但他们已经被你炼成了血煞魂兵,无埋骨之地,你便拎着今日买的好酒前往乱坟岗,对月祭奠。

已是黄昏,薄云笼罩下,天边暗淡的月牙若隐若现,你提着酒壶对天伸手递去,翻转,倾倒,清澈的酒液映着晚霞呈血色浸在碎石之中。

就在此刻,突然血煞之气直逼识海,你暗道,不好!血煞噬心竟在此刻发作!

啪!酒壶倒地破碎,上好的酒液飞溅而出,浸入凹凸不平、布满杂乱石子的土壤中,所幸这乱坟岗人烟稀少,还不等多想,你便失去了意识。

但是这一次,你在恍惚之中,好像发生了战斗。

等你再次恢复神智,已经**子时**(23:00)了,你躺在乱坟岗中,四周一片狼藉。血煞噬心虽然结束,但此地不宜久留,你赶紧收拾了一下东西回到家中洗漱,将沾满泥土的衣物换了下来。

之后你便卧床休息,等你再次醒来,便来到了这里。你试探性地走向窗边。透过窗子,你看到外面有些许白云缭绕,俯瞰而去,下面竟是大周京都!

这京城中,能直上云霄的建筑仅有一处,便是大周 140 年,女帝李嬰成立司天监时修建的观星楼!

这究竟是怎么回事?

————天机不可泄露,阁下留步————

小剧场 1

观星楼内突然传来响亮的笑声,你们七人纷纷走出自己的房间,发现一男子慢慢踱步走来,四下打量着你们。

待这人靠近,志岳首先开口了:"想不到左大人竟也在此,志岳问候宰辅大人。"

那人微微点头,转向清阳上人道:"清阳上人受惊了,也请诸位小友安心。近日京城之中妖言四起,圣上借星辰推衍之术追溯因果,发现此事竟与各位有关,不过念及各位修为深厚,若任由施展,只恐将观星楼闹个天翻地覆,左某请下了人皇金敕,将汝等挪移入此,并封住了修为,万望海涵。"

清阳上人:"不知圣上所为何事,还请左大人明示,本座亦好为圣上分忧。"

左千秋:"实不相瞒,本相也是临危受命。南枫村一事,不知诸位是否有所耳闻?"

无双:"南枫村?我与袖儿来此之前恰好经过。村中确有妖族传闻。"

左千秋:"想必这便是南阳国派来和亲的公主了。早听说无双公主容貌天下无双,今日终得一见,老夫荣幸之至。"

红袖拽了拽无双的胳膊,说道:"公主,此人岂不是南枫村所见公子吗,看起来竟是如此面熟?"

齐弈泽:"我乃齐国公府齐弈泽,见过红袖姑娘,见过大家。"

左千秋:"诸位不妨趁此相识一下,也好彼此互通信息有无。"

瑶光:"医仙谷瑶光见过诸位。小女子来此之前曾在南枫村义诊治病。"

夜引弓:"哦?看来各位都曾到过南枫村了?"

清阳上人:"想不到夜引弓将军竟也在此。听闻将军拒绝了圣上御赐的京中府邸,回返祖地南枫另起宅院,不知现在如何?"

夜引弓："劳上人费心，京中人多清贵，夜某不过一介武夫，还是乡下住得舒坦。"

清阳上人："夜将军自谦了，谁人不知晓你夜引弓的威名。本座乃国师府清阳，给小友们问好。这是我的徒弟，志岳。"

志岳："贫道志岳。原来夜将军竟是祖籍南枫。"

夜引弓："如今天下归一，不过是早些体会将来解甲归田的生活罢了，只是夜某居于村中曾听闻有妖族余孽掳掠村中数人。"

左千秋："看来南枫村一事诸位皆有参与。圣上为此担忧，夜不能寐。妖族不除，我大周一日不得安宁。请诸位来，便要彻查南枫村之事。一是人口离奇失踪，二是南霸天一家五口遇害，三是妖怪出没之事。还望诸位好好配合才是。"

这时，左千秋伸手唤来一面略闪金光的铜镜，中有点点光芒映入眼帘。齐弈泽走上前去查看，发现此镜并非实物，似一道流光飘浮空中。

清阳见此情景不免大呼："想必，这便是前尘镜了。"

左千秋说道："国师果然见多识广。此镜乃星光幻象凝结，伸手触碰，便能获取神意。愿诸位能从中得到有用的线索。南枫村之事若不查清，呵呵，恐怕各位便难以走出这观星楼了。"

公共任务：

（1）查清杀害南霸天一家五口的凶手。

支线任务：

（1）找回血煞噬心发作后丢失的记忆，并隐瞒"血煞噬心"之事。

（2）查清南霸天和齐弈泽的真实关系。

————天机不可泄露，阁下留步————

第二幕

你是大周武将之首夜引弓,出生于**大周 105 年**,虽出身低微,但未至不惑之年便官拜一品武将,受勋上柱国。无上荣誉加身,在军中更是拥有至高威望,一呼百应。这一切,都是你凭借一人一枪,于战场冲杀,生生用命杀出来的。你是大周将士们心中的传奇,当然,也是一个用人命堆积起来的传奇。

你自己至今仍然觉得过往的一切如梦似幻,唯有每夜困扰你的噩梦为你的人生保留着一点真实。那些无处安葬的孤魂,是你背负了十多年的债,是你手刃无数生命,失去人性后唯一保留的一丝温情与愧疚……

大周 121 年,出身低微的你父母亡故,怀揣着一腔报国之志和为自己挣口饭吃的打算,你离开了家乡——京郊南枫村,成为大周一名守卫边关的将士。原本只是一番赤子之心和无奈之举,却让你发现了自己在习武练兵上绝佳的天赋。很快,你便凭借着自己高超的武艺在军中打响了名号。

边关将士不论出身,只看军功与武艺。受到将士们尊敬的你,被阴山城守将林惊风看中。他看中了你的纯粹与天赋,便收你为徒,对你悉心教导。你喜好兵法与奇门遁甲之术,他便尽力去搜集兵法奇书,将你当成他的亲生儿子一般。

但是,你的出身低微,而林惊风拼搏一生也不过是个守城将军。若是生在乱世,你尚可凭借自己一身本领,杀出个盖世军功,拼出个王侯将相。可是这太平盛世,朝堂更非边关,权贵把持之下,管你本事多大,只论出身和祖荫,毫无背景之人若要扬名立万更是难如登天。

纵然林惊风对你寄予厚望,也不得不接受现实。只是他偶尔会感叹:"若是乱世,你定将……"不过,这位老将军却会反驳自己的话,"这天下,还是太平点好,太平点,百姓才能活得下去,只是苦了你这一身本事了。"

可是,如今的太平盛世,百姓真的活得下去吗?不过是表面上的安稳罢了。放眼望去,这天下是权贵的天下,哪里有半分普通人的生路。

林惊风年纪已大,早年间受过的暗伤复发,大限将至。他死后,不知为何,阴山城的守城将军一职并没有交给来边关历练的世家子弟,而是落在了你的身上。

21岁的你接任了阴山守将,三万白羽军便作为亲军转到你的麾下。因你出身白羽军,这三万将士对你而言如同兄弟一般。白羽军的将士多是出身阴山本地,有的想着在军中得个一官半职将来好说亲,也有的是无父无母的孤儿想来混口饭吃。就像石头那个小兔崽子,才12岁的年龄便已是白羽军的一员。这小家伙满口保家卫国,一嘴一个夜将军喊的比谁都要亲切,但所有的兄弟都知道,当石头开始嘴甜的时候肯定又是馋酒了。军中在饮食上对于他们这些被收养的小孩极为严格,酒这种东西肯定是要限制的。不过石头这小子从小体寒,你为了治疗他的寒症便给他喂过一些酒,没想到他从此居然对这杯中物痴迷起来。幸好有你看着,军中上下没你的命令谁都不敢给他酒喝,当他训练表现好又嘴甜的时候,你才犒劳他一壶酒,不然早晚他都要变成一个酒鬼。

"将军,我可不可以跟你姓夜?你好像我爹啊。"

"臭小子,你爹早死了,别咒我。"

"嘻嘻嘻,将军,我给你当儿子的话能多喝两壶酒吗?"

"今天骗酒的花样又变了是吧,皮痒了?"

虽然和白羽军喝酒练兵的日子很是痛快,但对于当时正值青壮的你而言,这样的生活未免太过平淡。因为你的威名,边关肆虐的马匪向来不敢在阴山四周停留半刻。每日练兵养兵却无用兵之时。你期待着有一天,天下大乱,你可以带着自己这三万白羽军兄弟驰骋沙场,建功立业,说不定还能给石头说门不错的亲事。

但是你没想到,这一天竟来得这么突然。

大周 132 **年**,皇帝李承奇的驾崩使朝堂陷入立储之争。周宣帝李承奇膝下无子,仅有一女,姓李名罂,出生不久便被仙人收为弟子,遁隐天外天。此后大周仙踪销匿,这唯一的公主也失去了音信。而江南又发水灾,天灾人祸让大周朝廷已然忙得不可开交。于是南阳与西夏二国便起了异心,成立阳夏联盟,合力攻下西北三州之地,当年七月初,便已兵临阴山城下。

这正中你的下怀,一身武艺终于可以施展。你率军击溃了好几波敌人的攻势,且都是以少胜多,狠狠打击了敌人的士气,扬了白羽军的威名。然而敌人并非酒囊饭袋,尤其是西夏的镇岳王,论兵法武艺不在你之下,你吃了几次暗亏之后,终于冷静了下来。敌方军队人多势众,单单凭借三万白羽军根本无法抵挡敌军攻势,阴山迟早都要失守,可是朝廷的援军迟迟未至。

不忍麾下将士牺牲的你找到了阴山郡守,想要询问朝廷援军何时支援,却发现郡守正在整备其余守城将士暗中撤出阴山城。阴山,被大周放弃了!此为弃车保帅之举,朝堂内乱,群龙无首,你心里也明白,此刻,舍弃阴山实为最佳选择。

"夜将军,兵部有命,令你率白羽军速速撤出阴山城。"郡守劝你赶紧整备白羽军,与其一同撤离阴山。

"那百姓何时撤离?"你问。

郡守的沉默使你明白了，朝堂之上，高高在上的文武百官不过是把守城攻城当作纵横谋划的手段，天下苍生皆为棋子。黎民百姓何曾入过权贵的眼，阴山百姓的命他们不在乎，为守城战死的将士他们不在乎。

可是你在乎，麾下几乎尽出自阴山城的三万白羽军在乎，这阴山城的百姓在乎，你葬于城外山丘的师父也在乎。

"夜将军，别傻了，阴山守不住了。更何况，你要抗命不成？"

"我乃大周将士，更为阴山守将，守的是我大周防线，护的是我阴山百姓，战场之上，只有战死的士兵，没有逃跑的将军，将在外，君命有所不受！"

你盯着郡守手中的兵符，一字一句地说："你若带其余守将撤离阴山，我若未死，必取你项上人头，以告为国牺牲者在天之灵。"

郡守最终还是逃出了阴山，只留下你和麾下的三万白羽军。此刻，你要守护的是身后数十万的阴山百姓，而你面临的则是阳夏联盟的二十万精锐大军。

"传令下去，死守阴山，直至阴山百姓全部撤离，万万不可失守！"

你端酒于阵前，持枪笑望敌军。

"兄弟们，你们怕吗？"

"怕！"

"哈哈哈哈哈，怕的话该怎么办！"

"杀！杀！杀！！！"

那一天，豪情直上云霄，你们每个人都知道留下的结果是什么，但是不曾后悔自己的决定，除了你……

为了守住阴山，让百姓尽数撤离，三万白羽军尽皆战死沙场。

第十讲 剧本杀作品赏析

你看着倒在血泊之中仍然不放开手中之刃的石头,他注意到你的目光后才释然地呼出最后一口气。

"将军,我可不可以跟你姓夜?你好像我爹啊。"

"将军,我做你儿子的话能多喝两壶酒吗?"

"将军,我刚刚杀了五个,我想拿这五个人头换一壶酒。"

"将军,天要黑了……"

你拂上石头的双眼,沉沉地道了句:"我会守住阴山的。"你承诺的不仅仅是眼前的石头,更是这阴山城外尸骨未寒的白羽军将士们。

"嗯。"似乎是得到了你的回应,从横尸遍野的阴山城外好像传来一声应答。他,他们,笑着合上了双眼。就算已经战至最后一人,他,他们,依旧相信,只要你答应了,就一定能做到。

你一人一枪,镇守城墙之上,遥望那黑云压城,放肆狂笑。

"吾,乃是大周将士,护的是大周百姓,守的是大周苍生,吾未身死,何人敢犯!"

百姓仍未完全撤离,你需要守住城门。你答应了石头,也答应过林惊风,更是答应了三万白羽军将士和你自己。

对于现在的情况,你早有准备,从怀中取出那个以为这辈子也不会再打开的鸟纹木匣,按照其中记载开始运转秘法。

大周121年,那年你16岁,初入军队于黄河边上随军演练时,不小心跌入河中,但是等待你的并不是窒息的水流,而是跌入了一处无水的洞穴,有石刻曰"九曲洞",洞穴之中还有一些古旧的石碗石盆。难不成竟有人在此生活过?你好奇地打探着洞穴的情况,无意中踩到了一只打开的鸟纹木匣,木匣虽然空无一物却奇重无比。

你仔细观察后发现匣中刻录着一些文字,这些文字描述了一个神异而邪恶的兵阵——血煞炼魂。

其中记载,以忠勇军魂为祭,凝无边血煞,可铸就血煞魂兵,攻无不克,战无不胜。然此法有伤天和,被铸成魂兵者,生前存在将会被彻底抹除,魂魄断绝轮回,再无转世之机;而铸兵者亦会背负无边业力,兵阵发动之时有无尽天雷轰击,若无法渡过天雷,则无法炼成魂兵,铸兵者遭受反噬,被抹除存在的将会变成自己。

你翻身下城墙,一手执旗——白羽军忠魂之旗,一手持枪——沙场上百炼之枪,立于紧闭的城门之外,立于战场上无人掩埋的三万英魂忠骨之间,舞动白羽军旗。

来吧!以三万白羽军忠勇军魂为祭!

你一人独挡敌军,可真正可怜的,则是那仍不知晓自己将面临何种可怕怪物的西夏镇岳王与其麾下的二十万精锐。

来吧!凝三万白羽军尸骨鲜血为煞!

乌云翻滚,天雷涌动,阳夏联盟的战马不安的嘶鸣,你疯狂的眼神期待的看向不断积蓄的天雷,这,就是你的打算。你要以此法引动天雷,九天玄雷的洗礼之下,你和二十万敌军皆会灰飞烟灭,阴山便能守住!而你身死,血煞魂兵不成,三万白羽军的存在也不会被抹除,他们仍可作为英雄被人称颂。你笑着等待着血煞侵蚀自己的身躯,看着天雷向自己与二十万敌军奔涌而来。

然而你在被血煞侵蚀神智之前,看到的最后画面则是无尽威势的皇皇雷霆被从天而降的一道剑光斩断。雷劫过,兵阵成,血煞生,三万兄弟皆化为血煞傀儡,白羽军的名号在这个世上从此被抹除。

而你也因为血煞入心,杀性大发,疯魔的你率领三万血煞傀儡直直冲入敌方军阵，二十万大军就此溃败，你反追西夏八百里，将二十万大军悉数屠杀，又连屠三城。

等你清醒后，已经手刃了无数生命，除了进犯大周的士兵更有西夏那些无辜的百姓，镇岳王的头颅被挂在白羽军旗的旗杆之上，你回首望去，西夏八百里，尸体堆积成山。

阴山城外，血流成河，尸横遍野，鲜血染红了土壤，而阴山城内，一场大雨过后，焕然一新。

阴山一役，你的威名传遍四海。杀神夜引弓，成为盘旋于南阳与西夏头顶的噩梦。三万白羽军的存在被彻底抹除，除你之外，无人记得那死守阴山城，皆亡于沙场的忠勇之军。

然而，你并未将矛头对准此刻已经不成气候的阳夏二国。比起元气大伤的南阳与西夏，在危急关头背叛阴山的朝堂更让你心寒。失去兄弟的愤恨加上血煞炼魂导致的杀性，怒从心中起，杀性胆边生，你披甲执锐，率领三万血煞魂兵冲入京城。

你身披残破的白羽军军旗，手执长枪，站立皇城之下，身后血煞魂兵散发无穷威势，将城墙上的禁军吓得瑟瑟发抖。但也仅仅如此，你涌动的血煞之气在荡开后，便在四周泛起点点涟漪消散于无形。

大周京城，是国师清阳所布下的九州结界核心之地。根据师父林惊风的说法，清阳上人布下九州结界覆盖整个大周，那时大周无须担心任何天灾人祸，只要有清阳上人在就能解决一切。但是后来九州结界所笼罩的范围逐渐缩小，像阴山这样的边远城镇，结界之力已经极为稀薄，而京城这种结界之力浓厚的地方，才是真正的人间天堂。

林惊风和阴山老一辈的人在谈起这件事时，眼神里满是对京城人的羡慕。

如果一切都依靠他人施舍的结界保护,那将永远都不会真正实现强大。你提起长枪,蓄积力量,携带无穷血煞在城门上开了一个大洞。九州结界暂时被破,无法阻止你的脚步,你让血煞魂兵守在城门之外,孤身一人前往皇宫,将满朝文武堵在大殿之上。

"夜某此来,只为讨要一个说法,我阴山百姓难道在朝廷眼中就只是一枚弃子吗?"

"一城郡守,说逃便逃,独留白羽军守城,难道我三万白羽军儿郎就应该白白牺牲吗?"

你冷眼看向那些高高在上却碌碌无为的权贵,对着满朝文武扬起白羽军军旗。

"夜将军,还请留步。"一道清光阻止了你的步伐,你看到一名白发道人御剑从天而降,拦在你的身前,"贫道乃是大周国师清阳,希望将军可以给贫道一个薄面,还请夜将军收兵,相信文武百官会给将军一个满意的答复。"

"若我不允呢?"你抬手一枪将清阳为阻止你而布下的法术破去,"敢问上人,九州结界是为何而立?"

"自然是为护大周百姓。"

"那我阴山百姓就不是大周子民了吗?"

"大周土地上所有人都是大周的子民。"

"为何京中有结界可消灾解难,而我阴山就要沦为弃子!夜某知晓上人布阵不易,这些年来辛苦维系很是劳累,可阴山子民天生便要低京城中人一等吗?"

你察觉九州结界在清阳出现的那一刻便立即修复,在结界之内面对清阳,你并无胜算,于是携带怒气与血煞发出质问,准备殊死一搏。可没想到这三言两语竟然勾动了清阳的心魔,使他陷入与心魔的争斗之中。

你不再理会此刻已经无力阻止你的清阳,持枪与旗步入大殿之上,割下了阴山郡守的头颅。

"现在,你们可以给我一个交代了。"

可是,没有人记得曾经存在过的白羽军,他们只知道,杀神夜引弓屠杀了二十万阳夏联盟的士兵和西夏镇岳王封地三城的无辜百姓。

宰辅左千秋身侧一个和石头差不多大的小孩站出说道:"是朝廷有愧于阴山百姓,有愧于夜将军,自然应该给将军一个交代。你们满朝文武身为大周官员,不思索如何为大周解难,整日浑浑噩噩,争权夺利,以至于三州被夺,阴山面临失守之危难,此刻畏畏缩缩,不敢与将军商量,一心只想依靠国师,有何面目站在这大殿之上!"小孩的声音虽然稚嫩却掷地有声,"可是将军,不知这白羽军是哪路番号?可是将军所识无名义士?"

"泽儿,你胡说什么!将军还请不要见怪!"齐国公一把将小孩拽了回去,"这位可是个杀人不眨眼的主,你不要命了。"尽管声音很小,可你依旧听到了,齐国公虽贵为公爵却素来是清流之人,因此你也不想与他多做刁难,你的目的很明确,就是让朝廷为白羽军正名。

惊惧之下,朝堂之上的权贵答应了你的"无理请求",封荫了"莫须有"的三万白羽军,又在次日寻出提议舍弃阴山保全大周之策的兵部尚书陈洛,将其罢官抄家,以求平复你的怨气。

你清楚,这些权贵们的让步远远不够,但是天下尚未一统,还不到时候,你要走的路还有很长。你选择了低头,收起了兵刃。

事情还未结束。当日天雷轰击之下，你虽勉强活了下来，可是二十三万生灵的血煞早已经侵蚀了你的心智和身体。如今的你暴躁易怒，杀性丛生。杀性发作时周身便会释放血光。你不知道自己还算不算个人。

大周 135 年，公主李曌的突然回归为朝堂的内斗画上了句号。手持传国玉玺的她得到了宰辅左千秋的支持，以雷霆之势肃清了皇室宗亲对朝堂的插手。她登基称帝之时，你见到了这位女帝，你觉得她与这腐朽的朝堂格格不入，与这高傲的权贵截然不同。

事实的确如此。她所颁布的政策均从黎民百姓利益出发。得知你的事迹后，她竟然相信了那三万白羽军的存在，不仅下旨追封白羽军将士，又重铸了一面白羽军军旗赠予你。在与她的交谈之中，你知晓了她的凌云壮志，她要天下一统，彻底消除乱世之因。她要大周百姓安居乐业，人人都不必忧思温饱，她要大周一切痛苦的人，都成为幸福的人。

之后，李曌下旨封你为平西大元帅，命你率军攻打西夏。凭借你的骁勇善战与血煞军不惧刀枪的特性，无往而不利。

大周 140 年，你率兵直入西夏皇都，西夏灭国，尽归大周。

灭除西夏后，李曌又令你整备军队，趁势攻下南阳。然而，在你进攻南阳时，宰辅左千秋与国师府突然都把矛头对准了你，对你的行军百般阻挠。不过李曌在此时设立司天监，建造观星楼，分去了国师府的一部分权力，为你摆平了阻碍。血煞魂兵太过强大，即使受到阻挠，行军依旧势如破竹。

七月六日晚，又到了祭奠白羽军的日子，你独自一人离开军营，来到一处荒林，想起了当时和白羽军的日子："今日，既是白羽军兄弟们赴死之日，又是我夜引弓浴血重生之时，我夜引弓的一切都是兄弟们给的，我也将用这一统的天下、壮丽的山河来祭奠你们。"

这时，"唰"的一声，从黑处冲出一蒙面人，身着你军铠甲，双手持刃，向你袭来，局势凶险，你二人大战几个回合，那人中了你几掌，便匆匆逃离。你也没有追击，中你血煞掌的人，即便不死，也是终身残疾。

你想起当年逼宫之事，朝中憎恶你的官员一定不在少数吧，今日之事便是验证。你长叹一口气，谁能知晓你对大周的这片赤诚之心呢？

不久，还未等你彻底攻下南阳，南阳便投降了。

大周 142 年六月，南阳皇帝甘愿自降南阳王，奉上艳冠天下的无双公主与大周和亲，南阳愿成为大周的属地。

自此，天下一统。

平南阳，灭西夏，战功卓越，加上李罂的支持，你一路高升，获封上柱国，官拜一品大将军，成为大周第一武将。未至不惑，朝堂之上能与你抗衡者，除了文官之首，曾暂代监国的宰辅左千秋，便是那位大周开国皇帝的结拜兄弟，自开国活到现在的国师清阳上人了。

不过你并未在京城之中居住，而是回到了自己的家乡——京城郊外的南枫村，在祖宅处翻修了一座宅邸。你可不想在那片权贵钩心斗角、乌烟瘴气的天地中生活。

拥有了权势后，你慢慢发觉，当年阴山城之战并非那么简单，并且你还打探到因"血煞炼魂"被变为傀儡的三万白羽军竟然还有复活的可能。根据一卷残破古籍的记载，妖族秘法"血煞炼魂"另有解除之法，即为"盗天机"，只是两卷秘法自妖族被周太祖李衡灭族之后便失传，自己虽然曾于早年间于鸟纹木匣之中获取"血煞炼魂",但与之成套的"盗天机"自己并无线索。

于是,你一边开始着手调查当年阴山一事的隐情,一边搜寻复活白羽军的办法。

对此类奇术了解最多的自然要属国师清阳上人。当日逼宫时,你以血煞勾动了清阳心魔,自那以后你便与他再无交集,而在朝堂之上交流多有不便,你与他又有此等仇怨,便只能备好礼物私下登门拜访,却不料被拒之门外。

那个道号志岳的小道士将你拦在国师府外,这个人你知道,清阳上人的亲传弟子,清阳对他极其信任,有时甚至让此人上朝替自己处理国师府的事务,俨然一个大周下任国师的做派。志岳此人处世十分圆滑,在官场上左右逢源,行事也颇为严谨,现在就连拒绝,自己嘴上也是一口一个上柱国,好听的很。然而也正是在此人的阻拦下,连国师府的门槛你都没能跨过去,他挡在门外,只称"家师身体抱恙,不方便见客,还望上柱国海涵"。

吃了闭门羹的你心有不甘,你猜测,必是清阳上人还记恨你当初勾动他心魔的行为,才将你拒之门外。国师清阳德高望重,地位超然,单是开国皇帝的结拜兄弟这一身份,纵是你已经官拜一品,位列武将之首也拿他没有办法。更何况,据记载,清阳上人为国解忧,以凡人之身触碰神明领域,呕心沥血改良粮种,又以性命为引设下大阵,保佑大周风调雨顺;江南水灾之时更是他凭阵法阻断沧澜一时,救人无数。如此仁心的长者,即使你心怀不满,也依旧对其尊敬无比。

大周近日以来,"妖祸"频起,关于妖的传闻闹得愈发不可开交。你想到自己杀性大发之时,失去理智,残忍暴虐,浑身凝聚无穷血煞之气的场景,呵,说不定自己也早就已经是妖了吧。

你现在的唯一目的就是寻找复活三万白羽军将士的方法。就算不能复活,哪怕只是寻回其存在的证据,证明他们曾经守护了阴山城,守护了大周百姓,让阴山的百姓们回忆起,曾经有那么一支军队,为了保护他们奋战至死,就足够了。

不久之后,南枫村中便发生了不少离奇事,再之后,你便被突然关进了这神秘莫测的观星楼。这一切,究竟是怎么回事?

公共任务:

找出具有妖族血脉之人。

支线任务:

(1) 当日你启动血煞炼魂,引得天雷滚滚,原本你将身葬天雷之下,却不料活了下来,炼成了血煞魂兵。但是你知道天雷并不是你挡下的,这件事另有隐情,你要查清楚当日天雷消失的原因。

(2) 血煞炼魂之术刻在一个鸟纹木匣内,当年被你意外获得,但木匣的来历你并不知晓。查清木匣的来历,或许对复活白羽军有帮助。

(3) 你是大周的护国将军,无论朝堂动荡如何,你必忠心守护大周。找出意欲危害大周之人。

(4) 隐瞒自己血煞噬心的真相。

个人支线任务完成后可获得随机掉落的材料卡。

————天机不可泄露,阁下留步————

第三幕

你们七人之中究竟何人是妖还是没能讨论出个结果,左千秋扬言,一日搜寻不到妖族踪迹,你们便一日不得出观星楼。你感受到自己周身的血煞已经开始侵蚀魂魄,如果血煞完全侵蚀了心智,你将会变成一头只知道杀戮的魔物,到那时,将无人再知晓曾经的白羽军。你必须在被血煞转化之前找到复活白羽军的"盗天机"秘法。

酉时一刻(17:00—17:15),你来到国师清阳的房间,之前拜会不成,今日齐聚观星楼倒也给了你一个机会。清阳似乎很是惊讶你的拜访,他平日很少出府,一应事务都是交给徒弟志岳操办,和你并没有什么交际。你在和他的谈话中得知,此前他没有收到你拜访的帖子,你心中疑惑,难不成是志岳没有告知清阳上人你拜访的事?不过还是询问白羽军复活之事重要,你暂且按下了疑惑,先行询问有关"盗天机"秘法的消息。

清阳听到你打探"盗天机"秘法好像十分惊讶,但他并没有询问你打探此法的原因,直接告诉了你启动方法。想要启动此法需要准备一颗七窍玲珑心作为祭品,而拥有七窍玲珑心的人就是医仙瑶光。

你拜别了清阳,回到了自己的房间,虽然你手中沾染了无数鲜血,可那都是战场杀敌。当年白羽军为国牺牲,为的就是保护大周百姓,而此刻却要以无辜之人的性命去换白羽军复活的契机,你心中不免有些犹豫。心烦气躁之下,你决定出门散散心。

酉时三刻(17:30—17:45),你来到观星台附近,看着运转的浑天仪,你回想起当年和白羽军在边塞喝酒吃肉的快乐时光,但是你随即又想到现在白羽军全军覆没,甚至无人知晓其功绩,而那些朝堂权贵都觉得自己是个杀性过重的疯子,心神激荡下,血煞涌动侵蚀神魂。你顾不得回屋,立刻运转心法平息血煞。

花费了好些时间,你才将血煞暂且压制住,你的时间不多了,容不得你再考虑。为了复活白羽军,你只能对不住那个女孩,若有罪孽,你愿一人承担。下定决心,你准备前去杀瑶光取其心脏。而此时你一转身便看到瑶光慌慌张张向她自己的房间跑去。

还没等你有所行动,浑天仪突然星光绽放,与天上星辰遥相对应,即使此刻天空尚明,亦有星辰显现。一阵震动传来,居于楼内空地的观星台突然凭空升起,载着浑天仪朝空中飞去,最后停在了楼顶中央,遮住了那片天空,只能凭借楼内刻画的星图照明。根据浑天仪升起之前显示的星图时间,现在正是**酉时四刻**。

此时观星台动静太大,肯定会有人将目光投过来,不是动手的时机,你只能放弃这个机会,准备另寻时机。

酉时五刻(18:00—18:15),你在回屋的路上,看到了正在你屋外的左千秋。他来找你询问寻妖之事是否有所进展,正巧你也想要问他观星台的异状。但是你们二人都没有什么收获。你无心寻妖,一心想要复活白羽军,自然没有多花心思在寻找妖物之事上。而你从左千秋口中得知,这观星楼并非他建立,观星台的异状他也不知,只是猜测可能有人害怕妖物逃跑,所以才启动了什么机关,将观星楼彻底封锁。

陈洛的死亡真相已经水落石出,左千秋似乎就是十年前决定弃守阴山的人,就是导致白羽军覆没的罪魁祸首。今日,你一定要杀了这个满口忠义的大奸之人!在与左千秋的交谈中,你暗中勾动了血煞魔气,使其侵入左千秋的体内,但是左千秋亦有修为在身,你只能让这股魔气缓缓侵蚀左千秋的生机。

戌时(19:00),你成功将血煞之气渡入左千秋的体内,只要你再次引动这股血气,就能杀死左千秋,不过你身为武官之首,若宰辅死在你的房内可能会引起朝堂文武争斗,你需要另寻时间引动血气,冲毁左千秋的身体。此时不好动手的你借口身体不适,将左千秋送出门外。

一桩事了,现在就是要杀死瑶光,取其心脏复活白羽军了。然而当你手持短剑秘密潜入瑶光房间时却发现瑶光此刻并不在自己房间中。你四处寻找瑶光下落无果,决定再去寻找清阳上人,你想知道除了七窍玲珑心还有没有其他的方法可以复活白羽军。

戌时四刻(19:45—20:00),你刚从瑶光房间出来,准备前去清阳房间时,突然一股凌厉的水流从暗处飞射而出,冲着你直直袭来。有人想要暗算你!你心中恼怒,却也搜寻不到暗算你的人,只能慌忙躲闪,但那水流如同跗骨之疽,紧紧缠着你不放。这股水流用寻常兵刃竟然无法斩断,缠斗多时依旧难以摆脱,你只能再次动用血煞炼魂的禁术,而在此时,那股水流突然停在半空,你抓住机会,一股血红色的光芒从你眼中蹿出,击溃了水流。

你怀疑是妖族或者那个南阳公主想要对你动手,但是你没有抓到证据。于是前往无双公主房间探查,结果你发现,这位南阳公主并不在自己的房间。

亥时(21:00),你来到清阳房间,清阳上人正在盘膝修炼,但是久经沙场的你敏锐地闻到空气中隐隐有一股血腥气息,而清阳上人生命气息似乎十分不稳,你担心他也受到了袭击。他告诉你刚刚有人刺杀他被他击退,他并没有什么大碍,你看着这个死要面子的老家伙,没有戳穿他,决定在旁边一边平息自己的血煞一边为清阳护法疗伤,希望他能看在自己帮了他的分上助自己复活白羽军。

亥时六刻(22:15—22:30),你觉得此时你与清阳共处一室,左千秋若此刻身死应该不会有人怀疑你,于是你引动了血煞之气。

然而就在你引动血煞之气的那一刻,清阳突然从疗伤状态清醒,他面色沉重地告诉你出事了,要你速速赶往齐弈泽房间。

当你赶到齐弈泽房间时,你看到其他人都在,清阳随后也御剑而来。无双大喊一声,左千秋已经倒地身亡。

——————天机不可泄露,阁下留步——————

小剧场 2

几个时辰前还带你们进入观星楼的宰辅左千秋,突发身亡。随着他的应声倒地,楼内星光尽凝于高高悬在空中的观星台之下,七颗星辰显现而出,呈连珠之势,弥漫无穷杀机。

你们七人站立在房间中央,看着倒地的左千秋,他的尸体正在逐渐变凉,左胸口的利器伤有鲜血流出,面目狰狞,死前似有剧烈打斗。

齐弈泽首先开口了:"师父今日遭此毒手,泽儿悲痛欲绝,观星楼与世隔绝,凶手必在我们中间,还望诸位坦白。"

红袖不耐烦地说道:"听你的意思,倒像是此事与你无关,难道全是我们六人为非作歹吗?"

无双见此上前拉住红袖的袖口,不紧不慢地说:"阿袖不要性急。小公爷所言并非此意。既然这观星楼外人无法进入,宰辅又遭此毒手,可见凶手,必在我们七人之中。"

志岳补充道:"此前几个时辰,诸位是否一直待在自己的房间?"

瑶光冷笑一声:"哼,看来志岳真人从未出过自己的房间了?"

听闻此语,志岳不再说话。

黑暗中,夜引弓盯着清阳上人,说道:"我等七人今日入这观星楼,本就疑云重重,宰辅生前曾言有妖人混入其中,在下看来,此事定与妖族脱不了关系。"

清阳微微点头,最后一个开口说道:"本座刚刚探查清楚,左大人的身死启动了观星楼的自毁阵法,若在自毁前我们找不到逃出去的钥匙,恐怕我们……"

打开星门的钥匙应该就在杀死左千秋的凶手身上,不管是为了左千秋还是为了保全自己的性命,此刻都要查清凶手。

黑暗似乎正一点点加重,前尘镜在此时又开始隐隐发光……

任务:

(1) 查找杀害左千秋的凶手。

(2) 查找拥有妖族血脉之人。

————天机不可泄露,阁下留步————

第四幕

杀害左千秋的凶手已经成功找出,钥匙打开了观星楼的星门,而通道尽头仍是无边的黑暗。

你们七人面面相觑,前尘镜在此时又飞升到你们面前。

前尘镜:"需要告知大家,观星楼内存在一处炼宝阁。你们可自行前往,消耗此前搜集到的材料进行法宝炼制,材料可自行交换。各位,祝你们好远。"

任务:

(1) 尽可能多地炼制星光。

(2) 寻找合适的玩家进行组队、物品交换。

(炼宝规则附后,请详细阅读)

炼宝规则

玩家可使用当前手中搜集到的材料,配合个人装备,前往炼宝阁炼制星光。星光数量将决定诸位最后能否顺利走出观星楼。

注意：

（1）炼宝阁开启时间有限，每人仅有两次机会进入。单次炼制星光数量不受限制。

（2）个人星光不可交换。

以下两种材料同时使用可炼制 1 点星光：

　　　　【陨幽玄铁】【万载玄冰】

　　　　【三光神水】【清净竹】

　　　　【菩提子】【朱果】

　　　　【首阳赤铜】【镇山青石】

　　　　【地脉龙晶】【白虎之牙】

　　　　【葬沙骨】【龙骨青金】

　　　　【扶桑木】【金乌之羽】

以下三种材料同时使用可炼制 2 点星光：

　　　　【星绸灵银】【云深花酿】【灵泉松木】

　　　　【空骨冷柏】【蕴火血芝】【不周流砂】

　　　　【九幽玄黄水】【羊脂玉】【帝流浆】

　　　　【一元重水】【元磁精金】【玄黄之气】

　　　　【辰火硫骨】【云纹古木】【青帝藤】

——————天机不可泄漏，阁下留步——————

终幕之战

你们几人纷纷前往炼宝阁进行星光炼制，彼此心照不宣。观星楼内一时间星光闪耀。一场大战似乎就要爆发了。

突然之间，辉煌灿烂的炼宝阁轰然倒塌。所幸你们已经离开了那里。

星光逸散，星门通道渐渐地陷入无边的黑暗之中。

前尘镜的声音再次响起：

"观星楼即将倒塌，需要持有通往外界的信物**通天引**才可顺利走出星门。

"一、星门此后每隔一刻钟开启一次，六刻钟之后，星门将自毁。届时，没能顺利走出观星楼的人将彻底迷失在黑暗之中……

"二、每轮星门开启之时，你们可抽取行动顺序，依照顺序轮流进入其中注入星光，每轮注入星光数量最多者将获得通往外界的信物：通天引。若最高数量持平，则本局不产生信物。

"三、星门每次仅出现一枚通天引。一局之内若押注星光总数低于 7 颗则无法照亮通道，该轮通天引消失。

"四、在此期间，你们可使用个人技能进行博弈。个人星光禁止交换。

"五、一枚通天引可带领一人走出观星楼。一人可获得多枚。个人获得的通天引可自行决定赠送、使用或销毁。

"诸位，接下来的时间就交给你们自己了。"

任务：

（1）熟悉规则，利用星光及个人技能顺利走出星门。

（2）阻止非大周之人逃出观星楼。

【创作实践任务】

这是一篇经过删减的主持人手册和一篇人物手册，来源于《大周平妖录》剧本，请细细阅读。

要求：

（1）反复阅读以上主持人手册，并修改完善你所创作的手册。

（2）赏析并仔细分析夜引弓人物手册，可从人物塑造、核心诡计、人物关系、世界观等角度加以鉴赏分析。

参考文献

［1］袁洪庚.欧美侦探小说之叙事研究述评［J］.外语教学与研究，2001(3).

［2］橘绿.解读推理小说中的密室［J］.中学生.2011(32).

［3］夏芸.谈小说的矛盾冲突［J］.文学教育(上).2014(2).

［4］杨宇.《嫌疑人X的献身》：本格推理的银幕呈现［J］.电影文学.2015(11).

［5］陈依凡."剧本杀"手机游戏：叙事、互动与时间的三维研究［J］.新闻研究导刊.2019(3).

［6］朱婧.经验的转换和安置——基于创意写作实践的过程性观察［J］.写作.2020(4).

［7］燕道成,刘世博.青年文化视域下"剧本杀"的兴起与发展趋势［J］.当代青年研究.2021(6).

［8］王君可.剧本杀主持人的角色化主持研究［D］.河南大学.2022.

［9］杨怡馨.剧本杀主持人主持策略研究——以毕业作品《归去来兮》为例［D］.华东师范大学.2022.

［10］杨紫馨,王艳.还原·沉浸·交互：论剧本杀剧本的三重创新［J］.电影文学.2022(12).

［11］李雨萌.沉浸与互动："剧本杀"游戏的文本研究［D］.山东师

范大学.2023.

［12］王凤娇.寓言中的圆形人物——本杰明形象的矛盾性与复杂性[J].海外英语.2024(4).

［13］王心玥,陆生发.剧本杀：作为演述场域的媒介耦合效应生成动力分析[J].传媒论坛,2024(5).